原来这场赌局从一开始

就没有任何胜算

——[illegible]

我的死对头2

酱子贝 著
Jiang Zi Bei Works

廣東旅游出版社
GUANGDONG TRAVEL & TOURISM PRESS
悦读书·悦旅行·悦享人生
中国·广州

图书在版编目（CIP）数据

我的死对头 . 2 / 酱子贝著 . — 广州 : 广东旅游出版社 , 2022.8

ISBN 978-7-5570-2812-1

Ⅰ . ①我… Ⅱ . ①酱… Ⅲ . ①长篇小说—中国—当代 Ⅳ . ① I247.5

中国版本图书馆 CIP 数据核字 (2022) 第 127598 号

出 版 人：刘志松
责任编辑：周思思 杨 恬
责任技编：冼志良
责任校对：李瑞苑
封面设计：媛大大头
封面绘制：ashorz

我的死对头 . 2
Wo De Si Dui Tou . 2

广东旅游出版社出版发行
（广东省广州市荔湾区沙面北街 71 号首、二层 邮编：510130）
电话 : 020-87347732 (总编室) 020-87348887 (销售热线)
长沙鸿发印务实业有限公司
(地址 ：湖南省长沙市长沙县黄花工业园 3 号)
710 毫米 ×1000 毫米 16 开 19 印张 271 千字
2022 年 8 月第 1 版
2022 年 8 月第 1 次
定价 ：54.80 元

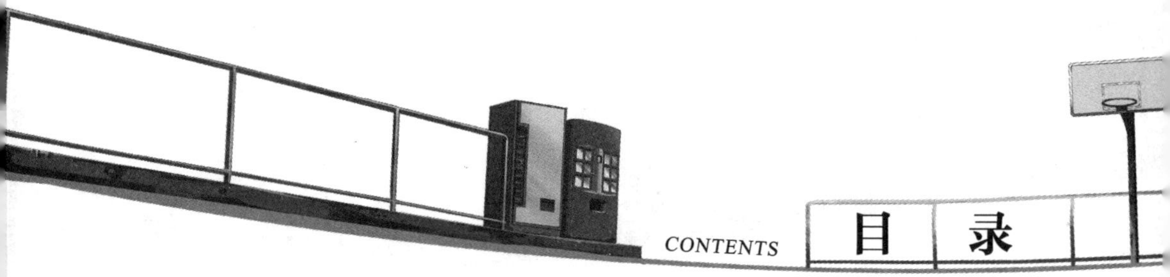

目录 CONTENTS

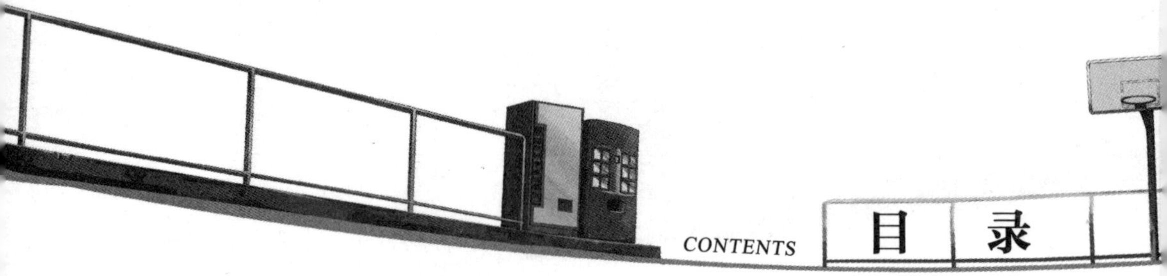

CONTENTS 目录

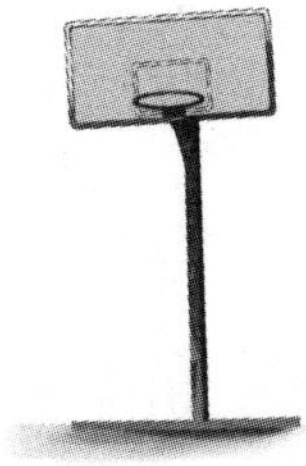

第一章

纪燃的账单

纪燃回校折腾出来的事说大不大，说小也不小，架不住学生们能闹，没多久就发酵开了。

几天后，岳文文从睡梦中醒来，习惯性地刷了刷地方新闻，居然刷到了纪燃在学校演讲的视频。

这满高居然栽了？看来今天自己得放两串鞭炮庆祝庆祝。

岳文文点进视频，想看看是哪个学生这么大胆。

视频应该是其他学生不小心录下的，岳文文原本还因为困意半眯着眼，看清视频里的情景后，眼睛顿时瞪得比铜铃还大。

屏幕里，走上讲台的不就是自己昨天一直没联系上的纪燃吗？！

岳文文听完整段录音之后，瞬间就清醒了，激动地打开讨论组，连续发了一大串“厉害”出去之后，才开始担忧。

岳文文：不过你这样搞，你爸不会骂你吗？

程鹏：纪燃马上跟家里人分道扬镳了。

岳文文：？？

怎么自己沉浸在工地的这几天，外头都变了个样？

与此同时，纪燃的账单也已经送到了纪国正的手中。

纪国正一项项地往下看去，越看表情越冷。这上头不只有他给纪燃的钱，还有他给赵清彤的钱。能看出是纪燃几年后才想起来要把这些也记进去，写的数目十分模糊，但在他印象中，这些数目只多不少。

他的脸色骤然变差。

这账目上还是差了几笔钱，是他最初给赵清彤的，那几笔钱除了赵清彤和那几位当事人之外，没人知道，纪燃自然也不知道。

这份账单让他想起了当年的事，平白让他的心情又添了一层阴霾。他紧紧捏着账单，看到最后，实在忍不住了，手用力一扬，所有纸张飘散在空中，随后散落一地。

“你看这混账东西！”他气得破口大骂，“你看看！这像话吗！”

纪惟是第一次见父亲气成这样，在他的心目中，纪国正永远严肃并镇定，不论处理什么事情都井井有条，他从小就仰望着纪国正的背影长大，目标就是成为像对方一样的人。

而能让他父亲表现出其他情绪的人，只有纪燃了。

他抿唇，从地上捡起两张白纸，看了一眼。

纪惟：“……”

以前他讨厌纪燃，是因为认为纪燃破坏他的家庭。再后来长大了，他也有想过大人的事不该迁怒小辈，但这种话只有事不关己的人才说得出来，他自认没这么高尚。不过要说他最看不起纪燃的……就是对方不断索取家里的东西，还总是做一些白眼狼的行径。

而现在……

“爸。”纪惟把这些东西一一捡了起来，“这件事，您打算怎么解决？”

纪国正黑着脸没说话，胸膛还因为生气而不断起伏着，冷静下来后，便开始沉思。

他想不通，纪燃虽说为人处世浪荡了些，但从小到大，在他们仅有的那几次接触中，纪燃还是很尊重自己的，怎么这段时间突然忤逆了起来？

半晌没得到回应，纪惟又开口：“爸？”

纪国正突然想起什么，沉声问：“纪燃这段时间在公司上班，有没有做什么奇怪的事？”

纪惟：“没有，纪燃在的那组拿的都是些收尾的小项目，翻不出什么大浪。”

“我不是这个意思。”纪国正顿了一下，“纪燃有没有跟你打听过什么？”

在公司里，两人话都没说过几句。

纪惟正要应，又突然想起什么——前段时间，许麟曾三番五次找自己要纪燃的员工 ID。

倒不是他不想给，而是纪国正之前就叮嘱过他，纪燃只是去上班的，公司内部的文件或是事情，都不需要让纪燃插手，所以他就干脆扣下没发。

他犹豫了半晌，才道：“没有。”

纪国正颔首：“既然这混账东西都这么说了，那我也不用热脸贴冷屁股。你马上让纪燃离开公司。”

“那这些账单……”

“纪燃爱还就还吧！以后不要在我面前提这个名字。”纪国正烦躁地挥挥手，“你先出去。”

纪惟沉默了一会儿，把这些账单全部收起来，放到桌上，转身离开了书房。

程鹏动作很快，估计直接把自己的腰包钱先掏了出来，没两天就通知纪燃去签交易合同。

纪燃身为公司股东之一，这还是他第一来自己的公司。别说，公司共占五层写字楼，办得有模有样的。

纪燃今天把纪国正之前送的车子全送回了纪家老宅，车子登记的名字还是纪燃，纪燃叮嘱管家，说是自己随时可以去办理过户手续。

没了那几辆车，纪燃觉得车库都顺眼了不少。

程鹏一直在停车场等着，见纪燃一个人下了车，挑眉道：“就你自己？”

“不然？”

“总觉得最近很少见你一个人。”程鹏笑道，“稀奇。”

纪燃知道对方说的谁，“啧”了一声：“你怎么这么多废话？几楼？”

“投了这么多钱，连公司在哪儿都不知道，早知道我就该卷钱跑路，让你永远都在纪家魔爪下过日子。”程鹏进了电梯，摁下二十三楼的按钮。

纪燃嗤笑：“你最近挺欠啊？”

“说说吧，你打算怎么办？”程鹏道，“既然都跟家里闹翻了，那你也不可能继续在永世工作了吧？你现在拿着这么多钱，打算去干点什么？”

“还债啊，还能干什么？”

“少装。”程鹏轻笑道，“钱还了，你还剩一大笔呢。要怎么花？买车？买房？最近别买房，我刚得的消息，再过几个月满城的房就要限价了，到时候再买。”

纪燃道：“行了，你少操点心，总归不会拿到大街上撒。”

程鹏没再问，跟纪燃做了多年好友，他知道对方虽然面上看起来像个混吃等死的，实则想法特别多。

程鹏当初想跟人合伙开这家公司的时候，由于家里不支持，资金一直凑不够，结果纪燃淡定地拿出一大笔钱来，说要入股。

他劝纪燃考虑清楚，不要感情用事。

纪燃当时惊讶地看着他，乐道：“我看了你的企划案，这笔钱我是拿来投资的。你该不会真以为我掏出这么大数目，就为了帮你圆个开公司的梦吧？”

事实证明，纪燃的眼光还真不赖。

程鹏回办公室拿文件，纪燃跟着过去，见办公室里多了个人。

竟然是那天在农家乐见着的明星。

明星见了纪燃，颔首跟纪燃打了招呼，纪燃没搭理，只是对程鹏说了一句：“我出去等你。”

程鹏几分钟后便出来了。

纪燃不爱管程鹏的事，但在某些方面，纪燃觉得还是要提醒一下好友的。

纪燃散漫道：“前阵子岳文文还问我你跟陈安怎么样了。”

程鹏一顿，面色很快恢复如常，解释：“凑巧。我们早就没关系了，陈安今天过来，也只是想跟我谈个合作。”

“合作？”

“不。”程鹏道，“这次会面，只是要拒绝陈安而已。”

纪燃没再说什么。签约流程进行得很快，纪燃没多看就把文件签了。

“要不要在公司转转？”程鹏问。

“又不是我的公司，有什么好看的？”纪燃哼笑了声，站起身来，“走了，不用送。”

“等拍卖会结束，开个派对，庆祝你跟纪家决裂。”

“成。”

纪燃刚到停车场，就接到了秦满的电话：“东西买到了，闻起来挺香。我上去找你？”

纪燃刚刚在等红灯时，闻到了章鱼小丸子的香味，突然馋得很，一看队列足足排到了街尾，秦满就先下车排队去了。

“在停车场出口等我吧。”纪燃扣上安全带，“我现在出去了。”

到了出口，秦满刚上车，小吃的味道就弥漫了整个车厢。

纪燃馋得不行：“这玩意回家会不会就凉了？”

话刚说完，就见秦满从里面挑出了一颗，递给纪燃。

“好吃吗？”秦满问。

他还从来没因为什么东西，排过半小时的队。

“还行吧。”纪燃把东西咽下去，“你以后有什么打算？”

“什么打算？”

“我都跟他们闹翻了，永世肯定是不能继续待了。”纪燃问，“你打算去哪里工作？”

“我是在给你打工，不是在给永世打工，你去哪儿我就去哪儿。”

“……可我不是坐办公室的料。”纪燃跟他实话实说，“要是我以后都不上班，你打算怎么办？”

秦满转头笑问：“你想怎么打算？”

纪燃差点被呛到：“你……”

“我们合同时间都过了大半了，难道你就一点儿计划都没有？”

秦满却问："要有什么计划？"

"……"这人，怎么一点儿也不上进啊？！

绿灯亮了，纪燃一脚踩下油门。

这时，纪燃发现身后那辆白色的车子也猛地加速。

纪燃盯着对方的车子看了几眼，不自觉皱起眉来。

纪燃对车子很敏感，这车……似乎跟了我们两条街了？

纪燃没怎么犹豫，在下一个路口便往旁边的小路开去。

秦满发觉路线不对，问："要去哪儿？"

纪燃抿唇，看着后面那辆车也拐进了这条小路。

"你先把吃的放下。"

"怎么了？"

"好像有车在跟我们。"

秦满的脸色也变了变，他把吃的放好，透过后视镜看了后面那辆车一眼。

纪燃连着拐了四五条乱七八糟的小道，对方紧追不舍。

纪燃"啧"了一声，这是在市里，车多，还限速，不方便把人甩掉，干脆放慢速度，打算看这辆车到底想干什么。

谁知那辆白车突然唰的一声从旁边擦身而过，紧跟着，绕到了前头，并狠狠踩了个刹车！

纪燃猝不及防，赶紧跟着刹车。纪燃变道想开到白车旁边，谁知对方紧接着一个转弯，又挡在了前面，并且再次猛地踩下了刹车。

几次之后，纪燃明白了，这辆白车不仅跟踪了自己几条街，现在还在恶意别车。

纪燃冷笑一声。

惹谁不好，偏偏来惹我？

"别冲动。"秦满道。

"晚了。"纪燃道，"系好安全带。"

秦满还没来得及说什么，只见前面那辆车又在两人前面刹了车。

纪燃这次没有再让，刹车是踩了，但没踩稳，车轮子继续往前，结结实实往对方车尾上撞了一下。

纪燃知道什么样的力道能只坏车，不伤人。

白车不是什么高档次好车，纪燃的车头只伤了一些，白车的后备厢却都被划坏了。

纪燃连续被别了十几回车，行车记录仪都记着，就算交警来了，肯定也算白车的全责。

见对方车子停下来，纪燃嗤笑一声，作势要解开安全带："我下去教教他开车。"

"等一会儿。"秦满面色一变，抓住纪燃的手。

白车动了。

只见车子往前开了一段距离，而后，倒车提示灯突然亮起——

然后白车高速朝他们冲了过来！

纪燃瞪大了眼，还没来得及说话，马上就想倒车躲避，但已经来不及了，白车的速度非常快，事情又发生得太突然——

"低头！"

纪燃只听见这么一声大吼，紧跟着传来猛烈地撞击声。

消毒水的味道钻进鼻腔，眼前不论墙壁还是设施都是一片白色，让人心生不悦。

纪燃坐在病房外的长椅上，双手交握抵在嘴边，目光没什么焦距，不知道在想什么。

纪燃耳边似乎还回荡着方才那句吼声，震得头疼。

又是车祸，该死的车祸。

纪燃突然想起，赵清彤出车祸那天，有个陌生男人来到家里，说是要带自己去见赵清彤。

纪燃当时什么也不明白，就跟着走了，赶到医院时，刚好看到医生把赵清彤从手术室里推了出来，她面上还被白布轻轻盖着。

那天以后，纪燃就什么都没有了，没有了家，没有了玩具，连妈妈也没有了。

赵清彤没有葬礼，下葬的时候，纪老夫人甚至不让纪燃去看。

冰冷的大房子，从此只剩下纪燃自己住着，就仿佛世界上只剩下纪燃一个人。

纪燃一个人过得惯了，下意识就不想再去拥有什么东西了，说得矫情点，没有拥有就不会失去。事实也确实如此，纪燃从没把纪家送来的东西当作自己的财产，所以送回去时，完全没有任何不舍或是心疼。

但刚刚，纪燃看见秦满手臂上全是玻璃碴的那一刻，再一次被震撼到了。

纪燃不敢回想那个画面，重重呼出几口气，心里忍不住骂了几句。

“小燃燃！你没事吧！”

岳文文从拐角冲过来，跟演电视剧似的，满脸惊恐。

尤其是看到纪燃头上绑着绷带，白T恤上还有大片血迹之后，岳文文的表情就更夸张了：“小燃燃！你怎么流了这么多血？！医生……医生呢？！”

“声音小点。”纪燃头更疼了，用最后的力气把岳文文拽到椅子上，“别嚷了，不是我的血。”

岳文文这才放下心来，愣愣地问：“那是谁的血？”

“秦满。”

“……”岳文文震惊道，“他……他怎么流这么多血？他也在车上吗？那……那你没事吧？你哪里受伤了？”

“只是轻微脑震荡，没事。”纪燃沉着脸道。

“那秦满现在在哪儿？”

“手术室。”

岳文文看了一眼这位的表情，战战兢兢地问：“那……他有没有什么事？”

纪燃烦躁道：“不知道。”

纪燃和秦满是坐同一辆救护车来的，车上，护士在给秦满紧急检查各种生命体征，但纪燃一句都听不懂。

岳文文想起什么，话锋一转："等一会儿，那肇事者呢？是谁？"

"说是酒驾，人不认识，被带回警局了，在审。"

纪燃说这句话时，嘴边带着嘲讽的笑容。

大白天的，哪儿来的酒驾？再说，就算真是酒驾，还真没几个喝醉了的司机能做到别车十七回。

岳文文自然也明白："你觉得是谁？"

会是谁？

纪燃还真说不出个名儿来。

这段时间发生的事情一桩桩一件件，实在太多了，纪燃想不出来，也没精力去想。

纪燃现在只想知道手术室里的人活没活着，有没有缺胳膊少腿。

偏偏身边的人哪壶不开提哪壶："不过秦满的血怎么会全在你身上啊？难道他坐的位置被什么东西击中了？他……他该不会……"光是想想那个情景，岳文文就忍不住咽了咽口水，过了半晌才继续把话说完，"他该不会要截肢什么的吧？"

纪燃心重重一跳，脱口道："那也好。"

岳文文险些以为自己听错了："什么？"

纪燃抿唇，不说话了。

里面的人要是瘸了就瘸了，残废也没关系。

纪燃有钱，不愁负担不起，更何况现在科技发达，还有义肢。

人活着就行。

"小燃燃，你脸色好苍白，是不是不舒服？"岳文文坐到纪燃身边，担忧道，"不然你先回去吧，要真的不放心，这医院隔壁就有家酒店，我给你开个房间，你去休息一会儿，手术结束了我再告诉你。"

纪燃道："不用，你不是还要上班吗，你先回去吧。"

“你都出车祸了，我哪还有心思上班啊！”看出纪燃的情绪不对，岳文文安慰道，“车祸这事也不能怪你啊，你也是受害者。你压力别太大了，秦满一定会没事的！”

那辆白车虽然结结实实撞了上来，但好在路上行驶的车辆不少，没给对方太多的加速空间，所以这场车祸其实并不算特别严重。

“行了。”纪燃语气疲惫，“你要么安安静静坐着，要么就回去。”

岳文文：“那我闭嘴之前说最后几句——你渴不渴？饿吗？要不要我去给你买点吃的？”

纪燃此时只想安静待着，所以道：“去吧，多买点。”

岳文文前脚刚走，手术室的门紧跟着就开了。

纪燃立刻站起身，迈步子的时候险些跪倒在地——也不知是被吓到了还是坐太久了，纪燃的腿直发软。

几个护士把人推了出来，秦满安安静静躺在推车上，面色苍白，身上到处都缠着绷带，右手打着石膏，脖子还戴着一个颈托。

纪燃彻底松了一口气。

腿还在，手还在，身上这么多乱七八糟的东西，说明还活着。

“他怎么样？”纪燃问。

医生摘下口罩，道：“你是病人家属吗？”

纪燃点点头：“算是。”

“目前没什么大问题，没伤着脏器，右手骨折，大部分部位软组织挫伤，尤其是他的左手，光是挑出玻璃碴就花了不少时间。剩下的就要看他接下来一周内有没有出现别的症状……”

“什么症状？”纪燃急道，“现在不能查吗？”

医生道：“这我没法向你保证，主要是脑部的问题。现在是有些脑震荡，如果没出现别的症状，那么一两周后大概就能恢复了。”

“那他什么时候能醒？”

“麻药退去后应该就差不多了。他醒来后可能会有头晕想吐，或是遗忘近事的情况，都是正常的，过几天就好了。”

听见前面两句，纪燃就放了心，点点头：“谢谢。”

护士把人推到病房，打点好一切后才离开。

四人病房，这两个人进去之后，其他病人都有意无意地往这边看。

“你没事吧？”见纪燃一动不动地坐在病床前，隔壁床的阿姨忍不住拍了拍纪燃的肩。

纪燃道：“没事。”

“你放心啦，这是普通病房，说明你朋友的伤势没那么严重，过一段时间就好了。”阿姨看清纪燃的脸，一怔，“你伤得也不轻啊。”

纪燃脸上也被玻璃碎片划了几道，不重，但涂上药水后又红又紫的，还挺吓人。

纪燃重复道：“我没事。”

阿姨还想说什么，被床上的丈夫拦了下来，他挤眉弄眼好一阵，压着声音说：“这人头发染成这样，一看就是不学好的，非要去管别人闲事做什么？”

阿姨气得回瞪他几眼。

“你自己跟人打架进了医院，怎么还有脸说别人的不是？”

病房就这么大，饶是两人再怎么控制音量，纪燃也都听见了。换作平时，纪燃肯定得回两句嘴，但现在纪燃只觉得特别累，话都懒得说。

片刻后，护士走进病房来。

“秦满。”她四处张望，叫了一句，“谁是秦满家属？”

纪燃连忙站起身，护士把手上的东西递给纪燃：“这是他的钱包和手机，警察刚送过来，你检查一下有没有什么东西漏了，有什么问题随时来护士站找我。”

纪燃接过东西：“好，谢谢。”

纪燃哪知道秦满钱包里有什么。

别的也就算了，身份证这些重要证件没丢就行。纪燃重新坐回椅子上，想着粗略检查一下，结果刚翻开钱包就怔住了。

身份证什么的都还在，卡包里还放着几张银行卡，其中包含着自己最初给他的那张黑卡。

旁边的照片夹里，放的是一张摊开的粉色小纸条，上面写着——秦满丑八怪。

字体潦草随意，是纪燃十四岁时的字迹。

纪燃："……"

怪不得纸条会凭空消失，怪不得后来怎么找也找不到。

床上的人忽然动了动，纪燃就像是在行窃被主人正巧抓到的小偷，立刻把钱包紧紧合上，钱包两侧相碰，发出轻轻一声"砰"。

秦满一睁眼就看到了坐在床头的人。

那头熟悉的柔软头发此时乱得不成样，那人头上缠着绷带，脸上没什么血色，有好几道伤痕，眼眶红红的，还掺着血丝。

"你醒了。"纪燃把手上的东西放到桌上，"有没有哪里不舒服？要不要我叫医生过来？"

秦满盯着眼前这位看了半晌。

"你是谁？"

病房里安静了一瞬。

纪燃脸色瞬间就垮了，嘴巴微微张着，一直维持着的镇静终于崩裂，显露出慌张来。

纪燃做了个吞咽动作，半晌才回过神来，转身急急忙忙想按呼叫铃。

纪燃手刚伸出去，就被床上的人阻止了。

"咝。"麻药效果退去，秦满感觉到了一丝疼，他笑着望进纪燃眼底，收起伪装，"逗你的，我想起来了。"

因为长时间没喝水，秦满的声音特别哑，声音低得只有彼此两个人才能听见。

秦满正想说什么，就感觉到手背上突然被什么东西轻轻砸中，冰凉凉的。

纪燃车祸的时候没哭，上消毒水的时候没哭，在手术室外等人的时候也没哭，但现在情绪一下就绷不住了。

那些莫名的情绪来得特别汹涌，还没等纪燃回过神来，眼泪就先一步溢出了眼眶。

纪燃鼻尖都是红的，想抬手擦眼泪，谁知道越擦越多，于是哽咽着骂：“秦满，你是不是有病。”

秦满一愣，眼底立刻染上慌乱：“别哭，怎么哭了？”

他也想帮纪燃擦眼泪，但他手臂现在没力气，压根抬不高。

纪燃哭得越厉害，骂得就越狠，“骗我很好玩？你是不是觉得特有意思？”

“没意思，特没意思。”秦满忍着疼，安慰着面前这个人。

纪燃眼泪越落越多，“你要因为我死了，我怎么办啊？”纪燃憋了几个小时的情绪终于发泄了出来，“我难道赔你爸妈一条命？”

秦满做事很少后悔，但他现在就想穿越回几分钟前把自己嘴巴缝上。

纪燃骂累了，拿起桌上的手机：“给你爸妈打个电话。”

“不打了，不是什么大事。”秦满紧紧盯着纪燃。纪燃的眼眶本就因为疲倦带了些血丝，哭了之后就更红了。

“你别生气了。”

“我不气。”纪燃不由分说，把手机开了机，“躺在病床上的又不是我，我有什么好气的？”

秦满知道车祸这两字是纪燃的雷区，所以他醒来第一个念头，就想让纪燃放松一些，没想到起了反效果。

“打电话还是发视频？”纪燃问。

“视频吧，等过几天再打，好不好？”秦满妥协，“虽然伤不重，但身上这些东西挺夸张的，怕吓着他们。”

纪燃闷闷地“嗯”了一声。

秦满问：“你脸受伤了，疼不疼？”

“皮外伤。”

“身上呢？”

“身上没受什么伤。”纪燃抿抿唇，“这次的事我会查清楚的。”

病房门被推开，岳文文拎着大包小包进来，香味隔着袋子都飘了出来。

“小满满，你终于从手术室里出来了。”看见床上的人，岳文文松了一口气。

“你是没看见，纪燃刚在长椅上坐着等你的样子，我都不敢上前说话。”

“你说的话还少？”纪燃打断岳文文的话，“你买什么了？”

“很多，我不知道你想吃什么，干脆把附近几家店的招牌菜都买了点。”

纪燃望了袋子里一眼：“……买这么多？”

“没事。”岳文文道，“病房里这么多人在呢，刚好分一分。小满满平时一个人在这儿住着，邻居街坊是最重要的了。”

“他也就住几天。”

岳文文探头问：“小满满，这几天有人照顾你吗？要不我给你找个护工？”

秦满扯了扯嘴角，医生还不让他碰水，因此他的嘴唇干得发白：“不用，没事，我应该很快能下床了。”

岳文文：“可你的右手都成这样了。”

“还有另一只手。”秦满道，“麻药过了就能用了。”

“小燃燃，秦满刚手术完还不能吃东西，不然你自己先吃点吧。”岳文文给纪燃挑出几个包装盒来，“我买了烧腊，你如果想吃清淡的，粥也有……”

纪燃站起身来：“你自己留着吃吧。”

岳文文一愣：“那你呢？你不吃了？”

纪燃现在没什么心情吃东西，也感觉不到饿：“不吃，走了。”

“要去哪儿？”秦满转着眸子问道。

“回家。”

秦满脖子不能动，他眼睫动了动，应道：“好。”

“回去睡会儿吧，伤口记得别碰水。路上小心一点儿。”他看向岳文文，笑道，“要不你送纪燃回去吧，刚出事，我不太放心。”

纪燃竟然也没反驳，转头问岳文文：“你开车了吗？”

岳文文愣了愣：“开是开了……”

纪燃点头：“送我回去吧。”

岳文文：“……”

直到走出医院，岳文文都还没反应过来。

“不是。”岳文文一再确认，“我们这就走了？”

纪燃坐到车上：“不然你留下？”

“……”岳文文默默发动车子，“但我看小满满一个人，好像不太方便吧？不然你给他请个护工？”

“不请。”

岳文文闭嘴了。

车子往纪燃家里开，一路上，纪燃都望着窗外，没怎么说话。

岳文文觉得纪燃心情还是不太好，也对，刚被人蓄意撞了，换谁都得郁闷好几天。

纪燃拿出手机，给程鹏发了一条消息报平安。

纪燃心情其实已经平复了许多，现在更多的是疲惫。

程鹏：我知道了，人没事就行。事情我让人在查，放心，会让那司机吐出真话的。

纪燃回了个谢字，抬头看了一眼，车子已经快到家门口了。纪燃问：“你一会儿有空吗？”

岳文文道：“有啊。我今天都不去工作了，怎么，要我陪你吗？”

车子停下，纪燃开门下车。

“那你在这等我一会儿，我十分钟之内出来……或者你进来坐会儿？”

“不坐了，我就在这儿等吧。”岳文文眨巴着眼看纪燃，“不过你要去哪儿啊？”

十分钟后，纪燃带着一个小行李袋走了出来。

纪燃上车扣上安全带，对岳文文道：“送我回医院。”

第二章 实际行动的报答

“年轻人。”

秦满正躺着想事情，突然被旁边的声音吸引了去。

隔壁床的阿姨走到床边，友善地笑着：“你怎么一个人在病房，那个朋友已经走了吗？”

秦满“嗯”了一声：“累着了，回去休息了。”

“哎，那孩子应该是真吓着了。我去食堂时就见那孩子一直在长椅上坐着，来回半个多小时吧，那孩子的姿势就没变过。你搬进病房，还没醒那会儿，那孩子也是一直板着张脸，还好你醒了啊。”

阿姨看了一眼他病床旁空荡荡的桌子，“你家人什么时候过来呀？”

秦满脸色变了变，很快恢复如常：“他们在外地，就不来了。”

“不来了？那谁照顾你？”

“我伤得没那么重，等麻药过去就能自理了。”秦满笑了笑。

“那不行的啊。”阿姨想了想，“这样吧，我老公就住在你隔壁，我在的这段日子，你有什么事尽管叫我，我都给你搭把手。”

秦满正要道谢，病房的门又开了。

纪燃去而复返，身上换了一件衣服，左手提着一个行李袋，右手扛着一个医院的折叠椅，黑着脸走了进来。

秦满目光灼灼地看着纪燃，等人走到病床前才问：“怎么回来了？”

“怕你死在这儿。”纪燃道。

“你来陪床的呀？”阿姨这下放心了，“那你们关系可真好，是亲戚吗，还是朋友？”

“朋友。”

“亲戚。”

两人同时开口。

阿姨：“……”

纪燃顿了一下：“没有血缘关系的亲戚。”

阿姨回到她丈夫的床位。纪燃弯腰一阵折腾，好不容易才把折叠床铺平。

这床面积小得可怜，连翻个身都困难。

医院不是酒店，资源紧张，纪燃也就没想着去开一个单独病房。

纪燃坐在折叠椅上，握着秦满的指尖：“有感觉没？”

“有一点儿了。”秦满道。

纪燃又轻轻捏了捏：“一会儿麻药过了，可能会疼。”

“我又不是小孩子，怕什么疼？”

纪燃都怀疑这人是不是没有痛觉。

车祸发生之后，秦满没有立刻失去意识，他的目光在纪燃身上转个不停，像是在确认纪燃有没有受伤，直到听见救护车的声音，才闭眼昏了过去。

“刚刚我去拿药，顺便问了一下医生你目前的情况。”纪燃又开口，语气忽然变得沉重，“问……你会不会有后遗症。”

“然后呢？”

“然后……”

看着欲言又止的纪燃，秦满挑眉：“嗯？”

“医生说……”

纪燃左右看了看，凑到秦满耳朵边，低低道：“说你可能某些方面，出了问题。”

秦满：“……”

晚上，纪燃躺在那狭窄的陪护床上小憩。

“今天吓到了吧？”秦满问。

“没有。”纪燃一顿，接着说，“那破车没吓着我，你吓着我了。”

秦满想转头看纪燃，却被仪器固定着，动弹不得。

纪燃继续道：“我一路上都在想，万一你要是出什么事了，那我怎么跟你爸妈交代。”

“就想了这个？”

“那我们之间的合同也签亏了。”

秦满笑了笑：“还有呢？”

纪燃安静一阵，才生硬道：“没了，就这么点时间，我哪能想那么多？”

秦满没再说话。麻药是过去了，但他还是觉得困，身上又有些细碎的疼，不太痛快。

“喂。”半晌后，纪燃突然出了声，试探性地问，“你睡了吗？”

“还没有。”应完这句，旁边的人又没了声。

正当秦满以为纪燃睡着了，才终于听见那一句。

“谢谢。”

秦满挑眉：“什么？我没听清。”

纪燃：“我说谢谢！”

秦满笑了，看来纪燃也没那么忘恩负义。

秦满睡意没了一半，盯着天花板等了半天，才问：“没了？”

纪燃：“什么？”

“一句谢谢就没了？”

纪燃先是一愣，而后道：“那你还想怎么样？”

秦满道：“这两个字太虚，你怎么也要用实际行动报答我吧。”

“……”纪燃眯起眼，转头看他，嘲笑道，“你可一点儿都不吃亏。”

秦满微笑：“行不行？”

纪燃犹豫了会：“你想要什么？”

秦满想了想：“你答应我一个条件吧。”

“行。”纪燃应了下来，很快又补充道，“先说好……太过分的不行。”

秦满轻咳道："难道我在你眼里是这种人？"

"是。"纪燃不耐烦地催他，"到底什么条件，你快说，钱、房子、还是车子？"

秦满道："戒烟吧。"

纪燃："……"

"能做到吗？"

"你是不是回学校的时候被什么东西附体了，说话怎么这么像我高中那老头班主任？"纪燃强调，"我就答应你一个条件啊，你确定要浪费在这种破事上？"

秦满试探道："那我能不能多提一个条件？"

对方毫不犹豫地拒绝："做梦。"

因为医生说秦满伤得不重，所以两人都抱着两天能跑，三天痊愈的心理，结果到了第二天，秦满发现，他不只是跑不动，连下床都感到困难。

早上医生来查了房后，护士把尿管给拔了，说是他腿上没什么问题，能走就多走走，有利于康复。

纪燃出门买早餐，心想还好辞职了，不然连续请这么多天假，组里也差不多都废了。

街边的早餐店看起来都不大卫生，怕闹肚子，纪燃还特地打车去了一家高档次的粤式早餐店，正坐在座位上等店家打包。

昨天太累，一直没来得及忙别的，纪燃现在才发现手机上有许多许麟发来的消息。

秦满开口把人留下了，他们两个人却辞职了，许麟也挺蒙的。

纪燃言简意赅地回了两句，翻阅下一条消息的时候，才发现纪惟也发了条手机信息过来。

纪惟：什么时候有空，我们谈谈。

纪燃回了一句没空，然后给岳文文打了个电话。

听到纪燃要的东西，岳文文先是一愣，然后爽快地答应了。

拎着早餐回医院，纪燃把东西放到桌上："洗漱了吗？"

秦满无奈地看着纪燃："我的手抬不起来。"

纪燃把床边的栏杆放下去："我扶你。"

纪燃还是有些力气的，加上秦满也在使劲儿，很快就把人扶了起来。两人慢慢吞吞地朝厕所挪去。

"……张嘴。"将牙膏挤在牙刷上后，纪燃面无表情道。

秦满配合地张开嘴唇，露出一口白牙。

纪燃几乎没有伺候过人，却耐着性子，帮他把牙刷了，然后洗干净杯子："走吧。"

刚走两步，衣摆就被人抓住了。秦满站在原地没动。

纪燃停下："怎么了。"

"我想上厕所。"秦满说。

纪燃"哦"了声，道："那我在外面等你。"

过了半晌都没见人出来，纪燃敲了敲门，看秦满开门不便，便转身帮他打开了门。

"手痛成这样吗？要不要找医生要点止痛药？"纪燃走上前扶着秦满。

"不用，只是没力气，不是疼。"

因为秦满手上没力气，早餐是纪燃帮忙喂的。

吃饱喝足，秦满半躺在病床上，道："今晚你回去睡吧。"

"不回。"纪燃问秦满，"你这么坐着真的没事？脖子会不会不舒服？"

"没事。"

手机响起，纪燃看了一眼来电显示，站起身来："你就坐这儿别动，我出去打个电话，有事你直接喊我，我听得见。"

纪燃走到病房的阳台，接起电话道："有消息了？"

程鹏说："嗯，不过我说了，你别冲动。"

"你说。"

"那司机是顾承以前收的小弟，有前科，去年才从里面出来，才短短几个月，他就惹了三件祸，一件你的事，还有其他两件，也不是什么好事。”程鹏咳了一声，道，“不过我只摸到了他们的关系，证据还没找到，我想……可能他们的交易方式不简单。具体的我还在查，现在就是跟你说一声，你心里有个底。”

“顾哲那案子拖到现在没开庭，顾承八成是慌了。也不知道除了这件事之外，还有没有安排别的，你小心一点儿。”

纪燃沉默地听了许久，才应：“我知道了。”

“不然你这几天别回家了，找个地方避避，我在鹤山下面有套房子，没多少人知道，要不然……”

“不了，我这段时间都在医院。没事，你别操心我。”纪燃道，“拍卖会怎么样？”

“还没开始，不知道为什么突然延期了一周。有点古怪，我还在查。”

“有什么需要帮忙的再联系我。”纪燃顿了一下，“不过我也只能给你点金钱支持，别的也没了。”

“没事，暂时不缺钱。那就这样，等我忙完这一阵再去探望你。”

挂电话后，纪燃也没急着回病房，在阳台发了会呆。

听到顾承的名字，纪燃一点儿也不意外。顾承最初就是混社会的，听说犯了很多事，只是最后都找人顶了罪，前几年才突然开始洗白从商。

换作以前，纪燃肯定得以牙还牙，非要把顾承整一顿再说，但现在，秦满因为自己受了牵连。

纪燃不知道顾承接下来还有什么手段，也不知道会不会再连累别人。

纪燃甚至在想，要是当初没把顾哲整得那么惨，那这件事是不是也不会发生了？

病房里传来对话声，纪燃转头看见几个医生正站在秦满床前，不知道在说着什么。纪燃赶紧收回思绪，转身回了病房。

“我在病历上看到你的名字都吓了一跳，你这是怎么了？怎么伤得这么重？”为首的是个中年男人，气势很足，能看出身旁的几个医生对他都颇为尊敬。

“没什么，只是出了个小车祸。”秦满客气地笑着，“我没事，您不用太担心。”

纪燃关上阳台门，快步走到病床旁：“怎么了？你不舒服？”

中年男人看着纪燃：“你是谁？”

“我是他家属。”纪燃想也没想便问，“是检查报告有什么问题吗？”

男人想了想，确定自己印象中没这号亲戚：“你是他什么家属？”

现在的医生连这个都要管了吗？

纪燃准备胡编乱造一个。

“这位是我朋友，”秦满在纪燃前头先开了口，“这是我叔叔，亲叔叔。”

纪燃：“……”

秦满的叔叔是这家医院的院长。

秦满原想着只是个小车祸，他叔叔日理万机，应该不会知道这件事，没想到他的名字被其他医生认了出来，把病历交到了上面。

“收拾收拾，我给你换个病房，再给你请个护工，你在医院养好了再回去。”院长道。

“不用了，只是小伤，在这儿住几天就出院了。”秦满道，“这些都是小事，您别告诉妈，我不想让他们担心。”

两人说了一通，秦满仍是不松口。院长叹了一口气：“知道你自己有主意，真的没问题？”

“没问题。”

“那别的就免了，护工还是要请一个的，不然你上床下床的也不方便。”

秦满笑了一声：“真的不用，我已经有朋友在照顾了。”

纪燃坐在椅子上，没参与对话。

没想到秦满还有个院长叔叔。

纪燃记得对方还有个亲戚在教育界也很出名。

这家庭质量未免也太高了。

院长点点头，把其他人支走后，他坐到床边，慢悠悠地开启了话家常模式。

“你要真觉得没问题，那行吧。对了，你和纪家那位发展得怎么样了？”

这话一出，秦满愣了愣。

“怎么了？害羞啊。”见他不说话，院长笑了，“我也是听你妈说的，说你要和纪家那位小姑娘相亲。怎么样，还满意吗？”

相亲？

秦满绝对没听过这类字眼。

秦满道：“我没有和她相亲，叔叔，你记错了。”

“我肯定没记错，我还特地问了的，那小姑娘好像叫……纪棠？”

“我是跟她见过面，不过不是相亲。”

院长“哦”了一声：“那可能是你妈还没跟你提呢，她前两天才给我说的这事。你见过她？那你觉得她怎么样？你年纪也到了，是时候谈个恋爱，准备结婚了。”

秦满点点头：“您说的是。”

待院长走后，纪燃噌地站起身来，说道：“我有点事情要处理，得回家一趟，午饭时间才能赶过来。”

“要去哪儿？”

“昨天忘了拿你的换洗衣服了……”纪燃道，“顺便去把车子开过来，要出去也方便。”

“别开车了。”秦满皱眉。

“放心，没事。难道他还能撞我两回？”

“他？”秦满捕捉到关键词，“是谁？你查到了？”

发觉说漏了嘴，纪燃一顿：“……没谁。你别管，好好待着就行。”

纪燃临走之前，拿着水果朝隔壁床走去。

“阿姨，这是我今早买的水果，新鲜的，你尝尝。”

阿姨受宠若惊：“啊，不用不用。”

“收着吧。”纪燃这个平时不爱跟陌生人接触的人，现在正笑眯眯地跟别人搭话，“那个……我得回去一趟，拿点东西。如果三十六床的病人有什么事，能麻烦你给我打个电话吗？”

阿姨恍然大悟，这才收下水果：“好的，没问题，你快去吧。”

纪燃这才放心地离开病房。

房门刚关上，秦满便拿起手机，给助理拨了一个电话。

纪燃回家拿好衣服，出门前特地挑了一辆越野，心想以后哪个还敢再来撞，大不了两人比一比，看谁撞得更狠。

纪燃没急着回医院，而是先去了一趟岳文文家的工地。

岳文文就站在工地门口等纪燃，戴着一顶安全帽，看起来傻乎乎的。

纪燃把车子开到岳文文面前，拉下车窗问：“东西拿到了吗？”

“这儿呢。”岳文文把袋子递给纪燃。

“谢了，钱我一会儿转你。”

“不用，小钱。你身体好点了吗？”

“本来就没受什么伤。”

岳文文放下心来，问：“你会用吗？盒子里面有使用说明。”

“都是烟，没差。”纪燃打开包装盒，看到里面居然是个白色的盒子。

折腾了半天，那烟管子才终于被纪燃拔了出来。

“对，就这么用。不熏人。”岳文文撑在窗前问，“你怎么突然想抽电子烟了？”

纪燃道：“我要戒烟。”

岳文文像是听见什么笑话：“戒烟？你？为什么呀？”

“吸烟有害身体健康。”

岳文文：“……”

纪燃碰烟十年，不可能一下就戒掉，得循序渐进，要先改成电子烟，逐渐减少次数，最后靠戒烟糖……也就差不多了。

跟岳文文道了别，纪燃又顺路去了一趟满高。

老邢正在保安室里用手机看电影，听见窗户被敲了两下，他抬头，看清窗外的人，顿时一个脑袋两个大。

“你又干什么来了？”老邢把人放进校警室来，警告道，“今天有学生在上学，我不会放你进去的。”

纪燃嗤笑：“我要真想进去，你拦得住我？”

嘿。

老邢一时语塞，他还真拦不住。这小孩，爬栏杆围墙跟吃饭喝水似的。

“放心，我没那么闲，没空跟那群人玩儿。”纪燃晃了晃手上的大黑袋子，“给你送东西来了。”

老邢往袋子里一看。好家伙，里头满满当当，全是好牌烟。

“……你这是干什么？想贿赂我？”

“给你的。”纪燃道，“以后用不着了，放家里占位置。”

“用不着了是什么意思？”

几分钟后，老邢点燃一根烟，往椅子上一靠：“我还以为你那天说要给我送烟，只是随口一句客套话呢。”

“我说到做到。”纪燃看着手痒，从口袋里拿出那白色盒子，掏出一根塑料管子来，放嘴里吸了一口。

“……你这是什么玩意儿？粉笔？”老邢问。

“电子烟，高科技。”纪燃哼笑，“你不懂。”

老邢笑着没反驳，年轻人的东西，他是不懂。

他在这学校当了这么多年校警，来来去去上万名学生，他对纪燃印象最深，也许是纪燃性格太像他年轻那会儿——当然，他没纪燃这么有钱。

所以面对纪燃，他的话也多了起来：“校庆那天，你又和那个尖子生吵架了？”

纪燃顿了一下，轻笑了一声：“是呗。”

“你说你好好的，非要招惹他做什么？”

“我招惹他？”纪燃啧道，“老邢，你别戴有色眼镜看人啊。”

老邢笑了一声：“我还不知道你？高中那会儿你就天天找人家碴。”

“你怎么知道？”纪燃眼一眯，“他跟你告状了？”

“哪能啊？是他班里同学看不过眼了，来我这儿说过两嘴，让我抓你。”老邢吐了一口烟雾，“我就纳闷了，你跟他又不是一个班，甚至不是一个年级，两人八竿子打不着，他怎么惹着你了，你非要找他麻烦？”

电子烟的味道跟真烟天差地别，纪燃抽不习惯，眉头都皱成了川字。

纪燃道：“他没惹我，是我看他不顺眼。”

可以，这回答很不讲理。

“够幼稚。”老邢笑了笑。

纪燃陪老邢聊了会儿天，直到下课铃响，才站起身来，拍了拍老邢的肩膀。

去医院的路上，纪燃一直忍不住出神，差点闯了红灯。

安全抵达后，纪燃坐在驾驶座上，按了按眉心。

看来这段时间不适合开车。

走到病房前，纪燃往里看了一眼，秦满坐在病床上，在跟其他病人一块看电视。

纪燃突然想起了之前出车祸时，秦满浑身是血的模样，在秦满闭眼的那一刹那，纪燃甚至以为他没了呼吸。

救护车上，纪燃不止想着该怎么跟秦满父母交代，更多的是害怕。

病床上，秦满像是感应到什么，朝门外看去，因为脖子不方便，他几乎是整个人都转向了那一头。

对上纪燃的眼神，他原本绷着的嘴角像是解了锁，不断往上扬。

“你回来晚了。”待纪燃走近，秦满道，“午饭时间都过去了。”

“去见了个老朋友。”纪燃躲开他的视线。

秦满察觉出对方情绪不对，挑眉问：“怎么了？”

“没什么。”纪燃道，“你笑得好丑。”

下午，护士来给秦满换药。

秦满想赶纪燃出去，纪燃不走，就坐在他身边，看着护士把绷带拆掉。

绷带下面是不堪入目的伤口，虽然没有流血了，但还有缝针的痕迹。

纪燃看得心里特别堵，闷着声音问护士：“这些伤会留疤吗？”

护士说：“恢复得好的话，不会的。”

纪燃问：“要是恢复得不好呢？”

护士：“……”

“现在是不是有什么祛疤的手术？他这个程度的伤痕，能祛掉吗？”

护士尴尬道：“这我不太清楚。”

秦满失笑：“我又不是小姑娘，留就留了。”

纪燃抿着嘴巴，不说话了。

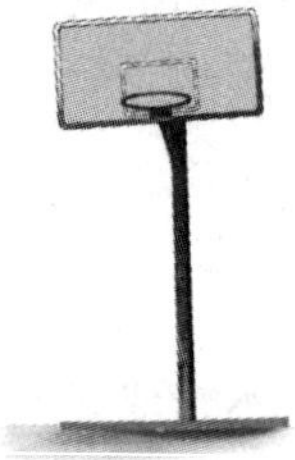

第三章

突如其来的车祸

纪燃正发着神，手机突然响了一声。

何随然：纪燃，什么时候有空见一面？比赛马上要开始了，我想给你送一张 VIP 票。

何随然：知道你不需要……但这是我的一点儿心意。这票不止能坐 VIP，你就是想进休息室参观都行。

纪燃点开对话框，刚要回复。

“你在干什么呢？”

纪燃吓了一跳，站起身来搀扶要下床的秦满。

“没做什么……你颈托呢？落里面了？”

“不是，不用戴了。”

纪燃：“不戴了？为什么？那个不都要戴两周以上……”

秦满倚在墙边，身体突然往前倾，打断对方的话。

“戴着不方便，就不爱戴了。”

一整个上午，纪燃陪秦满又做了好几项检查，光排队就花了不少时间。等回到病房，已经到了饭点。

秦满左手恢复了很多，简单的吃饭刷牙以及……上厕所，都已经没问题了。

医院食堂的饭还挺香，吃完，纪燃坐在床头，拿出电子烟来。

当纪燃正要吸一口，秦满就停下手，问：“这是什么？”

“电子烟。”纪燃看着他，动作一顿，“不是你要我戒烟吗……一下戒不掉，我慢慢来。”

“抽这个也不好。”秦满说。

“那怎么办？”

秦满凑到纪燃耳边，小声提议道：“试试戒烟糖。”

“行，我试试。”纪燃把电子烟放回了口袋。

“检查回来了？”隔壁的阿姨笑眯眯地跟纪燃打招呼，“没什么问题吧？”

秦满笑道：“没事，再过两天就能出院了。”

阿姨点点头：“以后开车要注意一点儿，年纪轻轻的，身体毁了可就什么都完了啊！”

秦满出院当天，是院长亲自来给他做的出院叮嘱。

秦满有一搭没一搭地听着，目光一瞥，发觉旁边的人倒认真，手上还开着手机备忘录，记得特别仔细。

他扑哧一声笑了，院长莫名其妙：“你笑什么？”

“没事。”秦满道，“叔叔，您这几天倒一点儿不忙啊。”

院长气笑了：“我刚从一台手术下来，连轴转了十来个小时，等跟你说完这些事儿就回去睡觉了……你到底听没听我说话？”

秦满慢悠悠点头：“听了听了。”

院长把目光放到纪燃身上：“还没感谢你，这几天能帮我们照顾他……你叫什么名字？”

纪燃刚要说话，肩膀就被人揽住了。

“这是我校友。”秦满笑容不变。

“校友？满高的？”院长问。

“嗯，比我小一届。”

院长点点头：“不是同一届，关系就这么好，也挺难得。”

秦满笑道：“是啊。这位以前就崇拜我，天天跟着我跑，就认识了。”

院长一点儿都不意外，他侄子这么优秀，放哪儿都是焦点人物，有几个小粉丝也不足为奇。

他想起什么，问："对了，前段时间满高校庆，你去了吗？听说有个毕业生上台好一顿搅和，闹得还挺大的。"

纪燃的神色变了变，秦满倒挺镇定："听说了，我当时在场。我觉得那毕业生说得挺好的。"

"说了什么我不清楚。"院长压低了音量，"只是这事闹得挺大。"

"这些事，您还是别掺和了吧。"秦满淡淡道。

"我知道。"院长说完，笑眯眯地看向纪燃，"这几天辛苦你了，等小满痊愈了，记得让他还你这个人情。"

纪燃面无表情："好的。"

两人一块上了车，秦满突然笑出了声。

纪燃一脸懵："你笑什么？"

"你刚刚记我叔叔的话，"他想了想，"比你高三上课记笔记那会儿还要认真。"

纪燃高三的时候学得特别拼，不为别的，当时如果没考上大学，纪老夫人就要把纪燃送出国。

当时纪燃还没什么底气，只能任人摆布，所以高三那一整年，纪燃几乎是拼了命地在学，课本都要背吐了，最后也确实上了所不错的大学，因为这件事，岳文文一直认定纪燃是隐藏的学霸。

纪燃刚想还嘴，又想起什么："你怎么知道我高三是怎么上的课？"

秦满比纪燃大一届，纪燃高三的时候，秦满早毕业了。

发觉说漏了嘴，秦满好笑地瞥了纪燃一眼："你以为你那些复习用的笔记都是谁卖给你的？"

"上一届的校友……"纪燃说到一半，停了，紧紧盯着他，"那是你的。"

怪不得！

纪燃当时就觉得那字迹跟秦满的特别像！还一度以为自己是偷秦满作业本偷出幻觉来了！

纪燃哑口无言，过了半晌才挤出一句：“真黑，一科卖我二百八十。”

“卖便宜了，你肯定起疑。”秦满顿了一下，“还有，年级前三的笔记本，一科二百八十哪儿贵了？”

纪燃打开车载音乐：“别说话，我要专心开车。”

回到家，纪燃舒舒服服地洗了个澡，这几天在医院那狭小的浴室里受了不少苦，纪燃现在回想起来都觉得难以置信。

刚从浴室出来，程鹏的电话就来了，说是车祸的事有了进展，叫纪燃出去当面谈。

秦满受了伤，纪燃当然不可能让他一起去。纪燃把外卖全收拾到餐桌上，跟秦满说了一声就出了门。

程鹏约在了一家清吧。

歌手在台上唱着抒情歌，两人坐在吧台最末，四周没什么人，就连调酒师都离他们很远，清静，也悠闲。

程鹏先上下把纪燃打量了个遍，看到纪燃脑袋上不足拇指大的伤痕后，颔首道：“还行，没伤太重。”

纪燃晃了晃酒杯：“本来就没受什么伤。”

“之前听文文的语气，我都差点以为你快死了。”

“闭嘴。”纪燃抿了一口酒，“案子有什么进展？”

车祸发生之后，纪燃去过警局，不过也只是做了个笔录。警察还问纪燃要不要看一眼肇事者，被纪燃拒绝了。

纪燃怕自己控制不住，动了手，事情反而更麻烦。

“全招了。”

纪燃动作一顿，还以为自己听错了：“什么？”

“那人全招了，警察这几天内应该会联系你。”程鹏指尖轻轻敲着桌面，“把顾承招出来了，警察已经抓人了。”

纪燃皱眉：“肇事者招得这么痛快？”

“我今天来，就是要跟你说这事。”

程鹏从衣服里拿出烟，给纪燃递了一根。

纪燃摇头：“在戒烟。”

程鹏有些意外，不过没多问，他给自己点上一根：“那天我去了趟警局，托人跟他见了一面。本来是想给他来点硬的，没想到……他一见我就跪下了。”

纪燃：“……”

“他哭着嚷着，说他什么都招了，还愿意实名举报顾承以前犯的事儿，让我放过他父母妻儿，不知道的还以为我真把他家怎么样了。那狱警听见了，看我的眼神都不对劲。”程鹏觉得好笑，吐出一口烟雾，问，“你弄的？”

“怎么可能？”纪燃道，“我这段时间都在医院，没空收拾他……而且我不动女人和孩子，你又不是不知道。”

程鹏就是知道，才会来问纪燃：“那你觉得是谁？”

“不知道，可能是他以前惹的人来报复他，他以为是我做的？”纪燃不确定地说。

纪燃也只能想到这么一个可能性了。

程鹏悠悠地看着纪燃，一时间没吭声。

其实程鹏心里有个猜想，但没得到证实，他也不想乱说。他抖抖烟灰：“秦满怎么样了？”

“死不了。”

“你们的合同还有多久？”

纪燃：“怎么突然问这个。”

“你说呢。秦满是什么人，你可比我清楚吧。”程鹏说话没留情，“面上冷冷淡淡、不可一世，实际上心眼比谁都多。”

“你别怪我说话难听。你想想，他家才破产，那些地就算再昂贵，光走流程就能耗死人，他如果想东山再起，手上肯定缺资金，”程鹏看了纪燃一眼，“而你呢，富二代，不务正业，人傻钱多好骗，手上还刚拿到一大笔钱……”

“你才人傻好骗。”这些纪燃自然想过，不过纪燃满脸无所谓，道，“不就是钱吗，他要，我当然可以给他。”

纪燃这人，一旦想通，心里那根弦就特直。

说不上视金钱为粪土，但给朋友花钱却很舍得。

“你没明白我意思。”程鹏停了停，“那如果，他只是为了你的钱，或是别的……你想过没有？”

纪燃嗤笑：“我这点钱，秦满应该看不上眼。”

程鹏欲言又止。

很多事情在他心里只是个猜想，没有证据，他不能瞎说。

“行了。”纪燃出声，打断他的思绪。

纪燃声音淡淡：“懒得想那么多弯弯绕绕的阴谋论，合同都签了，。”

“退一万步说，就算他真的有什么别的想法，那我也认了。”纪燃耸耸肩，无畏一笑，“最多不就是栽一回。我如果因为这些就畏首畏尾的，那我肯定会后悔。”

没想到纪燃会这么坦诚，程鹏反倒是听怔了。他半晌才回过神来，颔首道：“也是，是我多话了。”

“没有，你关心我，我知道。”纪燃拍了拍他的肩，道，“我去一趟厕所，等我回来了继续喝。”

清吧和酒吧的区别就是，清吧不吵，清静，适合谈话。

为了符合这个氛围，老板在装潢上下了不少功夫，就连厕所的设计都颇有艺术风格，环境也比酒吧要好得多。

纪燃从厕所出来，洗了把手，没急着出去。

纪燃停在镜子前犹豫了半晌，最后从通讯录里，翻出一个许久没联系的电话号码。

纪燃打完电话，转身正打算离开，却迎面撞见了一个熟人。

来人朝这边笑了笑，声音温软：“果然是你。”

温笑今天显然精心打扮过，唇色艳得反光，脸上的粉抖一抖估计能掉好几层，鼻子两侧还黑乎乎的，看得纪燃都产生了不适。

纪燃站着，没吭声。

见纪燃不说话，温笑继续假情假意道："对了，网上的事我都看见了，你还好吧？"

"听说你还被纪家赶出来了？唉，我之前就跟文文提过，你再这样闹下去，迟早得出事。"温笑话中都是幸灾乐祸，"你们关系这么好，文文都没劝劝你吗？"

纪燃突然笑了，说："放心，我过得当然比你这变态好。"

温笑脸上一僵："你别一上来就骂人吧？有没有点素质？"

"骂你怎么了，你不就是来我这儿讨骂的吗？我是没什么素质，所以别把你那一套放我面前来，逼急了，我连你都打。"纪燃凉凉道。

温笑："你怎么说话呢！"

纪燃懒得跟这人废话："有事说事，没事走开，好狗不挡道没听过？"

温笑虽然常年跟不同的人打交道，但接触的都是些富家人士，有的时候他们的行为举动可能会不讲理些，可说话这么粗鲁的，也就纪燃这一个。

"你嘴巴真脏。"温笑还记得自己在停车场受到的羞辱，道，"你出了这么多事，秦满还跟着你吗？"

"这事轮不到你操心。"

"就算他跟着你，也只是因为交易。"

纪燃道："是啊，他为了钱愿意跟着我，而你就是给了他钱，他都不乐意跟你。"

之前在停车场，温笑带的那两个助理都是小瘦棍儿，怕跟纪燃动手后吃亏才忍让着。但现在，温笑的前任就坐在清吧里，还有对方好几个朋友，全都是健身教练，要真打起来，吃亏的肯定是纪燃。

温笑低头笑了，熟练地点燃一根烟，吸了一口："我这种人，那你是哪种人？你作得连你爸都不要你了。"

纪燃对这种话早免疫了。这人实在是无聊，跟这种人拌嘴更是无趣。

纪燃翻了个白眼，正打算走，没想到温笑居然往旁边一站，挡住了纪燃的去路。

“之前在停车场，秦满说的都是虚情假意的话，你该不会当真了吧？”温笑脸上的笑容特别讽刺，“你和秦满的合同就只剩下最后半年了，希望你认清现实，免得到时候抽不出身，平白惹难堪。”

纪燃觉得好笑：“那是我和他的事，跟你有什么关系？让开。”

“怎么会没关系？”温笑心里那点虚荣和兴奋已经无法按捺，肩膀靠在门边，嘴角不受控制地上扬，“半年后，秦满就是自由身了。对了纪燃，你现在被赶出家门一定很缺钱吧？要不然你提前跟秦满终止合同，我给你一笔钱，怎么样？”

温笑如果仔细看，就会发现纪燃脸上的平静已经退去，眼神登时冷如冰窖。

温笑还沉浸在对未来的幻想中，纪燃已经往前一步，揪起了对方的衣领。

其实纪燃和温笑的身材差不了多少，但纪燃还是能将温笑拎起来。

“你这个变态，别乱说话。”纪燃声音森冷，眼底满是戾气。

“你放开我！”虽然早有防备，但温笑还是被吓着了，于是不自觉扯高音量，“纪燃！你就是疯子！天天想着用暴力来压制别人！！”

“你再大点声。”纪燃不仅没放开，手上反而握得更紧，“把人都叫进来，让大家都看看，嘴臭会是什么下场。”

温笑讽刺一笑，道：“话都被我说中了，恼羞成怒了？”

纪燃一转身，捏着衣领把温笑整个人往墙上一甩，发出一道闷闷的撞击声。

温笑只觉得背上一疼，差点叫出声来。

“温笑，我警告你。”纪燃冷冷地看着对方：“你以后如果再敢缠着秦满，或者在我面前说这些不识趣的话……”

纪燃突然笑了，笑得特别和善，慢悠悠地把温笑放开，并用手掌轻轻地把温笑的衣襟拍平。

“我就把你这身鸡毛都给拔了。”

纪燃语气平缓，道：“我这人说到做到，你好好想想，自己这条命还要不要。我们之间这点破烂牵扯就早点结束吧。嗯？”

纪燃走后，温笑还靠在墙壁上，紧紧屏着呼吸。待纪燃的背影消失，温笑才开始大口大口地喘气，想转身洗把脸冷静一下，才迈了一步就因为腿软，差点摔倒在地。

见纪燃从厕所回来，程鹏挑眉问：“怎么这么久，我还以为你被人堵了。”

“谁敢堵我。”纪燃哼笑一声，“不过确实遇到个傻子。”

“谁？”

纪燃没应，直接拿出手机来，给岳文文打了个电话，把温笑那些前任的联系方式都拿到了手。

纪燃虽然没对温笑动手，但这事也不能就这么算了。

温笑那种人，不给点教训，是不会知道怕的。

跟程鹏道了别，纪燃回家之前，去了一趟商城。

到家已经是晚上十一点儿，看到还没休息的秦满，打开了话匣子。

纪燃：“我刚刚在清吧碰见温笑了。”

秦满挑起眉：“然后呢？”

“吵了一架。”纪燃言简意赅，“以后那人要是再打扰你，你就告诉我。”

“好。”秦满一哂，“不过应该也没机会了，我一会儿就把温笑的微信删掉。工作结束了，留着也没什么用。”

纪燃满意的回答道：“你还挺有先见之明。”

翌日，纪燃睁开眼，只见窗帘紧紧闭着，隐约透了些日光进来，房间内光线昏暗，让纪燃忍不住想睡个回笼觉。

外面传来点窸窣的声音。

纪燃闭眼躺了一会儿，实在睡不下去了，只得起身套上衣服就往外走，一出门，就看到秦满在厨房里忙活着。

“你能不能别糟蹋我厨房了？”纪燃靠在厨房入口的墙沿上，懒懒道，

“病了就好好躺着，这块地招你惹你了，你非要整它。”

秦满笑了一声：“只是煎个蛋，不至于。你去洗漱，出来就能吃了。”

因为全程都是单手完成的，他这荷包蛋煎得不伦不类，形状千奇百怪。

纪燃一脸嫌弃地吃了个干净。

纪燃刚吃饱，门铃就响了起来，是快递员。

纪燃把快递签收了，丢到桌上，一边喝着牛奶一边拆开，里头是两张赛车比赛的入场券。

秦满挑眉：“这是你自己订的票？”

“不然呢？”纪燃顿了一下，明白了，“你以为是何随然送的？”

不等秦满回答，纪燃便道：“我自己买得起票，干吗要他的？”

秦满道：“我以为你会想进休息室看看。”

纪燃嗤道：“休息室有什么好看的？我对别人的车没什么兴趣，开到我面前我都不乐意看。”

秦满笑了一声：“那你这多出来的一张票……”

“你不去算了，我问问岳文文……”纪燃作势拿出手机。

“别。”秦满微笑，“我去。”

纪燃把票收好，闲着无聊，干脆开了电视，准备打一会儿游戏。

游戏正在读条，纪燃目光一瞥，看到秦满正在玩手机，突然想起什么，问：“你之后打算做什么？”

秦满抬眼：“嗯？”

“……工作啊。”纪燃沉默了一下，“反正永世不准去。如果你真的想上班，我可以让程鹏给你找个职位，待遇肯定比永世要好。或者你想干别的……也可以。”

秦满放下手机：“我没考虑过永世。到时候再说吧，毕竟石膏还要一个多星期才能拆，先休息一段时间。”

纪燃点头：“随你。我也就是问问，你想休息一星期、一个月……一年都行。”

以前其实纪燃的心里挺矛盾的，总觉得秦满不该是这样的，他该坐在高楼顶层的落地窗前批阅文件，而不是窝在永世角落这间小破办公室里给别人做收尾项目，现在离职了也算是件好事。

见纪燃沉默，秦满问："你呢？"

纪燃回神："什么？"

"你以后想做什么？"

毫不夸张地说，这是纪燃第一次听到这句话。

纪家人从来不会问纪燃想做什么，只会命令纪燃去做什么。岳文文和程鹏都有家族事业，他们之间也不会谈论这个话题。

旁边的人一直没说话，就在秦满以为得不到回答时，那头才传来一句："开家赛车俱乐部吧。"

秦满意外地挑了挑眉。

"现在强一点儿的俱乐部都是国外的，我虽然没加入过那边的队伍，但我听说过有不少国外的车队歧视我们国家赛车手。我们的赛车手每次跟别人谈合约，也几乎都处在下风。"说到这，纪燃嗤笑一声，"之前那个俱乐部来找我签约的时候，说给我开的是国内最好的条件，实际上待遇却比国外那些普通选手要低好几倍。说的比唱的好听，谁爱去谁去，反正我不去。"

秦满问："所以，你打算什么时候开始招人？"

要说开俱乐部，钱、场地甚至车子都是其次，主要还是赛车手。

赛车这项活动在国内其实并不热门，热爱的人多，真正能开的人少，开得好的就更少了，训练、赛道等很多方面也没国外那么完善。

纪燃道："已经在物色人了。"

不过人哪是那么好招的，赛车手本来就少，有点本事的人肯定早早就收到过其他俱乐部的邀约，再好一点儿的肯定已经有了心仪的俱乐部——谁会放着国外的大型俱乐部不去，去一个刚刚成立的俱乐部当小白鼠？

纪燃也没着急，俱乐部八字还没一撇，还要走一堆手续，最早也是明年的事了。

秦满凑上来夸道："你真厉害。"

纪燃手上还捏着游戏手柄，见秦满凑过来，眼明手快地抬起手肘，抵在秦满下巴上："你的右手是不是不想要了？医生说过让你别乱动……在你拆石膏之前，不准再乱动，不然我把你左手也废了。"

秦满只好坐在沙发上，看纪燃玩了一个上午的游戏。纪燃玩游戏时非常认真，很少说话，两人几乎没什么交流，可他却觉得特别舒服，他甚至觉得，要是真休息一辈子……好像也没什么不好。

正想着，口袋里的手机响了起来，秦满看了一眼来电显示，起身到了阳台才接起来："妈，什么事？"

"没事，就是想你了。你都几天没给妈打电话了？"

"我这边出了些小状况。"秦满笑，"本来打算晚上给你打的。"

"状况？你怎么了？出什么事了？"秦母急声问。

"小事。"秦满问，"你和爸最近好吗？"

"你别担心我们。"秦母听他语气轻松，似乎真没什么大事，稍稍放下心来，"对了，我和你爸过段时间可能要回国一趟。"

秦满挑眉："怎么了？"

"你爸老朋友的儿子结婚，邀请我们去观礼。"秦母顿了一下，"小满，你……"

"那挺好的。"知道她要说什么，秦满赶紧打断她的话，"回国的时间提前告诉我，我去接你们。"

秦母却不乐意了："你让我把话说完。"

"你知道我要说什么。小满，妈不是逼你……只是你年纪也差不多了，也是时候找个伴陪着你。之前让你跟我们出国，你不愿意，非要自己留在国内，身边也没个人陪着，妈只是怕你寂寞。"

秦满笑了声："妈，我一切都好，您放心。"

这话茬一开，秦母就停不下来："就你这种性子，小时候整天闷头读书，现在又总是沉迷工作，那怎么行呢？世界这么大，好姑娘这么多，你到处看看，肯定能碰见一个喜欢的，到时候你就顾不上那些了。”

秦满一顿，莞尔：“您说得对。”

“你就知道敷衍我。”秦母叹了一口气，“你如果真上心，妈给你介绍几个，当然，我就是给你们搭个线，成不成看你们，我不逼你……”

“不用了。”

“你看看，刚刚还说我说得对呢。”

“妈，真不用。”秦满失笑，往里看了一眼。

纪燃因为游戏打得太激动，已经挪了位置，纪燃现在背靠着茶几，盘腿坐在地毯上，全神贯注地戳着那几个按键。

结果一个走位失误，被 Boss（怪物首领）一拳摁倒在地。

秦满隔着玻璃都能感受到对方的烦躁。

某家菜市场，今天迎来了两位稀客。

两人刚走进菜市场，就有不少目光落在两人身上。在众多中年妇女或大叔之中，外形出众的二人十分突兀显眼，更不用说其中一位还染着绿色的头发。

秦满问：“家附近就有超市，怎么不去那里买？”这家菜市场虽然卫生管理得很好，但进去时仍旧有一股味儿，所有菜肉种类加在一块，实在不算好闻。

虽然他们戴了口罩，但是秦满还是不太适应。

“超市很多都是冷冻的。”纪燃太困了，声音里还带着沙哑，慢慢地走到店铺前，仔仔细细看了一眼面前的猪肉，“这里的才新鲜，刚杀完就运来了。”

昨天纪燃还特地上网搜了一下，“专家”们说，喝骨头汤会有利于骨头愈合，还能补钙。

所以今天纪燃一大早就起了床，想来菜市场买点骨头回去煲汤。没想到纪燃才在床上稍稍挪动了一下，秦满就睁眼了。

见秦满微微拧着眉，纪燃嗤笑："让你在家待着，非要跟我出来……大少爷，不习惯这种地方？"

秦满一笑："你经常来这儿？"

纪燃还没回答，卖猪肉的小摊贩就先开口了。

"哎呀，我远远看就觉得是你！"卖猪肉的是一位大婶，身材看起来特别壮实，"你好久没来了吧，咦，你这头发怎么古里古怪的，不好！"

"有事，就没来。"纪燃看了一眼挂在上头的猪肉，道，"猪是家养的吗？给我来点里脊肉。"

"是是是，你都来我这买好几回了！我从来不卖饲料猪！"大婶一边说，一边利落地切下几块里脊肉。

"我怎么感觉你又瘦了呢？青春期要注意饮食，不然影响发育啊！我给你切几块好的。"她抬头看了一眼纪燃身边的人，忍不住多嘴地问，"这是你的亲戚吗？"

纪燃因为长得比较显小，导致大婶一直认定纪燃才十六七岁，纪燃也懒得纠正她。

两人大包小包，买了不少东西，出菜市场之前，纪燃手机响了一声。

是岳文文在三人讨论组里哀号，说自己顶撞老爸被赶出家门了。

岳文文：求求好心人收留，实在没人理我，那我只能在无名旅店独自吃外卖了。我爸这次真发毛了，我不敢去酒店登记呜呜呜……

岳文文：主要我现在全身只有七十三块，有没有哪个好心人可以借我十万，来日必将涌泉相报！如果还不上，卖身也行。

纪燃看了一眼，已经是十分钟之前的消息了。

程鹏因为工作需要，微信提示都是开着的，讨论组里谁出了事他都是第一个说话。现在他还没吭声，那就是在忙没时间搭理了。

纪燃：卖身？美得你。

纪燃：你现在在哪儿？

岳文文：奶茶店里，还好阿姨开门早，不然我都没地方去……正准备点一份十二块钱的卤面。

纪燃：来我家。

发完这三个字，纪燃就把手机关了收好，没再看岳文文发来的一连串彩虹屁。

回到家，纪燃把材料都放进锅里，忙研究食谱——纪燃虽然以前也做过饭，但很少熬汤，这么费时间的事纪燃碰都不想碰。

纪燃正按着食谱的量加水，就听见门铃声响了。

秦满起身："我开。"

岳文文在过来的路上就想好了，等纪燃一开门，就要给对方一个大大的拥抱。

看到秦满的脸，岳文文动作一下没收回来。倒是秦满眼明手快，身子一侧，岳文文差点摔倒。

"这什么味道？好香啊。"

秦满道："纪燃在熬汤。"

岳文文把背包丢在一旁，跑到厨房里。

"纪燃，我都好几年没见你下厨了……熬的什么汤？"

纪燃把盖子阖上："不关你事。你什么时候被赶出来的？"

"昨晚。"岳文文可怜兮兮。

"那你昨晚睡在哪里？"

"半夜才被赶出来的，我就跟朋友玩去了，结果到了结账才发现我的卡全被冻结了！一张不剩！我全身就一张百元钞……"岳文文叹了一口气，"吃了点东西，刚刚又打了个车，现在只剩四十了。"

两人又聊了几句，岳文文便大大咧咧躺到了客厅沙发上。

岳文文一晚上没睡好，现在碰什么都想睡。岳文文躺在沙发上半眯着眼睛，问坐在一旁的秦满："秦满，你的伤怎么样了？"

秦满言简意赅："再等一个多星期就能拆石膏。"

岳文文又关心了几句，然后拿起遥控器，顺手把电视给开了。

纪燃把汤熬上，走到客厅，脚丫子轻轻踹了踹岳文文躺着的沙发：“你是要住这儿，还是我给你笔钱，你出去住？”

“你借我点钱吧。”岳文文笑眯眯的，“这几天我晚上都得去酒吧，回来得晚，不好意思打扰你们。”

纪燃挑眉：“怎么，年纪大了，还天天往那儿跑？”

岳文文跟纪燃一样，以前每晚都在酒吧待着，后来喝伤了才消停，次数也变成了一周两三次。

“我昨天在酒吧看到个特别合我口味的人。”岳文文毫不掩饰地说，“可惜昨晚人太多，我没能跟人搭上话。这几天我得在那儿守着。”

纪燃无话可说，倒是秦满笑了一声：“很有毅力。”

“那是，好不容易遇到个喜欢的，谁放弃谁傻。”

纪燃凉凉道：“希望你这回眼神能好一点儿。”

岳文文吃了个午饭才准备离开，因为卡全被冻结了，纪燃借给岳文文的都是现金。离开之前，岳文文把纪燃拉到了门外。

骤然离开屋里的空调，纪燃有些烦躁：“怎么，难道还要我送你到大门？”

岳文文连连摆手：“不了不了，我走了。”

送走岳文文，纪燃转身回屋，发现饭桌上的碗筷已经被人丢进了洗碗机里，秦满正坐在沙发上，听见动静，施施然抬起眼来。

秦满开口道：“走了？”

“嗯。”

“我之前租的那个房子还没到期，如果你朋友不介意，我可以把钥匙给你朋友。”秦满一顿，补充道，“那些讨债的也不会再来了。”

“不用，那些钱够岳文文住的了。”

纪燃话刚说完，门铃又响了。

岳文文落东西了？

纪燃打开电子猫眼，看清里面的人后，纪燃微微一怔。

见纪燃脸色变了，秦满起身：“谁？”

“我奶奶的司机。”纪燃回过神来，连忙抓起秦满的手，“你先躲躲。”

秦满失笑：“有什么好躲的，我来借住都不行？”

万一纪老夫人看到秦满，指不定又要叨叨旺兴那块地的事。而且这老人家眼神一向毒辣，多一事不如少一事。

纪燃坚持：“不行。”

秦满无奈，不过好歹这次不是把他赶到客房了。纪燃把人推到卧室里：“在这儿待着，别出声。”

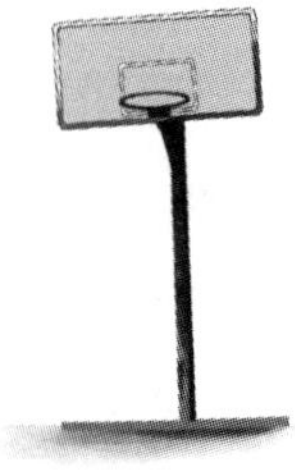

第四章

你是婚礼的主角

去开门路上，纪燃一直在沉思。

往常，纪老夫人一年最多就在过年时会回国一次，现在却突然回来了，还一声不吭找上门来……

总归不是什么好事。

车子驶进车库，纪老夫人下车之后一言未发，见到纪燃也只是不轻不重地扫了一眼，然后从纪燃身边走过，径直进屋。

她不说，纪燃也懒得猜。

终于，两人在沙发上静坐半分钟后，纪老夫人先开了口。

“这段时间，我在国外听说了不少事。”她拿起自己的保暖杯，轻抿了一口，“你最近可真没闲着。”

“我说了不让你去祭拜那个女人，你怎么又去了？”

纪燃嗤笑：“做都做了，您现在再提，晚了。”

“罢了。”她也确实不想纠缠在这些无法挽回的事情上，“我今天来找你，是有另外一件事。”

纪燃疑惑道：“什么事？”

纪惟逃婚了！

纪燃听到这句话的时候，意外地挑了挑眉，半天才消化掉这个信息。

那个从小到大唯纪国正话是从的人，竟然逃婚了？

纪燃忽然觉得身上的怒火消了个干净，只剩下惊奇和好笑。

纪惟两天前开始失联，起初大家都以为他是有事耽搁了，直到工作日，对方迟迟没来公司，才意识到其中的严重性。

而留下的也只有办公桌上的一封信，他在上面表明了自己不会结婚，并愿意为此事付出代价。

纪老夫人说得很模糊，但纪燃用脚指头想想也知道，这代价无非就是放弃公司，或离开纪家。

可纪家的请柬印好了，场地也布置好了，长辈在业内到处宣扬婚讯，纪国正好面子，丢不起这个人，所以这场婚礼得办。

好在请柬还没来得及发出去，所以他们一琢磨，想起了另一个纪家人。

到时候再找借口，说是纪燃占了纪惟的婚期，或是纪惟看上了另一个婚期……怎么也都说得通。先拖延着，把纪惟找回来再说。

“这些人虽然不是什么大门大户，却也算得上门当户对，是我特地给你挑的，都不差，不会委屈了你。”纪老夫人匆匆从国外赶回来，脸上满脸的疲惫，“你年纪也差不多了，早点结婚生子，对你也好。”

纪燃回过神来，嗤了一声：“老夫人，你在国外消息不灵通，可能还没听说……我和纪家已经没关系了，也没兴趣帮你们去填这个窟窿。”

“不要胡闹，现在是在说正事。我知道你和你父亲有矛盾，但他再怎么说也是你父亲，你们血缘上的关系无法抹灭……”

“那我到底怎样才能摆脱你们？”纪燃懒懒地问，“钱吗？我能值多少钱？这些年来我收的钱，连本带利还了，我不欠你们。我也已经成年了，不需要监护人。”

纪燃的话过于直白，纪老夫人震惊了半晌才找回话来：“……你怎么敢这么跟我说话？你别忘了，你这条命是我救下来的。当初若不是我点头，你连生下来的机会都没有！”

“我的命？你救的？”纪燃像是听见什么笑话，本想心平气和地说，谁想对方先提起当年的事，反而在纪燃那点小火苗上添了一大桶油。

“你也知道，你不过是点了个头。是你怀我十月、生了我吗？还是你真以为没你应允，赵清彤就不会生我了？你如果没点头，难道纪家还能硬摁着赵清彤去打胎？”说到这儿，纪燃一顿，讥讽地笑了一声，“哦，这事你们还真做得出来。”

纪老夫人脸都白了。

她在温室里生活了近一辈子，还是第一次被人这么质问。她原先就听说纪燃翅膀硬了，没想到居然已经逆反到了这个地步。

“你真以为把钱还了，就算还了那些债吗？”她声音都高了几分，“要不是我，你能从小养尊处优长大？能上那么好的学校、坐那么好的车、吃那么好的食物？！没了这些，你只会成为一个一无所有流落街头的孩子！”

纪燃只觉得可笑。

要不是纪家，要不是这些，纪燃怎么会承受这么多年的语言攻击和校园暴力。

要是没有这一切，纪燃或许会跟赵清彤在一个偏僻清静的地方定居，纪燃不怕苦，赵清彤也不怕，世上赚钱办法这么多，总能找到办法，也许过不上奢华的日子，但至少能糊口，平淡简单，也快乐。

没有冷言冷语，也没有歧视羞辱。

纪燃不会成为孩童之间的笑柄，赵清彤也不会被那些所谓的上流贵妇当作饭后谈资。

实际上，在纪燃懂事之后，就已经起了远离纪家的念头，但当时赵清彤已经去世，纪燃的监护人写的是纪国正的名字，纪燃是家丑，纪国正不允许自己脱离他的掌控，纪燃连一张最简单的签证都办不下来。

后来，纪燃在赵清彤的遗物中，发现了一本日记。那本小册子被女人精心收在枕套里，所以没被纪家派来的人搜走。

于是纪燃留了下来。

纪燃收回思绪，看着面前正在轻轻喘气的人。

纪老夫人年纪大了，身体自然有些小毛病，一激动，免不得有比常人更大的生理反应。

纪燃顿了一下，看向她身后的人：“带药了吗？给她吃点。静心丸什么的，都先拿出来。”

助理从随身携带的药盒里拿出几颗药丸。

纪老夫人听见这句话，还以为是纪燃终于找回了些良心。

她咽下两粒药，终于恢复冷静：“刚刚是奶奶说话太急了，你别在意。也是你太不懂事了，以后别这么跟长辈说话了，知道吗？”

纪燃讥笑一声，没应。

纪老夫人道:“照片你看看,或者你想要详细资料也行,我会让人送过来。后天要下请柬了，你必须在那之前给我一个人选。”

纪燃冷冷地问：“这些人知道你这样把照片放在一块，让我跟挑猪肉似的挑吗？”

“别说得这么难听。纪家家大业大，多少人想碰都碰不着。”

纪燃点头：“是啊，你们纪家是电是光是唯一的神话，全世界的人都想和纪家沾上关系。”

纪老夫人不明白纪燃在说什么：“礼服我会专门让人裁定，放心，婚礼会帮你办得风风光光。我给你做主，再给你小两口送两套房，我手下还有点门铺，你挑几个去，还有婚车……”

“等一会儿。”纪燃打断她，扮出一脸无奈，“不是我非要跟您老人家作对，是这事吧……我没法答应你。”

纪老夫人皱眉：“你又怎么了？这几个人都不满意？”

“不是。”纪燃一边嘴角翘起，幽幽地丢出一句，“只是……我不喜欢。”

纪老夫人：“你……”

哐啷。

卧室内东西落地的声音。

纪燃脸色一变。

纪老夫人捕捉到纪燃的表情，登时更气了：“有人在里面？！”

“你居然把人带回家了？你知不知道这事万一被拍到，那纪家……纪家……”

“我说了，我和纪家已经没关系了。”纪燃不耐烦地打断她。

纪燃脸上多了几分烦躁。

卧室什么东西掉了？那独臂大侠又在里面折腾什么啊……

纪老夫人一看纪燃的表情，心里登时确定下来。

纪燃不只把人带回家，甚至此时此刻，房间里就有个人。

她猛地站起身来，那身板和速度，完全不像是近七十的人。

纪燃眼明手快，跟着她站起来：“终于要走了？”

纪老夫人没说话，一张脸沉得可怕，径直朝卧室房门走去。

纪燃立刻跟上，眼见就要抓住纪老夫人，手伸到半空却又顿住了。

纪燃怕劲儿控制不住，于是收回手，直接挡在了卧室门外，背脊紧紧抵在上头：“你到底想干什么？”

“让开！”纪老夫人气道，“我倒要看看，是谁带坏了你——”

“没人带坏我。”纪燃皱眉。

纪老夫人深吸了一口气，伸手就抓纪燃的手臂，想把纪燃拽开，因为拽不动，她指甲落在纪燃皮肤上，划出几道红痕。

卧室门被人从里面顶开，外面几人还僵持着，房内的人就慢悠悠走了出来。

秦满穿着一身家常服，手上吊着石膏，表情如常。

对上纪老夫人惊讶的眼神，他甚至笑了一下，礼貌又疏离地招呼：“老夫人，你老人家身体还好吗？”

纪老夫人现在的震惊，不亚于刚才。

她对房内人的身份做了无数猜想，独独没想到里面的人会是秦满。

三分钟后，老夫人坐回沙发上，又拿起保温瓶喝了一大口水。

许久，纪老夫人打破沉默：“小满，你怎么在这儿……你的手怎么了？”

“不小心蹭到的。”秦满显然不想跟她解释。

纪老夫人硬撑着，问出最想问的那句：“你是来借住吗？”

纪燃一顿：“与你无关。”

纪燃破罐子破摔，一脸不耐烦地问：“人也见着了，您该走了吧？”

她刚站起身来，纪燃又开口了。

“老夫人，虽然我没法跟您安排的人结婚，但我这倒有个别的好办法。”

纪老夫人停下脚步，狐疑地看着纪燃：“你说。”

“不就是缺一场婚礼吗？”纪燃真诚道，“您是不是忘了纪家还有个人能办婚礼？”

纪老夫人一下没明白过来：“谁？”

纪燃笑得特别讥讽：“您儿子。”

纪老夫人抬手，在自己胸膛上顺了两口气。

她教养好，这种气人的话比不过纪燃是正常的。她这么想着，放弃了和纪燃再沟通的想法，转身离去。

晚上，纪燃把某个刚在网络上线的欧美大片投放到电视上，秦满看清剧名：“第三部？”

“是啊。”纪燃侧目，“你该不会没看过吧？”

“没看过，其他两部什么时候上映的？”

纪燃鄙夷地看了他一眼：“这么出名的片子你都没看过？你大学都在干什么？”

“不记得了。”秦满一笑，“很无趣。”

“你呢？”秦满问，“你大学在干什么？”

纪燃哼笑一声：“也没干什么，就是把满城每个酒吧都占领了一遍。”

“辅导员没管？”

“谁管得住我？”纪燃想起什么，笑道，“他当时来酒吧找我，还被我灌了一通。”

大学城四周有不少灯红酒绿的场所，加上学校没有门禁，不用躲着老邢，那几年纪燃过得特别肆意，说起来也有些刹不住车。

纪燃说着说着，手机突然响了起来，是岳文文打来的。

纪燃吃了口西瓜，接起来：“什么事？”

岳文文开口就道：“纪燃你火了！不，是我们火了！”

电视音量开得太大，纪燃没听清："你家才着火了。"

岳文文掐着嗓子说："不是……你还记得我们在温泉酒店吃的那回农家乐吗？"

纪燃见对方情绪激动，有股不太好的直觉，拿起遥控器把电影暂停了："记得，怎么了？"

"那次我们不是撞上了何随然在拍综艺吗？"岳文文道，"那节目组居然没把我们剪辑掉！我们上电视了！"

纪燃打开视频软件，看着那短短一天便到达五千万播放量的综艺，有些烦躁。

餐厅中央的大电视上正播放着热门综艺。

餐厅的电视一般都是装饰作用，今天却出奇地有声音，不少客人时不时抬头看看。

纪惟面前的牛扒一动未动，目光一直放在电视上。

"纪燃和秦满离职这事你知道吗？"半晌，他才说这么一句。

许麟没有丝毫反应，把切好的牛扒放到他面前，换走他的那份，才开口道："我知道。"

许麟拿起毛巾，擦了擦手，"吃吧，吃完就回去。"

纪惟一顿："回哪儿？"

"还能回哪儿？"许麟笑了笑："当然是回你家。"

"我说了，那件事情不查清楚，我不回去。"纪惟咽下一块牛肉。

"可那是你们家里的事。"许麟语气如常，"跟你的未婚妻没关系。她是个很好的女人，不应该被你们家的恩怨牵连。你逃婚了，她怎么办？"

纪惟道："我又不喜欢她，之前是听了我爸的话才答应的。"

现在发现自己一直敬仰的人，很有可能跟自己心目中的形象并不相符后，那还怎么依着对方的话做事？

"纪惟。"许麟停下刀叉，抬头看他，"你是个人，不是提线木偶。"

"你以前做过的事，没人逼你，都是你自己做的。"

纪惟道："我知道，我会补偿她。"

许麟无话可说，拿起纸巾擦了擦嘴，颔首道："那你慢慢吃，我先回去了。"

纪惟立刻抬头："你去哪儿？"

"当然是回家。"

"那我呢？"纪惟问。

"回酒店睡，或者回家……都是你的自由。"许麟起身，跟他道别，"以后如果没什么必要的事，我觉得我们可以不用联系了。"

纪惟看着许麟的背影，心里沉甸甸的，说不出什么感觉。

这段时间，他仿佛一直在看这个人的背影。

决绝，从来不回头。

许麟以前待他极温柔，从来没给过他冷脸。

他忍着心中的不适，把刀叉随手丢到一边，发出一阵动静。

周围的人都朝他看来，但他丝毫不在乎，拿起手机拨了个电话。

那头许久才接起来。

"干什么？"能听出对方的不耐烦。

"纪燃，我们见一面。"纪惟道，"我有重要的事要问你。"

纪燃想也不想："不见，没空搭理你。别给我打电话了，我们没那么熟。"

纪燃说完，径直挂了电话，把手机丢到一边，继续紧紧盯着枕头前的iPad。

秦满看了过来："你还在看？"

纪燃抱着枕头，黑着脸看着屏幕。

纪燃刚刚已经看了一遍了，现在在看第二遍，专程开了弹幕。

之前弹幕几乎要把整个屏幕都占了，纪燃无奈之下，只好先看了一遍无弹幕版的。

纪燃起初回想了一下，就算那综艺把他们拍进去了也没什么，完全搞不懂火的点到底在哪儿。

秦满拿出自己的手机，从APP上下载了这个视频，一抬眼，看到弹幕上飘过一句：“大家有没有发现屏幕上白衣服的就是前段时间被爆出来的赵清彤的孩子。”

纪燃锁上手机屏幕，抬头正准备继续辱骂剪辑师，iPad却突然被人用力一推，直直倒在了床单上，整个屏幕都看不见了。

“别看了，来给我换个药？”秦满问。

纪燃没怎么犹豫就把iPad给丢到了床头柜上。

纪燃对综艺没什么兴趣，看明星也没任何滤镜，因此并不想浪费时间去看几个成年人玩游戏。

凌晨四点，纪燃被电话铃声吵醒。

纪燃睡得迷糊，连脾气都忘了发：“喂？”

“你现在方便吗？”陌生电话，声音却是程鹏的。

程鹏做事一向有分寸，没什么急事，不会在半夜给自己打电话。

“有。”纪燃坐起身来，揉揉眼睛，问，“怎么了？”

“来接我。”程鹏声音疲惫，“顺便陪我吃顿夜宵。”

纪燃直觉不对，问：“你在哪儿？”

“警局。”

挂了电话，纪燃想也没想就准备出门，秦满声音困倦：“去哪儿？”

“接程鹏，他出事了。”纪燃解释道。

“我陪你去。”

“不行。”纪燃顿了一下，“这事不好听，程鹏可能不希望太多人知道。”

秦满眯着眼睛看着纪燃，最后只叮嘱一句：“小心开车。”

程鹏被拘留了七十二小时，原因是拘禁他人。

举报他的，是陈安的亲戚。

那晚他们从清吧离开后不过三小时，警察就上门抓人了。

纪燃黑着脸把手续款交了，程鹏从里面走出来，衣服和发型都邋里邋遢的，纪燃认识程鹏这么久，还是第一次见他这么不体面的模样。

纪燃登时就火了：“那浑蛋在哪儿？”

警察听见了，脸色一变："干什么？在派出所就想找别人麻烦？"

"没事。"程鹏道，"我们出去说……开车来了吗？"

到了车上，两人半晌无言。

纪燃完全清醒了，显然纪燃不擅长安慰人，半天都没找到话来说。

程鹏问："有烟吗？"

"有……没有。"想起自己把烟全给了老邢，纪燃捏捏眉心，"电子烟要不要？"

程鹏一笑："算了。"

纪燃在路边停下，下车给程鹏带了一包烟。这会儿已经接近五点，别说夜宵，早餐铺都快开门了。两人无处可去，干脆就坐在车上。

纪燃问："凭什么关你七十二小时？陈安到底想干什么？"

那小结巴看起来唯唯诺诺，没想到胆子竟然这么大。

"是跟我抢那块地的公司，以前就因为一个项目闹翻了。他们早有准备，我一下没能反应过来，把拍卖会给耗过去了。"程鹏吐了口烟雾，"算了，三天而已，我在里面也没出什么事。"

纪燃见他这副失魂落魄的模样，心知对方不是因为拘留的事，甚至也不是因为那块地在难受。

两人相熟这么多年，纪燃这是第一次见程鹏对别人这么上心。

"我早就觉得陈安不对劲。"程鹏突然道，"上星期，我撞上陈安跟别人在打电话，说的话有些奇怪。但我只以为是我们最近在吵架，所以我下意识多心了……看来是我这些年过得太安逸，从没想过这一茬。"

纪燃抿唇，半晌才说："你要不舍得，我帮你收拾那家伙。"

"别。"程鹏道，"我自己的事，不用你插手。我会处理。"

那天，陈安到他跟前来，说是想他。

陈安难得主动，程鹏也没多想。

而这几天，陈安说身体不舒服，连学校都没去，一直在家里待着。

再然后，警察闯进来，他被铐上手铐。

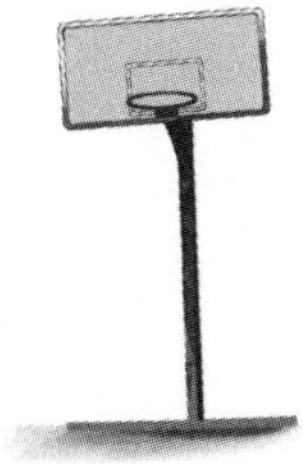

第五章 我们去看电影吧

程鹏还从来没这么丢人过，直接气笑了。

他还记得他临走之前，陈安哭得像被抓走的是自己。

纪燃“啧”了一声，打断他的思绪：“行了，吃一堑，长一智。用钱能换来什么真心？”

程鹏失笑：“这话你自己说出来不觉得脸疼吗？这事儿要是搁在你身上，你不会栽？”

“会。”纪燃答得毫不犹豫。

半晌，纪燃拿出电子烟在掌心把玩，没抽，道：“不过我不会像你这样，失魂落魄，伤心欲绝的，多丢人。”

程鹏侧目，深深看了对方一眼，而后笑了一声：“那我确实不如你。”

纪燃回了他一个笑，风轻云淡地看向窗外，眼底没什么情绪。

岳文文知道这件事后，气得恨不得掘地三尺把陈安找出来就地正法。

“什么玩意儿！你对陈安这么好，那家伙就这么坑你？！”岳文文声音都不自觉大了一些。

岳文文昨晚喝得太多，一觉到中午，得知这件事儿后就马不停蹄赶过来了。

纪燃不太雅观地靠在沙发边缘，手里把玩着手机。

程鹏在纪燃家洗了个澡，又借了套秦满的衣服， 这会儿正坐在沙发上擦头发。

他本来想回家一趟，车子开到门口，发现二楼的灯是亮的。陈安竟然还住在他家没走。

于是他想也没想，先来了纪燃这儿。

“衣服还挺合身。”程鹏道，“谢了。”

“小事。”秦满抿了一口咖啡，“是新的，你一会儿可以直接穿走。”

“陈安还在你家是吧？”岳文文站起来，嘀咕道，“我去你家一趟，我扒了那家伙的皮！”

岳文文刚走两步，就被程鹏拉住了。

“行了，这事我不想闹得太大。”程鹏道。

岳文文皱眉：“事情都到这地步了，你该不会还偏袒那人吧？”

“不是，我只是想给自己留点面子。”程鹏敛眼，“我已经让助理去家里赶陈安了，放心，以后我不犯傻了。”

秦满没吭声，将手里的咖啡杯顺手递给了纪燃。

纪燃接过喝了一口。

纪燃没睡好，又气了好几个小时，现在平静下来了，困意又上来了。

微信电话的提示音响起，纪燃看了一眼屏幕，顺手点了接听。

是何随然：“纪燃，我没吵着你吧？”

纪燃懒懒道：“吵着了。”

“等会儿，你先别挂。”那头的人忙说，“我是想跟你说……综艺的事，实在抱歉。”

纪燃觉得好笑：“你是剪辑师吗？还是导演？”

何随然愣了愣：“都不是……”

“那你跟我道什么歉？”

“是我的问题，当时我不去找你，你也不会上镜，我知道你不方便出现在镜头里……”

“等会儿。”纪燃打断他，“我不是不方便，是不乐意。”

何随然自觉说错话：“我不是那意思。”

“行了，那是我自己的事，不用你操心。”纪燃道，“没事挂了。”

“再等等……下礼拜的比赛你会来吗？”

“看心情。”

丢下这句，纪燃把电话给挂了。

提到这话题，岳文文说：“对了小燃燃，这事我让人去办了。我用大号私信了那个节目组，那边回复我，说是会把你们的镜头删掉。不过……之前肯定有不少人都下载了，要想那片子销声匿迹，不大可能。”

纪燃“嗯”了一声：“谢了。”

程鹏让人收拾出公司附近那套房，下午就搬了过去，就连搬行李，他都没露面，全程是托人在办。

听说陈安求了程鹏助理很久，程鹏都没施舍过一句话。

听岳文文说了这件事后，纪燃才稍稍放下心。

这说明程鹏不论对陈安还有没有感情，都铁了心不会回头了。

是件好事。纪燃虽然不爱管别人的闲事，但也不愿意看朋友在同一个坑里跌倒两次。

不值得，也没必要。

秦满拆石膏当天，院长特地来了医院。

秦满坐在院长办公室里，对面前的人道：“只是拆个石膏，哪儿麻烦得到您老人家。”

“我亲自来帮你拆石膏，你反倒不满意了？”院长气笑了。

石膏拆开，秦满看到自己明显比另一只手小了一圈的胳膊，这也太丑了。

院长轻轻帮他拂去手臂上的粉末，看出他的表情，了然道：“这是肌肉萎缩，过段时间就恢复了。”然后他抬眼，疑惑道，“以前你没这么注重这些啊，现在是怎么了？”

秦满没动：“注重什么？”

院长想了想：“外表？”

秦满毫不在意地起身，到厕所里用洗手液清洗了一下手臂，然后做了个屈伸动作。

手臂挂了一个月，突然能活动，还真有些不习惯。

纪燃看到他的小臂，还是没忍住，扑哧一声笑了。

“真丑。”纪燃说。

“过几天就恢复了。”

纪燃甩了甩车钥匙，收回笑容：“走吧。”

秦满跟在纪燃身后：“去哪儿？”

“去看电影吧。”

纪燃脚步一顿，紧跟着回头，惊讶地看着身后的人。

“我查了，那部欧美片的第四部正在上映。”秦满一笑，“票也订了，四十分钟后开始，去吗？”

二十分钟后，两人到达了电影院。

纪燃已经很多年没来电影院了，上学那会儿偶尔还会跟岳文文他们来看看，现在有了私人影院后，就没再踏足过这种地方。

这部欧美大片非常热门，来观影的人不少，纪燃都不知道这人怎么买到票的。

秦满拿着票回来，问：“要不要喝点什么？”

纪燃是有点渴，但看见那长长的队列之后，话到嘴边改了口：“……不喝。”

距离影片开始还有一段时间，影院大厅位置不多，很多客人都在拼座。

他们两人刚找了个位置休息，对面很快也跟着坐下一男一女。

女生刚落座便拿出手机来，架在可乐杯子前，津津有味地看起了什么东西。

纪燃正要挪开目光，就听见那手机里传出了自己的声音。

“你行不行啊？”

纪燃一怔，下意识把脸上的口罩又往上拉了点。

她居然在看那个破综艺。

“你怎么又在看这个？”男生歪了歪身子，倚在她肩上，“都看两遍了，不腻吗？”

“不腻啊，这期节目简直就是宝藏。”女生道。

男生转头，直勾勾看着她，突然指着屏幕问：“我好看还是电视上的人好看？”

也不知道是无意识的话，还是女生故意逗他：“当然是他们好看，你在想什么啊——”

男生沉了脸，咬着嘴唇，特别委屈的样子。

女生笑了两声，突然伸手抱住了他的胳膊：“但是我还是最喜欢你。”

纪燃面无表情地看向窗外。

真腻歪。

“你是在看昨天那期《春游记》吗？”这时，身边的人突然开了口。

纪燃吓了一跳，立刻回过头来。

对面的小情侣也没想到拼座的人会跟他们搭话，女生看着面前被口罩遮了大半脸的人，点点头：“……对的。”

“我也喜欢这个节目。”秦满睁眼说瞎话，隐隐带着笑意，“上周的更新我也看了。”

就算隔着厚厚的口罩，女生还是感觉到了男人的帅气。她脸一红，点头：“上周那期超好看！我已经三刷了！”

“你最喜欢里面哪个环节？”

“肯定是掰手腕啊。”女生激动道，“那包间里的人太养眼啦。”

秦满脸上挂着随和的笑容：“是，我觉得他们比嘉宾好看。”

“我也觉得！但我们寝室有何随然的粉丝，我都不敢说。”

女生还想继续说，却生生被男朋友打断。男生拿起可乐送到她嘴边，黑着脸说：“喝点。”

“不喝，喝这个会发胖。”

“电影快开始了。”男生看了一眼表，“我们先去排队。”

女生莫名其妙：“还有十分钟才入场呢，现在去站着干什么……”

“我就想去站着。”男生说话间，还猛地亲了女生一口。

女生立刻红了脸：“你……你干吗啊？被人看见了怎么办？”

“看见就看见，我又不怕！”

最后她还是被男朋友连拉带拽地带走了。临走前，男生还给他们递了一个眼神以示警告。

男生原先还恶狠狠的，对上纪燃的视线后低下了头，然后揽着自己的小女友头也不回地去了检票口。

真幼稚。

纪燃冷冷地看了一眼身边的人。得，身边这还有个更幼稚的。

纪燃嘲笑道:“你要想出名,我让人给你联系个经纪公司,让你C位出道。”

“算了。”秦满微笑，“给其他男明星留点活路。”

纪燃忍不住发笑：“你要不要脸？”

到了入场时间，检票口已经排了一条长长的队列。

纪燃走了两步，突然停了下来，抬手抓住秦满的衣摆。

秦满回头：“怎么了？”

纪燃往队列里多看了两眼，确认后，低低骂了一声：“不看了，我们回去吧。”

秦满顺着纪燃的视线看去，很快了然。

队伍前列站着一个戴着眼镜的中年女人，比起纪燃，反而是秦满对她更熟悉一些。

是秦满的高中班主任。

纪燃转身刚想走，秦满把纪燃拉回来，道：“没事，我们戴着口罩，她认不出来。”

“别了。”纪燃不由分说地往外走，身后的人在后面跟着，没说话。

半途，纪燃回头，看到秦满眼里满是失落，犹豫了一下，语气有些无奈：“看看看，行了吧？”

另一边，男生坐到座位上，他昨晚守着点，好不容易抢到了正中央的票。

他紧张地四处张望。

他今天一定要……要把自己初吻献给他的小女友！他不能再拘泥于亲脸蛋了！

女生旁边两个座位刚好是空的，直到广告播完了，都没人落座。

像这种电影，一般是不会有人错过开头的。这位置的主人很有可能不来了。

天时！地利！人和！

男生连一会儿亲吻的角度都已经想好了！

电影开始，女生凑到他那边，小声问："这是谁？"

"××侠！"男生忙解释，"就是那个原本死了后来又被救活的有钱人！"

女生似懂非懂，点点头。

男生心脏怦怦直跳，心里一直叫嚣着——

气氛正好！就是现在！冲呀！

他鼓起勇气，猛地回过头，轻轻摁住了女生的脑袋。

然后他就愣住了，刚刚在外面搭讪他小女友的人居然朝他们走来了！

女生被摁着脑袋，不明所以，一脸蒙地看着他："你干什么？"

男生年纪还小，脸皮也薄，立刻红着脸松手："没……没事，你头发沾上爆米花了。"

纪燃对这种小情小爱不感兴趣，只看了一眼就别过了眼。

他们两个人就算弯着腰，还是有些挡住身后人的视线，纪燃听见后排传来一声轻轻的"啧"。

纪燃不经意抬头一看，正巧和秦满的班主任对上了视线。

纪燃："……"

见纪燃脚步慢了下来，秦满正打算提醒纪燃座位号，就见身前的人突然拉着他，以逃命的速度坐到了座位上。

"你也太会挑位置了吧……"纪燃捂着嘴巴，小声质问。

秦满挑眉："怎么了？"

"你班主任就坐在我们后面！"

秦满下意识想回头看，脑袋才转了一半，就被人生生止住。

"别回头！"

这灭绝师太一直把秦满当作亲儿子看待，上学那会恨不得把人抱回家养着，纪燃觉得，就算隔了一个口罩，也割舍不了她对秦满那浓浓的"母爱"。

那位老师是带着自己儿子来的，小朋友看起来也就六七岁，还处于"电影院杀手"这个年纪。

纪燃正看得津津有味，突然觉得自己的座位被人狠狠踹了一下。

纪燃之所以喜欢去私人影院，也是因为那边没有噪音，也没有小朋友。

整张椅子都随着这个力道抖了抖，纪燃下意识就转过头去："你……"

"不好意思。"灭绝师太抱着她的宝贝儿子，道歉道，"小朋友不懂事，我马上让他坐好。打扰你了……"

灭绝师太话说到一半，突然停了。

她透过电影屏幕里的光，看清了面前人的……头发，是她十分熟悉的绿色。

这个颜色在前段时间曾出现在她任职学校的小礼堂演讲台上，那人寥寥几句，让学校管理层大换血。

纪燃一看她眼神就觉得不对，赶紧压低声音丢了句"没事"便转过头去，秦满忍笑，往旁边靠了靠。

"你都戴口罩了，怕什么？她认不出你的。"

这是纪燃第一次后悔染这个发色。

"我头发颜色这么明显……"纪燃控制着音量，"你千万别回头，她认出你只需要一眼。"

"哪那么夸张。"

"就这么夸张！"感觉身后人的目光还放在他们这边，纪燃难得紧张，"以前我就是瞥了一眼五楼，被她撞见，她都要上来警告我别去打扰你。你才是她亲生儿子吧？是不是和后面那小孩子的座位坐反了？”

秦满在的尖子班位于教学楼顶层，也就是五楼。

“你看五楼做什么？”秦满的重点完全不对，“觊觎我的帅气？”

“滚。”

电影进行到中段，纪燃的椅子又遭受非人虐待。

听着灭绝师太一个劲地在后面道歉，纪燃头也没回，佯装没听见。

终于，电影走到了最激动人心的时候。

主角为了拯救地球牺牲，他的妻子含泪跟他告别。

男生听见小女友的哭声，心想是时候了。

在他的计划里，电影最激动人心的时候是最适合接吻的时候。如果事情按计划进行，那他现在应该给小女友递上纸巾，然后把人揽在肩上安抚，最后再落下一个吻。

非常完美。

电影院里的灯光骤然亮起——电影结束了。

纪燃噌地站起身，拉着秦满的手腕就往外走。

灭绝师太还在后面喊：“麻烦等一下。”

纪燃脚下更快了，两人跟竞走似的，一路出了电影院的大门。

晚上，秦满用手机跟刘辰交流。

之前看的那块地拿下来了，也联系上了以前几个老员工，现在就差去注册了。刘辰这几天面上是跟他汇报消息，实际上是在暗暗催促他赶紧办手续。

第二天下午，纪燃约了程鹏打球。

在里面蹲了几天出来，程鹏决定放松一下，这两天都没去公司。

秦满右手没恢复好，还不能做剧烈运动或提重物，跟岳文文坐到了观众席上。

“我过两天去马代一趟。”球场上，程鹏流着热汗道。

纪燃拿起衣服一角擦去脸上的汗：“去干什么？”

“度假，玩半个月再回来。”程鹏说，“一起去？反正你最近也没什么事干。”

“不去。”纪燃拒绝道，“我忙。”

程鹏笑了：“你有什么可忙的？”

“约了几个赛车手吃饭。”

纪燃说完，趁程鹏还沉浸在两人的对话里，眼疾手快地把对方手中的球给抢走。

“……”看到球被纪燃轻松丢进篮筐，程鹏道，“够阴。”

纪燃哼笑道：“没说暂停，不算阴。”

打完球，四人一块去大排档吃饭。

“嘿，我跟你们说个事儿。”岳文文剥着小龙虾，笑得特别得意，“我把温笑脚踩 N 条船的事给掀了。”

想起温笑当时的表情，岳文文就特想笑：“我还把温笑私下找前任的事，告诉了温笑前任的现任……昨晚本色简直就是大型闹事现场，温笑脸都被刮花了。”

纪燃对待仇人从来不手软，纪燃问：“波及你没？”

“没有，我躲得特远。唉，要不是警察来了，我都想趁乱上去踩两脚。”岳文文顿了一下，接着道，“再说，就算温笑知道这事是我干的，温笑也不能怎么样。”

纪燃看人一向准，温笑确实没正面报复的胆子，但纪燃就怕那小妮子会用阴的。

“总之，以后要是温笑找你麻烦，你直接联系我，我来解决。”纪燃道。

岳文文嘴上甜甜地应了，心里没当回事。

酒足饭饱，四人商量着，要不要去找点事做。讨论一阵后，他们决定去麻将馆搓两局，减减压。

结果刚走出大排档门口，纪燃的手机就响了。

纪燃连续挂了三次才接通，那头的人不知道说了什么，纪燃的脸色渐渐沉了下来。这个通话，纪燃从头到尾只应了一句“嗯”。

挂了电话，纪燃淡淡道：“不打了，我有事要走。”

程鹏问：“什么事？”

“纪国正脑子里长东西，进医院了。”纪燃面无表情，“不知道救不救得回来，律师在那儿，说是有遗嘱。”

几人之间沉默了一会儿。

“麻将下次再打。”纪燃转身，对身边的人说，“你自己打辆车回去。”

秦满没动：“我跟你一起去医院。”

“也行。”

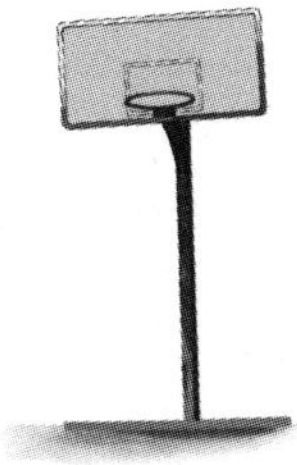

第六章

淡蓝色日记本

岳文文在旁边替秦满捏了把汗。

纪燃一向不喜欢别人管自己的家事，就连程鹏在调查以前的事件之外，也从来没跟纪燃商量过别的。

这是纪燃的雷区，谁踩谁炸。

岳文文犹豫了一下，开口解围："小满满，不然我和鹏鹏送你回去吧，这时间也不好打车。"

"不用，你们先走吧。"秦满语气淡淡，客气地拒绝。

看这两人僵持着，岳文文正想着再劝劝，就见纪燃紧紧皱着眉，从口袋里掏出车钥匙，往秦满手上一丢："随你……你开车。"

在去医院的路上，纪燃坐姿懒散，撑着下巴，没说话。

秦满往旁边看了一眼，打破沉默："在想什么？"

纪燃侧过脑袋，过了半晌才道："不知道。"

这事来得太突然。纪燃一下分不清自己心里的情绪是高兴还是难过。

纪国正被送去的是秦满叔叔所在的医院，这也正常，毕竟是满城规模最大的一所医院。

手术室外，纪老夫人不安地走来走去。

"老夫人，您休息一会儿吧……您都站了大半天了。"老管家劝道。

纪老夫人没应，她看向坐在座椅上的人。

"你现在满意了？把你爸气成这样！"

纪惟稳稳地坐着，一动不动，脸上有些干涸的泪痕："医生说，瘤子起码已经长了几个月了，不是我气的，奶奶，您先坐下吧。”

纪老夫人被堵得无话可说：“你……你还有理了？”

纪惟顾念老人家的身体，于是没还口。

纪老夫人是真的着急了，她活了这么多年，还是第一次这么手足无措。

她儿子身体一向健朗，家里每年也都会定时做体检，谁想还是没躲过这场大病。纪惟逃婚，纪燃跟家里脱离关系，公司那些股东又虎视眈眈……

要不是她强撑着，此时恐怕也要晕过去了。

她转身正打算坐下休息，余光瞥到了正朝这儿走来的人，立刻停下动作。

纪燃早就感受到了自己奶奶那道炽热的目光。

手术室前站了不少人，纪燃懒得参与进去，走到半程，在附近的长椅坐了下来。

纪老夫人刚准备上前说纪燃两句，谁知有人先她一步。

纪惟嗖地站起身来，直直往纪燃那头走去。

他这一举动吸引了周围所有人的目光——谁都知道这两人隔阂很深，难道是要在医院打起来了？！

纪老夫人也有些慌了，她赶紧对身边的人说：“你快去看看。”

她话还没说完，就见纪惟走到纪燃所在的长椅边，然后……十分自然地坐了下去。

别说别人，就连纪燃都有些惊讶。

纪燃皱眉：“怎么，别的椅子都容不下你？”

纪惟道：“我说了，我有事要跟你说。”

纪燃并不感兴趣，自认为和纪惟没什么好说的。

“说。”

“有外人在，不方便。”纪惟看了一眼秦满。

谁想对方的眼神比他还要冷淡。

纪燃说：“那你憋着，别说了。”

“……”纪惟无奈，“是关于你母亲的事。”

纪燃立刻转头看向他，眼底满是阴沉。

纪惟叹了一口气：“我并不是要说她的坏话。我们到底能不能好好谈谈？”

僵持间，秦满站起身来。

“我去给你买一瓶水，顺便去联系一下我叔，有事给我打电话。”

秦满离开后，纪燃不耐烦地问：“到底什么事？”

纪惟看着地面，像是在组织语言。

“我查了一下我爸和你母亲之间的事。”纪惟深吸了一口气，“我觉得，我有必要告诉你。”

纪燃看着他，眼底没什么情绪。

“那些事——就是她和我爸之间的事。”纪惟舔唇，“……不是她的本意。”

这句话说出口，他便放松了许多，他注意着措辞，小声道：“是她经纪人骗了她，或者……或者是别的人骗了她。总之，她不是自愿的，事后也想过要离开。但……你的事情，被爸发现了，她就……没能走成。”

“她挺可怜的。”

在那个年代，一个没有背景的女人，怎么可能逃得过豪门权势的手心？

把话说完，纪惟长长地吐了一口气。

纪惟早就做好了准备，现在就算是纪燃冲上来揍他，他也不会还手。

可出乎意料的，纪燃仍旧静静坐着，没有要动手的趋势。

半分钟后，纪燃问：“说完了？”

纪燃声音平静，情绪毫无波动：“就这事？”

“对。”纪惟愣了愣，以为纪燃不信，“这事是真的，我从她经纪人嘴里问出来的，还有……我母亲也知道。”

纪燃问：“你还查到了什么？”

“没有了。就这件事……你还想知道什么？”

“赵清彤的车祸，”提到这件事，纪燃的语气里才终于带了点情绪，“跟别人有没有关系？”

纪惟瞪大了眼：“没有——你的意思是？你怀疑什么？还有，这件事你早就知道？那你为什么不告诉我……”

“告诉你有什么用？”纪燃嗤笑，“而且，我手上的证据，甚至没你手上的齐全。”

纪惟还没来得及说话，就听见身侧传来一阵动静。

手术门开了。

纪老夫人第一个冲上去，慌张地问了一大串问题。医生拉下口罩，简单说了几句。

纪老夫人频频点头，明显地松了一口气。

很快，纪国正被推出来。他睡着，被子盖至脖颈。

看来还没死。

纪燃不愿多待，站起身来，正要转身离开。

“等等！”纪惟紧紧皱着眉，“你就这么走了？”

“不然呢？我留下给他当陪护？”纪燃嗤笑。

“我们的事还没解决。”

“我跟你之间没有什么事。”

纪惟提高音量：“我会去拜祭她。”

纪燃脚步微顿。

周围众人听见这句话，纷纷往他们这看。但纪惟丝毫不在意。

他说：“以前我对她有所误解，会跟她道歉。还有……我们之间，我也会给你个交代。”

身前的人只停顿了一瞬，然后头也不回地离开。

“不稀罕。”

纪燃面无表情，一路走到了医院门口。

秦满刚从无人贩卖机那买了两瓶矿泉水，转头便撞见了纪燃。

纪燃看见他，没吭声，脚步未停，一路走到了秦满面前，虽然控制住了脸上的表情，眼底的情绪却依然没能控制住。

秦满便率先拍了拍纪燃的肩膀。

纪燃一愣，难得没挣扎。

接近黄昏，外头光线昏黄，透过医院的玻璃窗，给两人拉出一道很长的影子。

许久，秦满才问："怎么样？"

"没死。"

秦满点点头："走吧，回家。"

回到家，纪燃一言不发，转身回了房间。

路上，纪燃的手机响了无数遍，都是纪老夫人的助理打来的。纪燃把号码拉黑，对方又用陌生号码打来，纪燃干脆关了机。

房间没开灯，窗帘紧闭，屋内光线昏暗。纪燃把手机随手丢到了桌上，整个人都躺到了床上。

纪燃把脸埋在枕头里，直到快窒息，才别过脸，呼吸新鲜的空气。

秦满停好车，没急着进屋，而是拿出手机，先给刘辰打了个电话。

"手续过两周再办。"

没想到又出了变故，刘辰先是一愣，然后小心翼翼地说："明白，请问是发生了什么事吗？需不需要我帮忙？"

他淡淡道："不用，私事。"

挂了电话，秦满才转身进屋。

纪燃回家路上细细品了一下，发觉自己根本不难过，甚至在想，就算纪国正刚刚死在手术台上，自己恐怕也只剩下一种情绪——不甘。

赵清彤还没有沉冤昭雪，她被众人唾弃，离世这么多年，到现如今还要被别人翻出来指指点点……

给其他人造成了这么严重的伤害，没道理这么轻松就撒手离开。

秦满挂断电话后，走了过来，陪纪燃沉默着。

片刻，身边的人突然问："你以前听到的是什么版本？"

秦满挑眉：“什么？”

“关于我和赵清彤的事。”纪燃转过脸来看他。

秦满犹豫片刻，还是照实说了：“我听说的……不是什么好话。”

纪燃问：“你信吗？”

这话一出，纪燃自己也愣了愣。

自纪燃懂事以来，就从来没有在乎过别人的想法。只要对方不在自己跟前说，其余的纪燃都当作是耳旁风吹过，无关痛痒。

自己的人生，不需要任何人来肯定，但此时此刻，纪燃却迫切地想知道，秦满是怎么看待自己的。

秦满：“我……”

“算了。”纪燃打断他，又把脖子扭了回去，“你别说，当我没问过。”

“我最初听见你的名字的时候，根本没往心里去。”秦满失笑，嘴边没停，“当时在忙着考试，哪有精力去关心别人的事情。”

纪燃闷声：“让你别说了。”

“后来第一次见到你，是在食堂，你穿了一件校服，瘦得像猴。”

“你才像猴，你全家像猴。”

“……行，我像。”秦满垂眸一笑，“那次之后，我就经常撞见你跟别的同学打架……”

纪燃气道：“是那些人自己来招惹我！”

“我知道。”秦满无奈，“你能不能让我把话说完？”

“我见你跟别人打架，最后那些人都讨不到好。”

废话，那群家伙连打人都磨磨叽叽的，哪个打得过自己？纪燃在心里埋汰着。

“每次你嚣张地离开之后。”秦满撑着下巴，低声一笑，“总是偷偷藏起来哭。”

纪燃表情一僵。

“还总喜欢跑去学校后山那棵榕树上，就坐在树枝上抹眼泪……”

纪燃："……你胡说。"

"偶尔老邢管得严了，你出不去，就会去旁边那栋还没启用的教学楼。"

"……我才没有。"

"高二上学期，你跟人打完架，还在路边捡了一只狗。它好像是被人虐待过，一直不肯跟你走，你就在那儿守着，等宠物店的人来了才离开的。"

"然后每周五放学，你都会去宠物店看它，直到它被人领养走……"

纪燃腾地起身，因为被说穿，耳根子都红了，"你……你跟踪我？！"

秦满忍笑："我说我都是碰巧撞见的，你信吗？"

纪燃："……"

"所以啊。"秦满继续说道："我见过你很多面，我比谁都清楚，你是什么样的人。"

纪燃哑然，怔怔地看着他。

半晌，纪燃才发出声音："你真是个……马屁精。"

秦满轻笑了一声，刚想说什么。

"其实赵清彤她——"纪燃咬着牙，犹豫片刻，"她也没有别人说的那么坏。"

这还是纪燃第一次向别人说赵清彤的事，就连程鹏也只知道其中的一小部分。

故事很简单，无非就是一场酒局中，大老板喝醉了酒，仗着醉意，夺了一个女明星的清白。

女明星发现怀孕后，经纪人第一时间联系了大老板，老板下了堕胎的指令，女明星为了保住自己的孩子，咬牙闹到了老板家里。

老人看中孩子，跟正宫再三商议，对方终于点头。于是女明星退出娱乐圈，不顾流言蜚语把孩子生下，在谩骂歧视中坚强地把孩子抚养长大，最后遭遇车祸离世。

一个女人的青春年华，寥寥几句就结束了。

秦满听完，嘴边的笑意已经收得差不多了。他沉默半晌，问："这些事，你是怎么知道的？”

“她有写日记的习惯。”纪燃顿了一下，“纪国正他封口封得很彻底，虽然现在我手上没有证据，但做过的事就一定会有痕迹，我会找到的……”

“我信你。”秦满打断对方，他安抚似的拍着纪燃的肩膀。

纪燃嘴还微微张着，看着眼前的人，好几句话在嘴边游移，最后只是轻轻吐出一个音节：“……嗯。”

已经是晚上九点，两人都没吃晚饭。

“我去煮点面，应付一晚。”秦满起身，看了眼一旁的纪燃，道，“你先忍忍，吃完再睡。”

待门关上，纪燃才慢吞吞睁开眼，起身拉开衣柜，打开里面藏着的保险箱，从最深处翻出一本淡蓝色的日记本。

本子已经有些年岁，纸张几乎被写满了。这是赵清彤的笔记本。

前中段都是些无关痛痒的小日常，记录着赵清彤生活的琐事，其中入圈、拍戏、小有名气，不过是几页间的故事。

直到某一页，原本清秀娟丽的字迹突然变得凌乱，女人紧张而害怕地记录着她生命中的重大事件，还能看到笔墨被泪水晕染开的痕迹。

再往后翻几页，纸张上多了一张B超照片。

“谢谢你来到我的世界，感恩。”

照片底下，一行字整齐小巧，能看出她一笔一画，写得特别认真。

纪燃坐在地上，背脊抵着衣柜，紧紧盯着这行字。

纪燃已经三年没翻开它了，再打开，却还是觉得熟悉。

在遇到纪国正之前，赵清彤是个很安静的人。她似乎不太会和别人相处，经常在日记上写出自己的苦恼。

怀了纪燃后，她就成了一个寂寞的人，她的日记里不再出现任何一位陌生人。

“妊娠反应很大，去医院检查，医生说是我的体质问题，不知道会不会对孩子有影响。担心，祈祷。”

“宝宝踹我了，第一次胎动，纪念一下。”

“洗澡时摔了一跤，在地上坐了十多分钟都没能站起来，好害怕。”

……

“生了，他的助理来看了我一眼，然后助理告诉我，他给孩子取了名，叫纪燃。”

“小燃今天反复发烧。”

“小燃学会叫妈妈了，开心。”

“小燃成了少先队员。”

“小燃最近总是摔伤，这几天得去南山拜一拜菩萨。”

从这一页起，日记又迎来了一个小转折。

从这里开始，往后每一页都有赵清彤的泪痕，日记间相隔的日期也越变越长——

“小燃被同学欺负了，满脸都是伤，还要帮我擦眼泪……我好没用。”

“今天，第一次和小燃吵架了。小燃说我是不负责任的大人，我觉得小燃说得对，我连自己都保护不好，有什么资格去养育一个孩子？”

“小燃奶奶今天找我了，说是要送小燃出国，我没答应，这是我第一次和那家人吵架。我好自私，明知道小燃在我身边过得不好，可我还是想留下小燃。”

“今天，他约我出去见面。我和他已经十多年没见面了，有些害怕，怕他又想把小燃送走。但是我不会妥协的。”

日记到这戛然而止。

就是这一天，赵清彤在路上发生车祸，再也没回来。这本日记也随着主人的离去，完美地隐藏在了枕套中。

纪燃沉着脸，烦躁地把日记本合上。因为翻页的动作维持太久，后面有几页已经高高翘了起来，纪燃垂眼，猝不及防地在众多白纸中间看到了一行小字。

纪燃一愣，快速翻到那一页——

“你是暴雨后的彩虹，是灾难后的新芽。”

“也是上帝给我的礼物。”

“我永远爱你。”

上面没署名，没留日期，也没说清楚“你”是谁，像是日记本主人一时兴起的摘抄。

纪燃怔怔地看着这一页，几秒之后，把日记本紧紧抱在怀里，鼻子骤酸，眼眶霎时间被染红，呜咽出声。

秦满本想问面条放不放辣椒，刚靠近卧室，就听见里面传来隐约的哽咽声。

秦满的手搭在门把上，最终还是没进去。

他暂时关了火，拿起手机走向阳台，拨出一个电话。

待那头人接起，他问：“您在忙吗？”

“你在我医院安监控了？”院长脱下白大褂，舒了一口气，“刚从手术台下来，正打算休息。怎么了？”

秦满看着远处的路灯，眼底情绪淡淡：“我有事找您帮忙。”

院长有些意外。

秦满从小到大都是同龄人中的翘楚，没让长辈操心过，也鲜少向他们开口求助——至少在他这，还是头一回。

当然，要求他帮忙保密受伤的事儿不算其中。

“你尽管说。”院长顿了一下，补了一句，“危害病人或是损害医德的不行。”

“当然不是。”秦满一笑，说出了自己的要求。

院长想也没想就答应了，最后又关心了几句他的右手，这才挂了电话。

另一头，纪老夫人担忧地看着病床上的人。

老管家多次劝她回家休息，都被她拒绝了。她现在脑子一片混乱，情绪翻涌，哪还睡得着。

纪国正是在离开公司的路上晕倒的。他这次发病来得突然，进手术室之前医生就让他们做好心理准备，结果不出意外，恶性脑瘤。

如果治疗得当……坚持三四年以上也不是没可能的。

听见医生这句话，纪老夫人差点昏倒。

后面医生还说了许多，几万分之一的病例被挑出来安慰她，她听了反倒更难受了。

纪惟就坐在她身边，他面容憔悴，身上虽然还穿着西装，但早没有半月前那么意气风发。

他没想到纪国正的病竟然这么严重。

虽然得知了父亲有过一些不好的事，但对方好歹养育他二十多年，说不难过不可能。他揉揉眉心，努力扮出镇定的模样："奶奶，您先回去休息吧。爸醒了，我再联系您。"

"我不回去。"纪老夫人沉着脸，讥讽，"一会儿你把你爸丢在这儿，又玩离家出走那一套。"

纪惟无奈："奶奶。"

"你爸这病，多半是被你气出来的。"纪老夫人用手绢拭去泪水，到这时还不忘张罗，"你趁早结婚，他心情或许能变好一些。"

纪惟无话可说："奶奶……算了，我不跟您吵。"

纪老夫人也没再说话，她坐到椅子上，看着病床上的人。

三四年，还是在乐观的情况下。

她这些孩子们还没一个能接过永世这个担子的，她原先最看重纪惟，虽然他不愿意结婚，好歹工作能力不错。但这段时间她发现，纪惟和他的生母正在密切联系。

那个女人，野心比那些老股东还要大。

这也是她和纪国正决定把纪燃召回公司的原因，一是方便管着，二便是敲打敲打纪惟，让他别有别的念头。

想起纪燃，纪老夫人头更疼了。

这时，病房门被打开。院长走了进来，颔首："老夫人，好久不见了。"

纪老夫人人脉广，加上年纪大，众人都愿意给她几分薄面。

“好久不见。”纪老夫人很快收拾好自己的情绪，寒暄道，“看你很累的样子，刚忙完？”

“还好还好。”院长应着，顺手从身边的医生手上接过病历，仔细看了两眼，“他这个情况，平时应该会经常感到头疼才对……怎么拖到现在才发现？”

纪老夫人常年在国外，哪能顾及这么多。她瞪了纪惟一眼，才道：“是我们疏忽了。”

她看了一眼对方身后的人，扯出一抹笑：“院长，我们换个地方谈？”

院长犹豫了一下，点头。两人一块去了走廊上。

不出意外，纪老夫人希望他能接手纪国正主治医生一职，并提出给纪国正腾出一间单独病房的要求。

院长面上不显，心里暗暗吃惊。

还真被秦满猜中了。

纪老夫人提出这些要求的时候，是胸有成竹的，毕竟他们之间有交情在，他家里又有不少人从商，彼此互相方便正好。

谁想，对方沉默半晌，开口道：“老夫人，实在不好意思。”

“我目前手上的病患不少，院里平时也有很多事情需要我处理，腾不出空再多负责一位病人了。其实纪先生目前的主治医生能力不错，资历也很深，事情交给他和交给我完全是一样的。您不用担心。”

她不用担心？！

那医生连“坚持三、四年以上也不是没可能”这种话都说得出口了，要她怎么相信？

“至于病房……”院长仿佛看不出老人家脸上的不满，继续道，“这段时间医院的病房十分吃紧，很多病人都在排队等床位，真没法腾出一间单人房给您。”

纪老夫人瞠目，她压低音量：“可是这四人间未免也太……拥挤了。”

她找出一个良好的形容词，耐着性子，“之前我来住院的时候，不也是有单独病房吗？那样的就不错。”

“真没有办法。”

“办法都是人想出来的——”

院长颔首：“抱歉。”

儿子刚从手术台上下来，纪老夫人的心情很差，语气也难免有些无法控制：“你是不愿意帮这个忙了？”

院长面色淡淡，丢出渣男语录：“您要这么想，我也没有办法。”

纪燃接到电话时已经是第二天，当时纪燃正在跟秦满打游戏。

纪燃看着屏幕上一直往自己这头靠拢的飞机图标：“Boss 要来了……你飞机能不能离我远点？”

秦满一顿，笑而不语。

纪燃操控着自己的小飞机，手上不小心用力，操控着的飞机撞上两侧礁石，游戏结束。

纪燃：“……”

“好不容易打到这一关。”秦满“啧”了一声，可惜道。

纪燃忍着报警的冲动：“闭嘴。”

重开一局，在进入游戏之前，选择战机的界面，纪燃道：“等会儿……我们俩换架战机。”

电话就是这时候进来的。游戏刚开始，纪燃两手都在操作，铃声一响，也没顾上看来电显示，顺手就接了。

电话里，纪老夫人开门见山，问纪燃能不能让秦满跟院长说一声，给纪国正换病房和主治医师。

接都接了，纪燃也没急着挂，应两句才显得有礼貌。

“说不来，医院又不姓纪，你说换病房就换病房，说换医生就换医生，那谁还敢开医院？”纪燃懒懒道，“医院是为了治病建的，不负责伺候人，能当上主治医生的都有本事，医院四人间还配个独厕，您老还有什么不满意的？”

纪老夫人被纪燃说得一愣一愣，还没反应过来，就被挂了电话。

到了赛车比赛当天，纪燃先去了趟修车厂。

维修手见状，停下手上的工作："小燃，你来了。"

"嗯。"纪燃环顾四周，"你老板人呢？"

"办公室。"维修手道，"车在库里。"

"谢了。"

纪燃回头，对身后的人说："你在这儿等我，我自己上去。这家店老板有点毛病，不喜欢人多。"

秦满"嗯"了一声。

听见别人说老板坏话的维修手："……"

秦满坐到待客室的沙发上，随便扫了周围一眼。

这家明显是私人维修厂，场地虽然不大，但装潢得非常精致，就连待客室的墙上都放置了许多赛车模型，每个看起来都价格不菲。

纪燃来这儿，一是为了跟老板商议新车的事，想开俱乐部，那车子必须先到位；二是来提新车的。

纪燃定了一辆磨砂黑的跑车，配件算不上最贵，但外形绝对酷炫，从车库里开出来，跟旁边那些五颜六色的跑车一比，简直帅到没边。

车是好几个月前订的，现在才送到纪燃面前。上面安的还是临时车牌。

修车厂老板是一胡子拉碴的大叔。两人从办公室走出来，老板就停下脚步："就送你到这，车子出什么问题，直接开过来。"

"你觉得我这车怎么样？"纪燃也停了下来，问。

老板觉得莫名其妙："废话，我一手包办的。"

"那你帮我挂着卖吧。"

老板皱眉，以为自己听错了："什么？"

"我买全车是一千四百万，今儿我开了一回，算是二手了。"纪燃态度随意，"转卖价就一千万、八百万……你看着办吧。有卖家联系我。"

老板："……怎么钱放在口袋里烧得慌是吗？"

纪燃也笑：“我最近缺钱。”

这话要是配上纪燃现在的银行卡余额来看，估计能让不少人吐血。

老板毫不犹豫：“我借你。”

“不用。”纪燃道，“还有，最近有什么商务车性能比较好的？适合开着去跟人谈生意的……给我拿一辆，要最新款，价格随意。”

“……”老板无语，“怎么，遇到麻烦了吗？”

“没，买来送人。”

纪燃这辆车刚开到马路上，几乎就吸引了整条车道的目光。

这几天温度刚好，凉风徐徐，纪燃在家吹了好几天的空调，今儿干脆开了车窗，吹吹自然风。

红灯亮起，秦满放下手机，刚要说什么，转头就见纪燃那一侧的车窗外，一辆白色跑车停在他们身边。

跑车里坐了四个女人，穿着性感，其中两个还吐着烟。

副驾驶座上的女人笑得特别妩媚，手肘撑在车窗上……朝秦满这边吹了吹口哨。

没人搭理。

“嗨，里面的朋友。”女人也不气馁，她娇笑着问，“去满城赛车场的吧？加个微信？”

其他几人立刻附和，她们五官精致，穿着性感迷人，虽然是搭讪，但气质随和，一点儿也不让人觉得掉价。换作是别人，肯定就顺势聊上了。

而纪燃手已经放到了车窗按钮上，刚要关窗，秦满突然身子前倾，看向车窗外的人。

“抱歉。”秦满微笑，语气淡淡，“我不加别人的微信。”

纪燃无视她们失望的眼神，手上稳稳握着方向盘，左手指尖一勾，把车窗关上。

“真不要脸。”

秦满坐回原位，才听到身侧轻飘飘传来这么一句。

他挑眉，半晌才道：“你把车窗放下来。”

纪燃疑惑：“干吗？”

“刚刚没发挥好。”秦满道，“再给一次机会。”

纪燃：“闭嘴，坐好。”

满城赛车场外停满了跑车，纪燃单手握着方向盘，眼神随意乱瞥，想找个离门口近一点儿的停车位。

纪燃看到一辆花里胡哨的大巴，在众多高档车里尤为明显，近了一看，才发现大巴身上贴着一张应援海报。

何随然的大脑袋印在上头，下面还配了一行大写加粗的应援词：“少女杀手何随然，满城赛道你称王。”

这个宣传语，在纪燃眼中“沙雕”指数不亚于“我是 DJ 喜羊羊，青青草原我最狂”。

好好一赛车手，冠军没见拿多少，净搞这些事，还占人车位。

纪燃把车停好，下了车后发现，何随然给这个赛场带来的效应还不止于此。

赛场外，甚至有不少娱乐媒体的车子，光是扛着摄影机的人纪燃就看见好几个。

国内虽然也有正规的赛车比赛，但赛车这项活动由于花费过大，爱好者不多。前两年业内某个还算知名的赛事决赛在国内举办，观众席是坐满了，但媒体关注度并不高，连新闻稿都没见着几条。网上直播的观看量也只有四千出头。

纪燃犹豫了一下，还是折回车上，扯了两个口罩出来。

不知道有没有媒体认得自己，但多一事不如少一事。纪燃今天是来看赛车的，并不想遇到任何麻烦。

两人戴着口罩走进会场，找到门票上的座位。

观众席第一排，面前就是一块大大的转播屏，整条赛道最具看点的弯道也在他们面前，可以说是整个观众席中最棒的座位。

纪燃刚坐下来，手机就响了。

纪惟：父亲已醒，勿牵挂。

谁牵挂了。

自从那天和纪惟在医院见了一面后，对方每天都会发一条消息来，内容都是纪国正的身体情况。纪燃一条没回复，但纪惟仍坚持着在发。

纪燃把手机收好，抬头看了一眼显示屏。

好巧不巧，屏幕上刚好在转播何随然的准备情况。

镜头里，何随然正在喝水，感觉到镜头，他下意识笑了笑，显得温柔帅气。

纪燃身后传来了几道女生的尖叫声。

座位好是好，可惜他们后面是何随然的粉丝，几人手里拿着横幅，搞不清是来看比赛还是来参加演唱会的。

不过别人真金白银买的座位，吼两声也是她们的权利。

纪燃正有一搭没一搭地想着，脸蛋就被旁边人掰了过去。

秦满问："吃糖吗？"

纪燃皱眉："你哪儿来的糖？"

"昨天在超市买的。"秦满从口袋拿出一颗糖，放在纪燃手心里，"以后想抽烟，你可以吃颗糖解解馋。"

"……"什么玩意儿？哄小孩啊。

纪燃心里吐槽着，然后接过糖，剥开糖纸，拉下口罩，张嘴，把那颗粉色的球体丢到自己嘴里。

再抬头，镜头已经切换到某位外国赛车手了。

今天这场比赛规模不算小，很多大牌俱乐部也安排了队员前来，纪燃估算了一下，何随然大约是争三保五的情况。

但看这观众席上何随然粉丝的热情程度……反倒把他衬得像是准冠军。

何随然该去当明星的，赚钱，还不用训练，多好。纪燃真心实意地想。

很快，广播响了。

纪燃原以为是比赛快开始了，没想到仔细一听，却是场地的某个设备出了问题，需要近三十分钟的处理时间，让大家稍候片刻。

说是三十分钟，那等正式开赛，起码也得一小时了。

现在是正午，纪燃没有在太阳底下傻等的打算，于是问身边人：“去隔壁咖啡厅坐坐？”

“好。”

纪燃刚走下观众台，发现工作通道的入口处站着不少人——那些媒体的摄像机基本全聚集在这了。

纪燃这段时间跟摄像机有仇，下意识就想躲，谁想还没躲开，人群中心的人就跟了上来。

“纪——”何随然刚吐出一个字，就发觉场合不对，赶紧噤了声。

他艰难地用手为自己分开一条路，一边跟媒体道歉一边追到纪燃跟前来。

这人怎么阴魂不散的。

要不是这挤了太多人，自己早走掉了。纪燃烦躁地想。

见纪燃脚步未停，何随然下意识便伸手，想抓住眼前的人，不料还没抓住，中途却有人生生横到他们中间，何随然手没收回来，撞在了秦满身上。

秦满微笑着，不露痕迹地拍开他的手：“有事？”

媒体一窝蜂涌上来。

纪燃皱眉，把口罩往上又拉了一点儿。

何随然一顿。他知道纪燃不适合出现在媒体的视野中，但他现在完全不想让纪燃离开。

自上次温泉酒店后，他们就没再见过面，纪燃连消息都很少回复他。

“好久不见了。”何随然想了想，道，“你这是要去哪儿？”

纪燃道：“咖啡厅。”

“想喝咖啡的话，不如去休息室吧？我带你进去，我专程从国外带了咖啡粉来。”

“不去。”

“来吧，我正好有些话想跟你谈一谈。”

所有媒体、粉丝的眼睛都落在纪燃身上。

第七章 坦白关系

大家都在好奇，这人到底是谁，能让何随然邀请进休息室！

要知道，赛车手的休息室是不会让闲杂人等进去的，更关键的是，这人居然拒绝了。

旁边那群女粉丝几乎要把纪燃盯穿。

要是没那破综艺还好，现在那综艺播放量破亿，不知多少人看过他们三人同框的场景。几个女生瞧着瞧着，终于察觉出不对来。

纪燃在她们破案的前一刻，无奈地转身："带路。"

何随然先把他们俩送到了工作通道里头，然后才转身笑道："抱歉各位，我马上要去做准备了，采访等到比赛后吧。"

何随然原先就没打算出来，是因为比赛突然拖延，观众席怨声载道的，主办方无奈之下，不得不让他这位国内人气最高的赛车手出来安抚两句。

媒体却仍旧紧逼。

"随然，传闻这次比赛之后你将离开老东家，请问这事是真的吗？"

"今天有没有信心冲击前三？"

"请问刚才那位是谁？是工作人员吗？"

何随然本来不打算答，听到最后一个问题，他却突然停下脚步。

"那位不是工作人员。"何随然郑重道，"是我以前的队友。"

这句话掀起不小波澜，何随然对媒体的反应非常满意。

跟大家道别后，他转身，想看看纪燃又是什么反应。谁知门口空荡荡，早没了人。

何随然："……"

两人早去了休息室。

见何随然进来，纪燃抬眼："那群人走完了？"

"没有，我在这儿，外面肯定一直有人。"

秦满问："后门在哪儿？"

何随然面色变了变，没吭声。

"为了方便工作人员进出，肯定有后门吧？"秦满颔首，面色如常，"不麻烦你送，你指个路，我们自己离开。"

"我还有些话要对纪燃说。"何随然皮笑肉不笑，"你如果着急，可以先走。"

秦满讥笑一声，还没来得及说话，纪燃就先皱眉打断他们："他和我一块……你说吧，什么事？"

何随然转身去跟外国教练说了两句，然后把门关上。

休息室里只剩下他们三人。

"我这段时间听说，你在招赛车手？"

纪燃停下玩手机的手："谁这么碎嘴？"

"是谁都没关系吧，又不是什么要藏的事。"何随然眼神微亮，他期盼地问，"你在招队友？你要回来开赛车了？你……"

"我没打算比赛。"纪燃一句话打断他所有幻想。

何随然一怔，表情有些受打击："那你为什么去找他们？"

何随然这几天一直在烦恼，他还不够强吗？在国内，他已经算是顶级车手了，为什么纪燃不来找他，而是去找那些毫无名气，甚至一场比赛都没打过的车手？

这事走手续的时候肯定也会走漏消息，纪燃也懒得瞒："我打算自己开俱乐部。"

何随然没想到会是这个回答，睁大眼，半天没回答。

"开俱乐部……"何随然重复了一遍，喃喃道，"你怎么会想到这个……

打算什么时候开？还缺人吗？”

纪燃道：“缺啊，你有要推荐的人？”

“没有。”何随然几乎没有犹豫，“我想去。”

纪燃一愣。

“我想去，可以吗？”何随然说，“签约费无所谓，有车我就能跑……”

“等会儿。”纪燃头疼，打断他，“这事没影，我签不动你。”

“我说了，那个无所谓。”

“不需要。”纪燃不等他说完，“你有病啊，放着Ferrari不签来我这儿？”

“跟他们签是为了成绩，但跟你签，我能在国内发展。虽然亏了一笔签约费，但广告什么的能拉更多……”何随然很快找好借口。

纪燃冷冷地看着他睁眼说瞎话：“继续编。”

何随然深吸了一口气。

他看了秦满一眼，对方垂着眼，连个眼神都没给他。

何随然咬牙，道：“我想……”

我想等一个机会。

何随然一时间没拿准该说哪句话，只是犹豫了那么几秒钟，他便说不出来了。

秦满一直静静听着他们说，不插话，也不发表意见。

就在何随然沉默的时间里，他一脸从容地拿起桌上的咖啡，递到纪燃面前。

“尝尝咖啡？”

纪燃接过咖啡，抿一口，催促他：“说完了？”

何随然无言许久，才哑声道：“我想……我想再和你同队。”

纪燃意外地挑了挑眉，在纪燃眼里，何随然就只是往日的同事，连朋友都算不上，聊天次数也少得可怜……为什么回国之后，他一直往自己跟前凑？

纪燃不知道，多年前自己随口一句话，无形中改变了别人的命运。

“我不会招你。”纪燃回神，道，“人往高处走，这么简单的道理你应该明白吧？我跟你交情还没深到让你抛弃 Ferrari 合同的地步。”

纪燃站起身来：“咖啡不好喝，我们走了，比赛加油。”

说完，纪燃不顾何随然的挽留，拉着秦满就出了休息室。

“不可惜吗？”走了一段，纪燃听见身后的人问。

纪燃挑眉：“可惜什么？”

“如果他加入车队，那就等于是免费广告。”

秦满默默听了许久，一直没开口打断，也是因为这个。

何随然现在是国内人气最高的车手，只要他来了，不说别的，光是媒体和赞助商关注度就能高上许多。

所以秦满一直克制着把纪燃带走的冲动。

“我不是开娱乐公司的，不需要广告。”纪燃无所谓道，“而且我开俱乐部，不是为了钱。”纪燃顿了一下，改掉：“不全是为了钱。”

而且，这事怎么想，都觉得何随然不太对劲，谁会为了一个多年不见的朋友放弃价格上千万的签约金？

总之，纪燃并不打算和对方再有过多的接触。

两人拐了半天，终于找到后门。秦满推开一看，门外的走廊坐了几个记者模样的人，摄像机也仍旧在。

跟前门相比，也就是人少了一些。

听见动静，那群人纷纷朝他们这看来。不过两人戴着口罩，他们也没上心，见不是选手，纷纷收回视线。

其中一位记者正在整理稿子，不经意瞥了他们一眼，敲键盘的动作立刻停下。

这绿头发……

这记者刚刚是驻守在前门的，心知刚才何随然带进去的人同样也是这个发色。

而且……他记得，最近某热门综艺其中一期节目，引起网友们围观的那几个路人中，就有一个人染着绿头发。

他着急得电脑都没能好好放下，拿起录音笔就冲了上去，确定身后的同行看不见后，挡住了他们的去路。

“你好，请问你是不是何随然的朋友？你是否参加过综艺《春游记》？”

此记者常年奔跑在八卦一线，他身材说不上健壮，但谈不上瘦小。结果刚迎上去就被绿色头发的人狠狠撞了一下肩膀，那人劲还挺大。

两人恍若未闻，径直离开。

记者靠在墙上，面上不满，又突然想起什么似的，火速打开综艺节目，在绿发路人的镜头那截了个屏，试探性地问某个微信好友。

“这个人你认识吗？有没有料？”

从休息室出来，纪燃没打算再去咖啡厅。比赛大约还有二十分钟就开始了，今天太阳不大，还有几阵凉风，在观众席坐着也不太热。

走到半途，秦满说是要去买点东西，纪燃应了声，独自先回了观众席。

看着观众席上屹立稳坐不动的何随然女粉，纪燃心里还是佩服的。

纪燃回到座位上，闲着无聊，在讨论组跟朋友瞎聊了两句，顺便把自己开俱乐部的打算说了一嘴。

程鹏：可以，我当你第一个赞助商。要车还是要钱？

岳文文：呜呜呜，人家没钱，但人家愿意去给你当赛车宝贝。

岳文文说完，立马发了一张自己穿着火辣短裤，手持遮阳伞的照片。

纪燃不小心点开，霎时间觉得自己要长针眼，满脸嫌弃地关掉了。

纪燃：再发举报了。

纪燃聊得正欢，后面传来几道窃窃私语。

“前面那位真的好敢，我舍友爱豆之前也染过这个颜色，结果那段时间直接成了那位爱豆的黑历史。”

“绿色本来就不好看，很难驾驭的。不过那位的造型就还好，眼睛挺好看的……只是不知道摘下口罩会不会现原形。”

“那位是不是被绿了，一气之下……等会儿，等会儿！”那女生像是发现什么，“你们看这发色，像不像《春游记》那个路人啊？！”

……

纪燃心想自己只想好好看个赛车，怎么这么多麻烦事？

当纪燃正犹豫要不要离开时，就觉得脑袋一重。

秦满把刚买来的黑色鸭舌帽轻轻扣在纪燃头上，垂眼淡淡道：“有阳光，挡一挡。”

纪燃把帽子戴好，大多数头发全藏进去之后，问他：“……你就是买这个去了？”

秦满“嗯”了一声：“没有好看的，将就一下。”

身后的人声音渐渐小了，等比赛开始，就只剩下一阵阵欢呼声。

毫不夸张地说，这一整个赛车场，起码百分之七八十的人目光都紧盯在何随然的车上。

纪燃就是那小部分例外。

身后的女生：“随然加油！随然这个弯过得好漂亮！！啊啊啊，随然排名超前车了！！！”

纪燃：“第一应该是七号，那个法国人。我高中就听说过他，经验足，风评好，在国外很有人气……何随然弯道技术没他高，差得有点多，还是得练练……啧，终于超过去了，何随然早该在前两圈就超过去的，不过还能接受，他保持下去，大概能拿个第三。”

女粉丝们目光从疑惑到冰凉，直勾勾盯着纪燃的背影，纪燃不为所动，继续给秦满解说。

秦满听笑了：“你声音再大点，我们一会儿可走不出这观众席了。”

“不怕。”纪燃道，“我免费解说，她们还嫌？上面那几个解说都没我说得好。”

事实证明，纪燃说得还真没错，比赛结果出来，七号选手冠军，何随然第三，堪堪站上领奖台。

领奖时，何随然频频往观众席上看，像是在找什么人，就连摄像头到了跟前他都没给反应。

而后，他目光停留在某一处，突然笑了，还小幅度地挥了挥手。

“啊啊啊，他是不是在看我们！”身后女粉丝们激动了，“是！是了！他是在看我们！！随然好宠粉，爱了！”

纪燃回望何随然一眼，没给对方任何回应，起身准备离开。

这场比赛比纪燃想象中的要无聊，最近是车手的转会高峰期，很多车手因为还在谈合同，没参加这次比赛。

观众席几近满座，楼梯又狭窄，退场时非常麻烦，半分钟过去，纪燃还被困在观众席上。

终于，好不容易从人群中脱身，纪燃正打算说什么，眼尾一扫，看到了一张眼熟的面孔。

是刚刚他们在后门遇到的那个记者。

而此时此刻，那记者身后还跟着个举着手机在拍摄的男人。

纪燃拧眉，加快步伐就想走，谁知对方早有准备，快速跑到纪燃跟前——

“纪燃！你是纪燃对吗！？已故女星赵清彤的孩子——”

纪燃脸色瞬间沉了下来。

秦满抿唇，先一步站到两人中央，把记者隔离开，冷冷地扫了他一眼：“不要乱拍。”

他们脚下未停，继续往前走，记者并未放弃，亦步亦趋地跟着。

他起初只是听说《春游记》里那几个路人有料，但想着再怎么劲爆也只是素人，翻不起什么浪，就没专程打听。

谁想刚刚一问，还真是个大料！

知情人还劝他，让他别掺这趟浑水，但他之前是跑国外新闻的，压根不怕这个。

“纪燃，请问你跟何随然是怎么认识的？你在《春游记》里的出镜是人为还是意外？你打算进军娱乐圈吗？”

进军个鬼，纪燃心道。

“纪燃，我们现在是直播状态，很多网友都在等你的回答，请你正面回复一下好吗？还是你心虚了？”记者紧追不舍，见纪燃迟迟没有回应，记者心一横。

“纪燃，有网友爆料，你曾经酗酒、斗殴、对他人使用校园暴力，请问这件事是否属实？”

旁边退场的观众听见八卦，立刻齐齐停下了脚步。

举着手机的男人见手机直播的弹幕愈演愈烈，忙给记者使了个眼色，让他继续说。

“这些行为是否与你从小在没有母亲的环境下长大有关呢？”记者道，“或者是小时候曾经受身为第三者的母亲影响……”

纪燃的脸色已经完全黑了下来，沉得可怕。

纪燃挣开秦满的手，终于停留在原地，纪燃摘下口罩，面无表情地问记者：“你刚刚问我什么？”

纪燃没等对方回答，转而看向举着手机的男人：“你在直播是吧？”

男人点头，把手机护在手中，生怕对方冲上来行凶。

“多少观众？”纪燃问。

男人看了眼：“七……七万。”

“七万？”纪燃嫌弃，“也太少了吧，你们是哪家垃圾自媒体？”

男人愣住了。

直播间里，观众的弹幕刷得飞快，人数涌入越来越多。

“算了，凑合。你把手机举高点儿……这能拍到谁啊？”纪燃不耐烦地伸手，把男人双手举高。

纪燃整张脸出现在直播间中。

很多围观网友一顿，一下竟不知该发“小三去死”还是“好酷”。

“之前那些在我微博底下造谣的键盘侠听着。”

纪燃看着镜头，出乎所有人意料地跟直播间网友对起了话。

“那些说亲眼看见我打人、使用校园暴力的，你们还有半小时的时间把自己的弱智言论删了。”

“别以为躲在网络里造谣不需要成本，我不痛快，那谁也别想痛快。半小时后开始记录ID，你看我不把你们告到死。”

“这个ID叫‘无中生妈’的，我记住你了，你ID不用改，改了也没用，你是这场直播的幸运观众，日后一定能在法院跟我见上一面。”

几乎所有人都听傻了。

纪燃这段话说得不好听，用词也粗鄙。

但这是网友们见过最嚣张的澄清方式了。

男人噤声，低头看了眼弹幕。

全部都是“666”“造谣司马”，几个反对言论出现，也很快被淹没不见。

见纪燃骂痛快了，秦满便上前一步，毫不留情地用掌心捂住手机上的摄像头。

他目光阴沉，问：“是你自己关了，还是想换个新手机？”

男人悻悻关了直播。

临走前，秦满从口袋里拿出一张名片——自纪燃那件事儿之后，他怕处理不及时，身上一直随身带着。

“这是我的律师。”他把名片放到记者的上衣衣襟，淡淡道，“这段视频我建议你不要做任何的恶意删减。其他的事，律师会在三天之内联系你处理。”

纪燃本来没想搭理那记者，但转念又想，这人算什么玩意儿，网上那些键盘侠又算什么东西，自己凭什么要忍着，所以就骂了。

纪燃用自己的行动告诉网友们——自己真的没打算进军娱乐圈。

光是纪燃这一番发言，就没经纪公司敢签这位大人物，生怕这位大人物每天休息的时候就拿着手机在骂“黑子”，连反黑组都不用做了。

短短几分钟的直播刚结束，就被无数网友下载传播。

太“刚”了，有纪燃这种热度的没人敢这么干，敢这么干的都没纪燃这种讨论度。

原先，还是有不少反面评论的。

“这人一看就没什么素质，怪不得是插足者的孩子了。”

“这德性，还真像学校里那些不学无术的，估计早打点好关系了，查不出来的。”

谁知下午，好几个警方官博动了动手指头，给这条微博点了个赞。

这下，那些阴阳怪气的评论几乎都消失了。

这人都敢对着几万观众的直播间公开骂人，比那些明星不知凶悍多少倍，要真被纪燃看见了，说不定还真要吃官司。

惹不起，绕道走呗。

讨论组里。

岳文文：小燃燃厉害。

岳文文：小燃燃今天屠我朋友圈了吗？屠了。

纪燃：少拍马屁。

岳文文以为纪燃不信，直接发了好几张屏幕截图过来，纪燃随手点开一张，上面还真的满屏都是纪燃那段视频截图，伴随着一句句“我可”“爱了”，一系列“舔狗”的语气。

纪燃：辣眼睛，别发。

纪燃说完，还是忍不住又打开了其他图片。岳文文那些小姐妹虽然说话怪了点，但语气用词都还挺好笑的。

直到纪燃看到一条：“不是我说，真的太飒了，戴个口罩都掩盖不住秦满的高贵气质。我可，我非常可，我愿意溺死在大大的眼睛里。”

下面是一张秦满在视频里的特写截图。

纪燃“啧”了一声，用编辑软件把这条朋友圈勾起来。

纪燃：这是谁？

岳文文：冷静，这人平时就喜欢在朋友圈发神经，里面都是这种画风，现实里其实是挺正经一人。

纪燃笑了一声，懒得跟岳文文贫。

岳文文：对了，Tony给我打电话，说是让你这周再去补一下色。

漂染的头发很容易掉色，纪燃不喜欢掉色之后的发色，看起来不健康，中途去补过一次。

但现在，纪燃倒不太想去补了。这发色太明显，容易被人认出来，就差往自己脸上贴名字了。

纪燃：再说吧。

消息刚发出去，就收到微信消息，是纪燃前阵子托人联系的一位车手。

这车手二十八岁，在国外的俱乐部干过半年，后来因为家庭原因回国，实力虽然不算顶尖，但也还过得去。

对方对纪燃的提议很感兴趣，约纪燃在咖啡厅见面。

秦满从厕所出来时，纪燃正对着镜子在戴帽子。

“我出去一趟，跟车手谈合同。”纪燃把头发全部藏到帽子里，“晚上不用等我回来吃饭。”

秦满倚在墙边：“不用我陪你去吗？”

“谈话内容你也听不懂，去了不无聊啊？”纪燃拿出车钥匙，“你要闲着无聊，帮我把电视旁边那游戏碟给过了吧，那关卡太麻烦了。”

纪燃出门后，秦满坐到沙发上，把游戏碟放进去。

电视刚显示出游戏菜单，他的手机便响了。

“小满，我是刘叔。你前段时间跟我说的那项合作，我仔细考虑了一下，觉得你的提议不错，找个时间，我们出来聊一聊？”

许久没接触工作，秦满沉默半晌，恢复往日的语气：“好，您什么时候有空？”

大半年，他休息的时间也够长了。在他的计划里，待父亲公司破产清算完，他就该着手办理公司手续，这会也应该实行好几个新项目了。

这些计划，在他酒吧遇见纪燃之后，全部被打乱。

他拿出手机，给刘辰发了条信息，然后拿起手柄，认认真真地帮纪燃通关游戏。

打了两局，门铃响了。

秦满挑眉，谁会来？

纪燃现在不在家，如果纪老夫人又过来了……

那他只好帮纪燃招待招待长辈了。

秦满走到电子猫眼前看了眼，门外确实站着熟人，却不是纪老夫人。

陈安缩着肩膀站在外头，紧张地四处张望，一副唯唯诺诺的模样。

秦满对陈安一直没什么印象，只记得对方总是低着头，说话结结巴巴的，多的没了。

陈安和程鹏的事，他听纪燃提了一嘴，纪燃说得不详细。在纪燃的语气中，陈安显然被纪燃划分到了“陌生人”的范畴里，对方没道理会找到纪燃家来。

担心对方有什么急事，秦满在对方第三次鼓起勇气按门铃时，终于打开了通话设备。

“什么事？”他声音淡淡。

陈安咽了咽口水。

这……这是秦满的声音。

“我……我想找……”

“纪燃不在家。”

听出对方语气里的冷漠，陈安生怕通话被挂断，尽量加快语速：“我……我有很重要的事……可以让我进……进去等吗？”

见那头沉默，陈安压低声音，艰难道：“求求你了。我真的有，有非常重要的事情。”

秦满开了门。

陈安站在玄关，目光盯着地板：“谢谢。”

秦满没应，他把拖鞋丢到对方面前，转身回了沙发，继续刚刚的对战。

陈安没想到秦满也会打游戏，在陈安眼里，秦满整个人就是社会精英的形象。

打倒小 Boss，秦满拿出手机，给纪燃发了一条消息，告诉纪燃陈安来家里的事。许是还在谈事情，纪燃迟迟没回。

再拿起手柄时，秦满听见一道细碎的呜咽声。

陈安正在看之前和程鹏的聊天记录，这段时间也有一直给程鹏发消息，可对方一条没回。

看到两人前面的恩爱甜蜜，陈安就忍不住想哭。

秦满头疼："自己做的事，有什么好哭的？"

陈安一怔，抬头："对……对不起。"

听秦满这么一说，陈安就明白，自己和程鹏的事，这些人都听说过了。

虽然无用，但陈安还是忍不住辩解："事情不……不是你们想的那样……"

"那是怎么样？"秦满目视前方，没看对方，"不是你家人报的警，不是你递的绳子？"

陈安脸色一白："我只是……不想让他受到更大的伤害。"

秦满没再开口，他对别人的事不感兴趣。

但陈安像是憋久了，急需一个倾诉对象，于是陈安也不顾秦满想不想听，兀自说了。

最开始陈安被放到程鹏身边，是为了偷听对方的商业谈话，虽然知道程鹏对旁人一向谨慎，可能得不到什么重要的信息，但聊胜于无。

陈安原先只是一颗微不足道的棋子。

就连安排陈安的人都没能想到，程鹏竟然对陈安动了感情。

无心插柳柳成荫。

陈安接收到的消息越来越多，那幕后黑手也是个狠人，隐忍了近几个月，终于等来了那场拍卖会。

"我……我有很多关于程鹏……的事情，都瞒着他们，没说。"陈安抽泣，"原先的安排，也……也比那个罪名要狠。我本来想拖的，但是他们……他们找上了我家人……我没办法，我……我真的没办法……”

秦满一脸冷漠地听完。

“你觉得你很可怜？”半晌，秦满才淡淡地开口。

陈安一怔：“不……不是，我的意思是……我不是故意的。”

“你有很多种选择。”秦满打断对方，“你可以把事情告诉程鹏，他自然有办法护着你。或者早早离开，这样对方也不会找到你家里去。”

“我不敢。”陈安抹泪，“他很……很讨厌欺骗，我不敢告诉他。”

“我不敢保证，我说了之后……他……他还愿意要我。”陈安泪眼婆娑地看秦满，“如果是你……你会怎……怎么做？”

陈安不提，秦满都快忘了，他还瞒着纪燃一件事，关于他家“破产”的一些细节。

之前在医院时他原本就想坦白，但以纪燃的性格，指不定会有什么反应……结果拖着拖着，就拖到了现在。

他会怎么做？

秦满摆弄按键。

这件事也得提上日程了，他要好好想想，该怎么说，纪燃才不至于太生气。

“我不会让自己落到你这种境地。”半晌，秦满淡淡开口，“你知道程鹏的感情来之不易，偏偏要作死，那谁也帮不了你。你今天来找纪燃是想干什么？让纪燃帮忙？那你可以走了。”

要知道纪燃不动手揍人都是好的。

看出秦满并不愿意听自己说这些糟心事，陈安吸了吸鼻子：“我只想……给程鹏打一个电话。”

秦满知道纪燃不会帮陈安这个忙。

几分钟后，秦满收到回复——“不用理”。

于是秦满无视陈安的恳求和哭声，把人赶出了门。

纪燃跟车手谈好了，明年年底签约，纪燃给对方打了一部分定金，这件事就算成了。

纪燃回家时，秦满正在阳台打电话。

听见动静，秦满转过身来，继续对电话里的人说，“邮件收到了，那儿风景是很美。”

纪燃手里拎着夜宵，喝着可乐，靠在旁边听秦满讲电话。

“好，我没事。你让爸也注意身体。”

挂了电话，秦满问纪燃：“怎么样？”

纪燃缓过来了，提起这事，自己心情颇佳：“成了。”

“好。”

纪燃想起什么，问：“今天下午，陈安来说什么了？”

秦满道：“说是想通过你，给程鹏打电话。”

纪燃巴不得陈安这人消失在程鹏的世界里。

纪燃“啧”了一声：“那真该庆幸我不在。”

这时，楼下传来一阵吵闹的哭啼。

是邻居带着他们的双胞胎女儿出门散步了。

两个小姑娘吵了架，父母正蹲在她们两人中间，费力地劝解着。

小娃娃粉雕玉琢的，就连哭都可爱得紧，纪燃不自觉盯着他们多看了一会儿。

“喜欢小孩？”察觉到身边人的目光，秦满问。

“不喜欢。”纪燃顿了一下，“也不讨厌。”

纪燃对小孩没什么特殊的情感。

只是这一家人狼狈地蹲在街头，画面出奇地温馨。

秦满陪纪燃看了一会儿，直到父母带她们回了家，才收回视线：“你的游戏，我打通关了。”

纪燃“哦”了一声：“那我明天看能不能打到结局。”

秦满等了会儿，挑眉：“然后呢？”

“什么？”

“奖励。”秦满提醒眼前的人，“那关卡我打了快两小时。”

“……”纪燃指了指带回来的夜宵，“这，都是你的，慢慢吃。”

秦满气笑了：“我不想吃夜宵。”

“那没了。”纪燃说完就想进屋。

结果纪燃还没走上两步，就被身后的人叫住：“后天陪我去个地方？”。

“嗯。”纪燃懒得问，发出个音节算是应了。

“也不问问去哪儿？”秦满好笑道。

“有什么好问的。”纪燃道，“你还能把我卖了？”

“是不能。”秦满微笑，“不过可能得辛苦你早起一回。”

“多早？”

“八点飞机落地。”

纪燃又含混不清地应了一声。

纪燃困得不行，许久后，才想起问：“飞机？接谁？”

“我爸妈。”

“哦。”

几秒后，纪燃倏然睁大眼，困意瞬间消失得无影无踪。

纪燃这辈子最不擅长的就是应付长辈，于是想也不想，当即开口拒绝。

秦满并不放弃：“他们知道我借宿你家，要当面感谢你。你明天不去，他们可能就得找到家里来了。”

纪燃猛地睁眼：“所以你为什么要告诉他们你住我家的事？！”

“总不能让你当无名雷锋。”秦满一笑。

我就喜欢做雷锋！就是想做好事不留名！纪燃在心里气道。

闹到深夜，纪燃被烦得不行，无奈地点了头。

纪燃想了想，总不能真让秦满爸妈找上门来，次日，纪燃一大早便出了门，含糊说是车手那边出了点问题，要去面谈。

待纪燃出门后，秦满让刘辰把公司破产之后专程留下的老员工们叫到某家大排档包间，打算商量一下这段时间联系上门的合作项目。

老员工们到得很准时，几人坐在包间里，看见穿红着绿的服务员，一时哑然。

以往他们也经常跟老板在外面吃饭开小会，每次安排的都是高端上档次的餐厅，东西量少且贵，手上又有工作要谈，等谈完也没心情再加菜了，所以回回在包间待上三小时都吃不饱。

他们几个之前都在秦满手下办事，虽然老板年纪小，但对方早早就参与项目，从秦满着手以来，他们便跟着了。几人关系十分密切，当然，对秦满他们还是有些敬畏心的，现下秦满不在，大家聊的话题相对随意一些。

一人打趣道："今晚可以吃饱了，看到外面摆的那些生鲜没？那螃蟹，比我拳头还大。"

"刘辰，这地方你订的吧？老板知道你订这地方吗？小心挨骂。"

"老板直接给的电话号码。"刘辰沉默了一会儿，"还提醒我……说这里周末热闹，让我提前一天打电话预约。"

刘辰起先还以为是多热门的西餐厅呢，结果对方一接电话，话里就带着一股乡味儿："这里四望桥海鲜，什么事啊？"

他当时还把电话挂了，反复核对了几遍号码。

几人无言，刘辰嘴闲，顺手拿起面前的小菜吃了两口，惊讶道："……这腌菜还挺香。"

秦满很快来了。

老员工们已经忘记上一次看老板穿休闲装是什么模样了。

直到穿着白色卫衣黑色球鞋的英俊男人走进来，他们才恍惚想起——秦满今年刚二十六岁，比在场所有人都要小。

"点菜了吗？"秦满落座，眼一扫，语气淡淡。

"点了，按您吩咐点的，只是没叫他们上菜。"刘辰道。

"下次开会如果我来晚了，你们可以先动筷，不需要等我。"秦满颔首，"让他上菜吧。"

老员工们已经带薪休息大半年了。

他们原以为，这次会议会比以往都要紧张焦灼——毕竟他们现在也算是处于“重头再来”的状态。

谁知秦满只是简单说了一下公司注册的进度，顺嘴提了一下即将要做的项目。

“下个月初，你们应该就能上班了，只是最初工作量没以前大。”秦满剥着螃蟹，“刘辰打印文件出来发下去，你们回去都看看，刚好趁这段时间把之前的状态找回来。”

众人纷纷应好，目光都落在秦满手中那只螃蟹上。

老板不愧是老板，剥个螃蟹，都优雅得跟在用刀叉似的。

吃完螃蟹，秦满把手擦净，拿出手机给纪燃发了一条消息。

Q：谈好了吗，晚饭一起吃？

纪燃：还没……我尽量吧，不知道什么时候能谈完。

吃饱喝足，大家各自散了，秦满在席间喝了两杯酒，散席后，刘辰十分自然地接下了司机的活。

路过某家便利店，后座的人突然道：“停车。”

刘辰忙在路边停了下来。秦满下了车，转身进了隔壁的便利店。

便利店店面很小，他老板进去之后，也没往里走，就在货架上挑挑拣拣，然后递给前台结账。

刘辰：“想不到自家老板还有如此接地气的一面。”

秦满回到家，里面空无一人，纪燃还没回来。

秦满把刚买回来的东西，一一放好，然后坐到客厅，随手点开一部电影。

下午四点，纪燃还是没回来，秦满拿起手机，又给纪燃发了一条消息。

Q：我去找你？

纪燃：不要，我准备回去了。

Q：知道了。

纪燃：……少跟岳文文聊天，别总存这些傻子表情包。

屏幕截屏上是秦满的微信资料卡，纪燃给他的备注是“千年一遇跟屁虫”。

秦满笑了，打开纪燃的资料，跟着改了个备注，截图发过去。

这条消息之后，半天都没收到回复。

晚上九点，秦满看了第三回时间后，终于忍不住从沙发上起身，给纪燃打个电话。

结果刚嘟了两声就被对面挂掉。

正当他拧眉考虑要不要报警时，一道略刺眼的车灯穿过铁门，直射在落地窗上。

摄像头识别到主人的车牌，铁门缓缓打开。

秦满放下手机，微微吐出一口气。

半晌后，听见车库后门的动静，秦满转头，挑唇一笑：“就算不喜欢那个备注，也不至于不理人……”

看清面前的人，后面的话全被他吞了回去。

纪燃脸色有些疲倦，对上秦满的视线，显得有些不自在，停在原地。

两人沉默半晌后，纪燃忍不住道：“……看什么啊？”

纪燃还是出去时的装扮，只是发型变了很多。

纪燃剪了头发，看起来特别干净利落。

最关键的是……对方染了几个月的那头绿色不见了，取而代之的是恰到好处的黑色，不是太深，像是刻意调过，跟天生的发色几乎无差。

秦满不是没见过纪燃黑发，相反，他见得最多的就是这副模样。

两人班级不在一层楼，他之所以能看见，是因为他每天下课就喜欢去楼梯口的走廊站着，装模作样拿着一本课本，在那个角度，刚好能看到楼下纪燃那一头黑发。

偶尔纪燃随意抬眼，彼此还能打一个短暂的照面。

最后不是纪燃赏他白眼，就是自己掩耳盗铃地冷眼转身走人。

秦满抬手，看着对方的头发，疑惑道：“怎么染回来了？”

“……染腻了，容易被认出来，还天天要去补色，麻烦。”

秦满挑眉一笑：“其实绿色也好，好认，不容易走丢，不过你黑色头发也还不赖。”

谁会走丢啊？

纪燃忍不住朝他翻了个白眼。

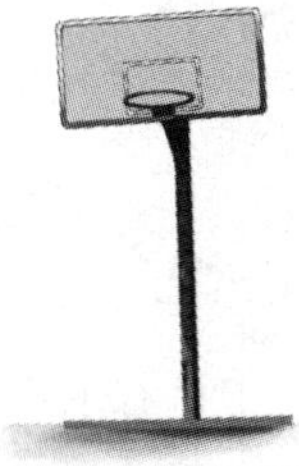

第八章 秦满的底牌

次日，纪燃起得比秦满还早，于是有了难得的叫醒服务。

“喂。”手臂被人碰了碰，“起床了。”

几声之后，秦满才慢吞吞睁眼，露出犯困的样子：“嗯？”

纪燃垂眼，半天才挤出一句：“你……去不去晨跑？”

秦满眨眨眼：“今天不是要去机场接我爸妈吗？”

“哦？”纪燃装作才想起，表情懒散随意，语气嫌弃，“是吗？我忘了。啧，那算了……明天再跑吧。”

秦满：“……”

纪燃今天开了车库里外形最保守稳重的一辆路虎。

因为秦满起得晚，他们在路上随便买了油条豆浆，就坐在车上吃。

机场离市区有些远，好不容易到了，纪燃却坐在驾驶座上不动：“你去吧……我在车上等你。”

“一起去吧，飞机还有十来分钟，还得等行李。我一个人等着很无聊。”

“……多大人了，接机还要人陪？”

纪燃拎着豆浆跟秦满下了车。

今天天气很好，飞机很准时，提前三分钟就落地了，航班信息上显示已到达。

纪燃站了一会儿：“……我还是去车上等你。”

“别。”秦满牵住纪燃，“再等会儿，马上到了。”

秦父秦母出来的时候，看到的就是自己儿子拽着别人不让走的情景。

纪燃还想说什么，看到出口处站着的两个人后，脚步立马顿住了。

纪燃是认得秦满母亲的，曾在学校家长会时见过，当时对方穿着一身淡蓝色旗袍，绾着头发，看起来温柔贤惠，高贵端庄。

而今，家里虽然发生变故，但女人的气质没变，她穿着简洁的衬衫长裤，还戴了一顶草帽，看起来随和至极。

秦母瞬间认出儿子的背影："小满？"

秦满闻言转头，而后笑道："妈，爸。"

一家三口太久没见，夫妇俩激动地抱了抱儿子。

秦满倒镇定，待拥抱结束，他抬手指了指纪燃。

"这段时间我就借住在纪燃家。"

纪燃十分不自然地打了个招呼："……叔叔阿姨。"

"啊。"秦母多看了纪燃两眼，然后像是想起什么来，"我记得你。"

纪燃突然觉得喉间干涩，越来越不自在。

"我们见过的吧？"秦母一笑。

纪燃抬眼："……什么？"

"你是小满的校友，那之前应该也是满高的学生，是吗？"秦母提醒道，"小满高三的时候，我去帮他开过家长会。当时……你在篮球场吧？"

她笑得眉眼弯弯，眼角虽有皱纹，却不妨碍她的美丽："那时候我差点被篮球砸到了，多亏了你帮我挡住。但你走得太急，我一直没向你道谢。现在你又帮了小满，谢谢。"

纪燃舔了舔唇，心中更紧张了。

那次家长会，纪燃去了一趟尖子班，结果还没等到会议结束，纪燃就被灭绝师太赶走了。路过打篮球时，看到球友差点把篮球扔到别人脸上，纪燃顺手就给拦了下来，没想到居然是秦满的妈妈。

这么多年过去，纪燃都快把这事忘了……

纪燃还没说什么，秦满先挑起眉："虽然我没听说这事，但是这么久了，你怎么还记得？"

"换作别的事可能记不得，但小燃长得太好看了。"秦母掩嘴笑，"不知怎么的，就一直没忘。”

秦父表情一顿，手握成拳放在嘴前，不轻不重地咳了两声。

纪燃回神，道：“……顺手而已。”

夫妇二人这次回国没打算久待，两人也只带了一个容量较大的行李箱。秦满轻松拎起，道：“先上车吧。”

刚坐上车，秦母便道：“你自己来接我们就好了，非要叫小燃一块来做什么？多打扰人家啊。”

“不打扰。”秦满系上安全带，“我和纪燃关系好，纪燃也不介意。”

感觉到车后座的视线，纪燃道：“我今天正好没事。”

纪燃刚想发动车子，才想起什么来：“阿姨……你们订了酒店吗？还是有别的住处？”

秦父刚想开口，就被老婆捏了捏大腿：“我们订了酒店，但现在还没到入住时间。”

她看了眼放在前座的豆浆杯子，“麻烦你这么早来接我们，应该没怎么吃早餐吧，我们在飞机上也没怎么吃……不然我们再去吃点？”

几人去了一家粤式早茶店。

秦母跟纪燃想象中唯一不同的是，她的话……出奇得多。

不是那种长辈式的询问，倒像朋友，问纪燃喜欢吃什么馅的炸饺子，喜欢甜豆腐脑还是咸豆腐脑。

纪燃被对方的热情搅得手足无措，早餐结束时，纪燃长长地吁了一口气。

紧跟着，秦母笑眯眯地对他们发出了晚餐邀请。

纪燃这口气又堵住了。

把人送走后，纪燃气道：“你刚刚怎么不拒绝？！”

秦满挑眉，很无辜地问：“一顿饭而已，反正我们晚饭也没别的安排。怎么，你不想去？”

纪燃不是不想去，而是……实在应付不来。

秦满拿出手机：“那我跟她说声，说你临时有事，帮你推了。”

纪燃赶紧拦住他：“别，你说是你自己临时有事，去不了了。”纪燃刚刚明明都答应下来了，再反悔怎么想都不太好。

秦满轻轻“啧”了声：“纪燃，骗人可不好啊。”

纪燃：“……”

最后两人还是去了。

秦母约在了某家需要提前两星期预约的高档西餐厅。

虽说是包厢，实际上桌子大小跟外面无异，刚刚好只能坐四个人。

秦母多看了纪燃两眼，对方两手握着刀叉，慢吞吞切着刀下的牛排，看起来不太自在。

交谈几句后，秦满起身：“我去趟厕所。”

包厢只剩下三人。秦父默默低头吃着，秦母目光时不时就挂到纪燃身上，纪燃吃饱了，面前也没什么东西可碰，端正坐着。

尴尬现场，莫过于此。

两分钟后，纪燃默默低头，给秦满发了一条消息。

纪燃：掉坑里了？上个厕所这么久？

Q：遇到朋友，聊两句就回去。

纪燃：下次再聊……你快点回来啊。

纪燃用恐吓表情包刷了屏。

“小燃。”秦母突然开口，“阿姨让你不舒服了吗？”

纪燃一怔，赶紧放下手机。

从小到大跟老师长辈顶嘴惯了的人，此刻连说话都有些磕巴：“啊，不是，我……我只是……”纪燃犹豫片刻，决定实话实说，“我不太会跟长辈相处。”

秦母一顿，突然轻笑了一声：“这样，那就好。我还担心……其实你是小满第一个向我们介绍的朋友。以前我想见见他的朋友，都得等到家长会才能匆匆聊上两句。”

“如果让你觉得不自在，那我很抱歉。”她真挚道。

纪燃赶紧摆手：“不是，是我的问题。”

这一幕要是被其他人看到，那可能画风就是——

“纪家众长辈、初中班主任因言辞过激，被踢出群聊。”

“不过能看到小满有你这么好的朋友，我也很开心。”秦母笑了笑，“我们可以交换个联系方式吗？”

纪燃稀里糊涂地跟秦满妈妈加上了微信。

“对了。”秦母一边手撑着下巴，缓缓切进正题，“小燃，阿姨有件事想问问你。”

“您说。”

“小满到底有没有谈对象？”

纪燃抿唇，喝了杯水：“我没深入接触过，所以也不太清楚。”

“啊，没关系，是我太唐突了。小满长这么大，从来不和我聊这些，所以我才……”说到这，秦母掩嘴笑了，“我最近甚至都在调查各大婚庆公司的行情了，是不是太着急了？”

“……”纪燃扯了扯嘴唇：“是有点。”

秦母话刚说完，手机叮了一声——之前加的某个婚庆公司微信终于通过了她的好友请求。

于是她立刻举起手机，激情四射地开始翻对方的朋友圈返图。

纪燃这下终于能毫无顾忌地玩手机了。

秦满在两分钟前回复纪燃。

Q：是多年没见的朋友，很快。

对面，秦母还在夸赞那些婚礼现场，不知道为什么明明秦母为人随和亲切，但却让纪燃感到异常煎熬。

“小燃？”秦母的声音把纪燃叫回了神。

纪燃下意识锁上手机，抬眼：“嗯？”

“你今年几岁了？”

“二十四岁，怎么了？”

“那也差不多到年龄了。”秦母把手机举到纪燃面前。

屏幕里，是一个特别简洁优雅的婚礼现场。

“我看到这个现场，觉得特别合适你，你以后可以考虑看看。我给你个名片推送吧？肯定用得上。”

纪燃一顿，把目光从照片里收回来。

纪燃正要开口说话，手机便响了，是刚从马尔代夫回来的程鹏打来的。

“在哪儿？”程鹏问。

“在外面吃饭，怎么了？”

“我有事找你。”

纪燃笑：“带礼物回来了？”

“嗯，不过主要是别的事。”程鹏看着手上的资料，开门见山，“我手上有份文件，关于秦满的。”

纪燃笑容敛了些。

“我当时查到旺兴那块地后，以为这已经是秦满的底牌了。”程鹏一顿，“是我低估他了。”

“旺兴那一块，以前全是秦满外公的土地。后来被上面回收，又被他外公以超低价买下了往下五十年的使用权。当然，我现在怀疑，他外公留下的不仅仅是这些。”

“所以……要是说秦满破产，那我公司可能就是个小卖部。”

纪燃静静地听完。

对面，秦母已经看起了婚纱和礼服。

“我知道了。”半晌后，纪燃道，“那些文件现在在哪儿？”

“我家。”

纪燃“嗯”了一声：“我现在过去，顺便拿礼物。”

见纪燃挂了电话，秦母道：“小燃，名片我已经推给你了……”

“不用。”纪燃一笑，“我用不到那些，阿姨。”

秦母愣了愣，没反应过来：“怎么会用不到呢？”

“因为我不喜欢这些。”纪燃坦然道。

秦母有些意外，不过很快反应过来："抱歉啊，刚刚一直在跟你提这个……"

"没事，我不介意。"纪燃站起身来，"我手头还有点事，麻烦您帮我跟秦满说一声，我先回去了。"

"下次见，阿姨。"

纪燃握着方向盘，听着手边传来的手机铃声。

晚上七点，市区堵了车，这红灯纪燃等了两趟都没通过。

手机响起，纪燃看了一眼，接起。

"怎么走了？"秦满问。

"有点事。"

听出对方语气不对，秦满道："你在哪儿，我去找你。"

纪燃不露痕迹地深吸了一口气。

文件还没看到，事情也还没问清楚，现在还不能下任何结论。

"不用。"指示灯变绿，纪燃道，"开车，挂了。"

纪燃这次车开得极慢，保持着四十迈慢吞吞地在街上挪着。

为了躲陈安，程鹏最近住在公司附近的房子里，纪燃把车停到停车场，径直上了楼。

"来了。"程鹏开门，上下打量了对方两眼，"你从哪儿过来的，这么久？"

"堵车。"纪燃言简意赅。

客厅的玻璃桌上就放着两份文件。

"这些是我目前能确定下来的。"程鹏道，"没查出来的肯定还有，你看看。"

纪燃坐到沙发上，随便翻了两页。

程鹏就坐在对面，见纪燃满脸平静，程鹏倒有些意外。

十分钟后，纪燃合上文件，然后问眼前的人："有水吗？渴了。"

程鹏道："有，想喝什么？"

"白开。"纪燃一顿，又问，"酒有没有？"

“有，不过只有啤的。”程鹏善解人意道，“你如果想喝红酒，我让人从酒窖送来。”

“啤的就行。”

几分钟后，客厅响起啤酒开盖的声音。

纪燃捏着罐装啤酒，往后一靠，姿态随意散漫，仿佛回到了前几个月的样子。

“有烟吗？”纪燃喝了两口，又问。

“不是说要戒烟？”程鹏道。

“别提了。”

一提这个，纪燃就觉得自己像个傻子。

程鹏给纪燃递了一根烟，纪燃弯腰用嘴叼住，点上火，痛快地来了一口。

久违的味道，因为太久没碰，甚至觉得有些呛。

程鹏默不作声地看着纪燃，半晌后才问：“你打算怎么办？”

纪燃吐出一口烟雾：“不知道。”

纪燃是真不知道。

“你看起来很冷静。”程鹏夸赞道，“你说得对，在这方面，你确实比我厉害些。”

纪燃沉默，这种破事没什么好骄傲的。

说实话，知道这件事后，纪燃倒没多惊讶，反而有股莫名的释然。

“你觉得，秦满为什么要装破产？”程鹏跟着点燃一根，问。

还能为什么？纪燃冷冷地想，想看我笑话呗，先把我全程蒙在鼓里，等到最后再给致命一击。

“可我觉得，他这么大费周章，没什么必要。”程鹏看出纪燃的想法，“你觉得会不会是……”

“百分之九十九和百分之一，你要我选哪边？”纪燃打断他，自嘲地笑了一声。

自己跟秦满的重逢，本来就是一次博弈。

一开始纪燃就知道，自己的胜算太小，换作以前，纪燃是绝对不会赌的。

但是几个月相处下来，纪燃才发现自己的筹码早被丢到了赌桌上，一点儿不剩。下注不退，所以自己也只能赌了。

其实仔细想想，他们水火不容了这么多年，怎么会这么轻易的和解。

“那万一秦满真的有苦衷呢？”程鹏回道。

“得了，不会安慰人就把嘴闭上陪我喝酒。”纪燃跟程鹏碰了碰杯，“我真没事。”

“我早做好准备了，不要担心我。”

一罐酒喝完，纪燃手机又响了。

看了一眼来电显示，纪燃直接挂掉并关了机，然后举起酒杯，又碰了碰程鹏的：“你这有多的房间没？”

“有，放心喝。”

纪燃的酒量其实并不好，甚至没岳文文能喝，不过纪燃摇骰子划拳的技术极佳，一场游戏下来喝不到什么酒，仔细算来，还真不常醉。

当纪燃打开第六罐啤酒，程鹏还是忍不住伸手拦了：“别喝了。”

“没事。”

纪燃闷了一口。

纪燃两颊已经染上了粉色。

喝了半罐，纪燃突然想起什么：“我的手机关机了吗？”

纪燃四处摸索，都没能找到自己的手机。程鹏忙说：“关了，刚刚关的。”

“你确定？”

“确定。”程鹏无奈。

纪燃“哦”了一声，放心了。

不关机，纪燃怕自己待会儿喝醉后，忍不住给秦满打电话，然后问他到底想干什么，是不是在耍自己，就像个歇斯底里的小丑。

说实话，纪燃现在就想去问。程鹏想安慰纪燃，又不知从哪儿说起。

实际上，在他看来，纪燃现在十分冷静，除了面上有些醉态之外，几乎没有别的失态。

程鹏庆幸自己冰箱里没备多少酒。

纪燃把酒喝空后，没要酒疯，也没要求他再去买几罐来，只说自己累了，要回房间休息。

“站得稳吗？”程鹏站起身来。

纪燃试了一下，然后笑了一声：“可能得扶一扶。”

还笑得出来，应该是真没什么事。程鹏把人扶起来，搀进客房里，把空调温度调好，又给对方盖了两层被子之后，才转身出了房间。

看着满地的空罐子，程鹏叹了一口气。

他没收拾东西的打算，想着等明天保洁阿姨来了再说。他正打算回房间，余光一瞥，才看见沙发上多了个手机，是纪燃的。

怕掉进沙发缝里，他捡起来，刚随手放到桌上，来电铃声就响彻客厅。

纪燃的手机早关了机，响的是他的手机。

他看了一眼陌生的电话号码，转身走到阳台。

“哪位？”

“打扰，是我。”秦满坐在沙发上，盯着黑色的电视屏幕，“你知道纪燃在哪儿吗？”

“找纪燃有事？”

“纪燃在你那儿？”秦满站起身，拿起挂在沙发上的外套，果断道，“我现在去你那接人。”

“不用过来。”程鹏看着夜景，道，“纪燃现在应该不是很想见你。”

秦满动作一顿，捏着衣服的手垂在身侧：“什么意思？”

程鹏答非所问：“提前恭喜你，旺兴那几块地，这两年内应该都能卖个好价格。”

电话那头沉默了。

许久，秦满才问：“你们现在在哪里？”

“得不到答案的问题，就不要一直问了。”程鹏点燃烟，“秦满，我知道你和纪燃上学时有冲突，如果你不服纪燃，多的是办法，纪燃身单力薄，搞不过你，你实在没必要用这种费时费力的手段。”

“我没有。”秦满揉揉眉心，强制自己镇定下来，“你也说了，我没必要……纪燃现在在你那吗？”

他刚刚一直打纪燃的电话都没人接，还以为顾承或是别的人又干了什么，有些担心。

“在。”

“我去你那儿接纪燃回家。”

“不用，目前看来，纪燃的事应该不需要你再操心了。”程鹏淡淡道，“你还是想好要怎么跟纪燃解释，才不至于闹得太难看。”

秦满语气更凉：“我们之间存在误会。”

程鹏笑了一声，意味不明：“还有事吗？”

“……纪燃现在怎么样了？”

“在睡觉。”

阳台外的风太大，程鹏觉着有些凉，转身回了客厅，谁知路上撞到了几个空罐子，哐啷作响。

这声音被秦满听见了，他问：“你们喝酒了？”

“无聊就喝了两罐。”

就那声响来看，恐怕不是两三罐的量。

秦满沉默了一会儿道：“纪燃容易醉，麻烦你热杯牛奶送过去。纪燃晚饭没吃多少，差不多是空腹喝酒，你把胃药和牛奶放在床头，万一纪燃半夜醒了能应急。”

说完，秦满顿了一下：“谢谢。”

“……纪燃是我朋友，我会照顾好的，不需要你道谢。”程鹏沉默了一会儿，说道。

“麻烦了。”秦满重复了一次。

程鹏沉默许久，久到秦满还以为电话已经挂断了。

“纪燃小时候被人下过毒，你知不知道？”

秦满一怔，握着手机的力度重了一些。

“纪燃母亲去世之后，纪燃被身边最亲近的保姆下了药，那时洗了很多次胃才洗干净。”

程鹏缓缓道：“和纪燃血缘关系最深的父亲对这个孩子置之不理，纪燃成长中最有引导作用的老师对这个学生也视若无睹。就连我和岳文文，也是跟纪燃多年接触之后，才达到今天这种关系。”

“但因为那些事，导致纪燃的安全感几乎为零。”

“所以纪燃朋友很少，跟亲人也划清了界限。可这么一人，却被你耍得团团转。”

说到这儿，程鹏微不可闻地叹了一口气。

“……纪燃是真的，在很努力地相信你。”

挂了电话后，秦满坐在沙发上久久未动。

回过神后，他打给刘辰，让对方查程鹏名下的房子，没多久就有了回复。

手机快没电，没法带出门，秦满起身去了书房，随手拉开抽屉，想找纸笔把地址记下来，却在抽屉里看到了一张打印纸，纸张最上方写着“预算”两个大字。

“办公用地三年一千二百万。

“装修两百万。

“公司用车四辆共两百万。

“员工工资四百万（暂定待改）……”

虽然上面没写明白，但秦满心里很清楚这是什么。其中很多项数字不准确，能看出整理出这份表格的人并不了解这方面的事情。

纪燃对开公司没有半点兴趣，所以这份表格……是给别人做的。

这个别人是谁，不言而喻。

再往下，是一份卖车合同。秦满匆匆看了几行，程鹏说得没错，纪燃是真的在很努力地相信他，也很努力地帮他。

秦满捏着这烫手的合同，思绪紊乱，手足无措。

纪燃一睁眼，就看到了床头柜上的药。

啤酒后劲不大，纪燃不是很难受。

纪燃勉强撑起身，借着床头灯的光，一口把杯子里的水饮尽，半躺在床上，往窗帘看了眼。

天还是黑的。

纪燃下意识伸手，在枕头下翻了一会儿，才隐约想起手机放在了客厅。

这间客房没有时钟，看不到时间，纪燃干脆重新躺了下去，想睡一个回笼觉。

翻来覆去几分钟，睡不下去了，纪燃犹豫了会儿，还是下了床，走到客厅摸索着开了灯，在桌上找到了自己的手机。

为了不吵到程鹏，纪燃回了房间才把手机打开。

几条消息跳了出来。

Q：还没回家吗？

Q：你晚上吃太少了，我买了夜宵。

Q：在哪儿？

他来回看了两遍，才抬头看时间。

四点十一分。

纪燃正要关掉对话框，就见上头的备注一变。

“对方正在输入……”

纪燃一怔，这个提示来回显示了几遍，都没消息弹过来。

纪燃睡意全无，面无表情地看着手机屏幕，一看就看到六点。

那个输入字样终于停下来了，一个多小时，对方连个消息都发不出来。

纪燃心疼了一下自己这小段睡眠时间，然后打开秦满的资料卡，把人拉黑了。

程鹏第二天要上班，八点便从房间出来。看到沙发上坐的人，程鹏一挑眉：“醒这么早？”

“刚醒。”四点到现在一直没睡着的人撑着眼皮道，“我车钥匙在哪儿？”

程鹏拿出钥匙：“怕你找不到，帮你收着……昨晚秦满给我打了个电话，问你的情况。”

“知道了。”纪燃接过钥匙，“回去了。”

程鹏：“不问问我们说了什么？”

“这是我和他的事，我会自己回去找他说清楚。”纪燃从桌上拿过昨晚那份文件，“走了，辛苦你昨晚伺候我。”

程鹏气笑了：“你还知道是谁伺候的你，看来没气坏。”

“烟还有吗？”纪燃走到一半，突然想起什么来，“给我一盒，我家里没有了。”

程鹏伸手进口袋：“戒到一半放弃了，不太划算吧。”

“朋友都要丢了，烟算什么。”纪燃从他手中接过烟，摆摆手，算是道别。

回到家，纪燃把车开进车库，没急着下车。

纪燃坐在驾驶座上，开着车窗，点了一支烟，抽完，才打开车门，顺手拿起文件，把烟摁灭丢到垃圾桶，转身进了屋。

纪燃昨晚设想了一下和秦满见面的场景。

纪燃的字典里没逃避这个词，真受不了，睡一觉也就过了，该解决还是要解决，拖着不是事儿。但昨晚纪燃翻来覆去想了很多遍，都摸不透秦满会是个什么态度。

纪燃做了好几种假设，认错、愧疚或是嘲讽，唯独没想到，对方一大早就出了门，连个影儿都没留下。

家里空空荡荡，没人。纪燃走进卧室看了一眼，被褥还是昨天出门时的模样，像是没被动过。

纪燃深吸了一口气，强装的镇定裂出一条缝隙。

这人该不会连解释都不解释……就走了吧？

纪燃看向衣柜，十来秒后，才挪动步子走过去，打开柜门，看到他的衣服安然无恙的待在衣柜里，这才松了一口气。

纪燃烦躁地揉了揉头发，整个人重重倒在床上。

第九章 他确实没破产

等纪燃回过神来，才发现眼前有些模糊。

真是没点出息。

纪燃在心里骂了自己一句，眼睛抵到手臂上，把那点可怜的湿润全部抹掉。纪燃转身站起来，准备找点事情分散注意力。

纪燃坐到电视前，找出自己那些游戏光盘，翻了几个，才发现最近因为他们玩得勤，摆在上头的全是双人游戏。

好不容易翻到一个单人游戏光盘，放进去，电视一亮——

“您之前通关至四十七关，请问是否读档？”

秦满不知在什么时候，把纪燃卡住的关卡给过了。

这人就是这么讨厌，别人打了一星期都打不过的关卡，他几遍就能轻松跳过。

有些人生来就被上天眷顾着，学习是，工作是，打游戏是，交朋友也是。上天给秦满开通了全身的挂，专程拿来碾压自己这种生活不顺的凡人。

纪燃一狠心，把存档全部清空，账号自杀重来。

“请输入您的名字。”

纪燃操控着按钮，正准备挑选拼音，给自己取一个新名字，就听见铁门外传来一阵引擎声，声音闷重震耳，纪燃听着十分熟悉。

纪燃一怔，放下手柄走到窗前。

门外停着纪燃前几天卖掉的那辆磨砂黑跑车，纪燃还没反应过来，车牌就被自动识别，铁门缓缓打开。

纪燃听见自己脑子里轰了一声，然后忍不住一笑。

最后的遮羞布被掀开，纪燃觉得自己脸上此时就刻着弱智两个字。

别人骗你瞒你，你还上赶着卖车给人凑开公司的钱，这不是犯傻是什么？换作自己是秦满的话，估计心里能得意得上天。

纪燃笑得头疼，从口袋里拿出烟，又点了一根。

秦满把车开进车库，看到里面多出来的车子，他动作一顿。

然后他开门下车，快速走进屋子。

刚到客厅，就闻到一股淡淡的烟味，他一闻就知道，这不是纪燃喜欢抽的那牌子的烟。

纪燃站在落地窗前，稍侧着头，冷淡地看着他。

两人谁都没说话。半晌，秦满挪动脚步，走到纪燃身边："怎么又开始抽了？"

一晚上没睡，秦满声音低哑得吓人。

纪燃没应，收回目光，徐徐吐出一口烟。

"昨晚喝了多少？"秦满问，"胃难受吗？"

纪燃抽完最后一口，转身走到茶几旁，把烟拧灭在烟灰缸中，然后拿起旁边的文件往秦满那一丢，重重砸到那人衣摆上，文件紧跟着掉落在地。

"有没有解释？"纪燃终于开了口。

秦满没看地上的东西，他微微张嘴，又闭上，最后说："没有。"

没什么解释的，他确实没破产，也的确骗了眼前的人。再怎么解释，这两点都切实存在。

饶是纪燃做足了准备，心脏仍是一抽。

原来弄错了。

这场赌局从一开始，自己就没有任何胜算。

只是习惯了黑暗，一直仰视多年的窗户突然朝自己打开，纪燃还是会忍不住朝那道亮光跑去。

最好笑的是……秦满明明已经承认了，纪燃那句"滚"在嘴边来来回回拉扯，就是没能说出去。

“抱歉，我原本想早点告诉你。”多说无益，秦满看着纪燃，心里也不好受。

他接着说：“如果你觉得我是在耍你，我道歉。”

纪燃被激怒，讥笑道：“现在不装了，终于承认了，我告诉你，就算你之前欺骗我，我们合同还在，你还得给我做牛做马。”

“我会单方面违约。”秦满很镇定，他喉结动了动，道：“我会按照合同，付你三倍的违约金。”

纪燃恍然大悟。

是了，秦大少爷家财万贯，怎么会被这纸小小的合同困住？

纪燃克制住揍人的冲动，点头嗤笑道：“行，账号我会发给你。”

“违约金三天内会打到你的账号。”秦满抬眼看纪燃，“我是骗了你，这我无法辩驳，没来得及提早跟你说也是我的问题，我都认。”

“但是，如果再来一次，我还是会骗你。”

纪燃：“……”

“我还是会接过你的卡，跟你谈条件。”说到这儿，秦满朝纪燃无奈一笑，“……欣赏了这么多年的人，突然出现在面前，说想跟你交朋友，谁能拒绝？我反正不行。”

纪燃：“……”

“事情是我没处理好，你想解约，我没异议。”这回，不等纪燃说话，秦满便继续往下说，“解约后，我们重新开始认识。”

纪燃拧眉：“……什么？”

秦满继续开口道，“这一次，我不会再和你扯上什么合同，我堂堂正正跟你交朋友。”

纪燃震惊了，张着嘴，半天没说出来话，许久后才说：“……谁给你的自信啊，世界上的人这么多，我才不会非要跟你做朋友。”

听见纪燃的话，秦满反而松了一口气，扯出一个笑：“没关系，我会改过自新，重新做人。”

纪燃：“就你……”

“对，就我。”秦满哑声道。

“……那你去啊，我这儿又不是劳改所。”纪燃坐到沙发上，两手环腰，跷着个二郎腿，“收拾收拾行李搬出去吧。”

秦满微怔：“什么？”

“我们现在不是朋友关系，你还住我家干什么？我这儿又不是慈善机构，不收留人。”纪燃重新拿起游戏手柄，给自己的新角色取名。

“欢迎进入游戏，孤儿秦老狗！”

见秦满不动，纪燃嘲弄道：“还杵着干什么，我送你出去？”

“不用，我自己出去。”秦满失笑，站起身来。

秦满知道，自己这回有些触着纪燃的底线了，对方不是那么糊弄的，也早做了心理准备。

半晌后，里面传来秦满的声音：“你给我买了好多衣服，我之前的行李箱装不下了。”

纪燃手上一个用力，“孤儿秦老狗”不小心跳到了海里。

纪燃不耐烦道：“……用我的，在柜顶上。”

几分钟后，秦满收拾好，提着行李箱走出去，看向沙发上的人：“我走了？”

“好走不送，感恩有你。”纪燃头也没抬。

秦满失笑：“走之前，你先把我从黑名单里拉出来。”

“不要，你在里面待着挺好。”

“说好了重新做朋友的，你别耍赖。”

“我什么时候跟你说好了？”

“那我也耍赖，我不搬走了。”秦满挑眉。

“……啧。”

纪燃放下手柄，拿起手机，把秦满从黑名单里拖出来：“行了吧？可以走了吗？”

秦满满意了，他把手机放回口袋。

“少抽烟，少喝酒，按时吃饭。”

“行了，啰里啰唆的。”纪燃催他，“快走。”

半分钟后，秦满离开了。直到外头没了声响，纪燃才放下手柄，到房间里看了一眼。

房里看似没什么变化，直到打开衣柜，纪燃才终于有了点独居的实感。纪燃还来不及有想法，手机就先响了起来。

Q：我到了。

纪燃：？？？

纪燃：你才出门两分钟，到了？？你逗我。

Q发起了位置共享。

纪燃点开一看，两人的坐标距离极近，几乎就要紧挨在一起。

Q：我买了你对门的房子。

纪燃：……

Q：房子主人前段时间马上要出国，急着卖，我看便宜就买了。

Q：这不算骗你吧？你也没问我。

Q：纪燃？

Q：你理理我。

纪燃无话可说，快步走到阳台，往对面一看，秦满就站在另一头的阳台上，旁边放了几盆花，纪燃冷着脸把窗帘拉紧，刚准备回客厅打游戏，手机又响了。

Q：什么时候来邻居家做客？

纪燃：滚啊！！

“所以你就跑出来了？”程鹏听完，一时也不知道说什么好。

纪燃喝了口酒，表情如常：“也不是，游戏打腻了，出来兜兜风。”

岳文文一脸无语，自己今天在工地上暴晒一天，都想好了晚上要泡半个小时的澡，再精致地做个面膜，睡上十二个小时的美容觉，好应付明天的另一轮暴晒，结果刚回家，就看到纪燃在群里发“闹掰了，出来喝酒”。

岳文文哪敢再肖想什么面膜美容觉，随便洗了个澡就奔出来了。

结果就告诉自己这？？

“恕我直言，你确定你们这是闹掰了？”而不是两个幼稚鬼的小打小闹？

纪燃道：“不然？”

行，你说什么是什么。

岳文文一副“我已看透你们”的神情。

纪燃喝了口酒：“别废话，你喝不喝？”

好，哄人家出门的时候叫人家文文，现在人在这儿了，反而让人家别废话。

岳文文叹了一口气，撑着下巴：“喝，主子，奴家陪你喝一晚上。”

见两人都不正经，程鹏摇头笑了笑，拿出手机来看了眼。

“鹏鹏，你怎么一晚上都在看手机？”这一幕被岳文文捕捉到，“也没人找你啊。”

“……没事。”程鹏抬手，给纪燃递了一根烟，“来吗？”

纪燃错开眼：“不来。”

“不是不戒了？”

“就是不想抽……”纪燃道，“行了，拿开。”

纪燃今晚没喝醉，叫了个代驾把自己送回家。

纪燃进屋之前，还看了一眼对面的房子。

二楼的灯亮着。

不过几秒，里面的人仿佛感应到什么，窗帘动了动。

纪燃一惊，赶紧加快步伐回屋。

纪燃冲了个澡，躺到床上盯了会儿天花板，然后侧过脑袋，看脸边的手机。

一晚上，秦满没怎么发消息过来，最后一条消息还停留在晚上八点。

啧，还重新交朋友呢，就这点耐心，问狗，狗都不搭理你。

周末，纪燃坐在沙发上，把直播平台上的内容投影到电视屏幕，边嗑瓜子边看。

岳文文在讨论组里不断嚷嚷着今晚去酒吧。

纪燃看着屏幕上的主播的游戏角色扛着 AK 一梭子扫两个人，动动手指头给对方送了两颗流星，然后才低头摸手机。

纪燃：不去，周末人多。

岳文文：人多才好玩，来嘛。就我们三人，你不是心情不好吗？刚好出来散散心。

纪燃：前几天已经庆祝过这事儿了。

岳文文：那是在清吧，不一样……

纪燃最后还是拒绝了：年纪大了，不蹦了。

岳文文：……我比你还大三个月，不来就算了，我不准你这么说自己。

纪燃笑了声，刚打算把手机丢一边，另一条消息进来了。

流水悠悠：小燃，在吗？

流水悠悠：早上好。

表情包是画着笑脸的太阳，老气十足。

纪燃一顿，嗑瓜子的动作都停了下来。

是秦满妈妈。

吓得纪燃把脚丫从茶几上拿下来，盘腿坐着，打字：阿姨好。

流水悠悠：我之前还没发现，你的微信名真有个性。

纪燃原本以为像秦母这样时尚优雅的女人，应该会跟其他同龄人不同一些，但从对方的名字和使用的表情包来看……果然还是有代沟的。

纪燃：我随便取的……有什么事吗？阿姨。

那边直接弹了个微信电话来，纪燃吓了一跳，赶紧把直播给静音，才接起来。

“小燃，阿姨从国外带了几瓶好酒，想问你要不要，阿姨让人送几瓶过去给你。”秦母声音温柔，“上次吃饭你走得太急了，也没来得及跟你说。”

“不用，您留着吧。”纪燃道，“上次是突然有急事……”

“那这次补回来？”秦母打断纪燃的话。

纪燃一愣：“什么？”

“是这样，我们家之前出了点事，这几天才解决掉，房子也刚拿回来不久，现在已经打扫收拾好了，打算请几个朋友来吃顿饭，热闹热闹……就是不知道你赏不赏这个脸？”

纪燃顿了一下：“是您以前住的房子吗？”

“对，住了这么多年的房子，我们都挺舍不得，就买回来了。”秦母说得风轻云淡，丝毫不觉得破产是件什么大事儿，“怎么样？你愿意过来吗？”

纪燃犹豫：“我恐怕……”

不等纪燃说完，秦母先叹了一口气：“我就知道，是不是我上次在席间说错话了？你跟阿姨说，阿姨跟你道个歉……”

“当然不是。”纪燃握着手机，考虑了一会儿，无奈道，“……那我就上门打扰了。”

“太好了，那明晚不见不散，阿姨做一桌好吃的等着你们。”秦母这才仿佛想起什么来，“对了小燃，秦满跟你在一块吗？”

秦母话音刚落，门铃就响了。

纪燃起身走到电子猫眼前，打开摄像头：“没有……”

屏幕上，秦满站在门外，见猫眼的提示灯亮起，挑起嘴角给了镜头一个微笑。

纪燃面无表情地看了两眼，然后关掉。

“他不是跟你住在一块吗？这两天都没回家？”秦母语气染上几分担心，“我给他打了好几个电话，都是忙音……那麻烦你见到他时说一声，让他给我回个电话。”

“好的。”

挂了电话，纪燃在原地站了一会儿，然后不耐烦地“啧”了一声，打开家门出去。

“阿姨让你回她电话。”

秦满挑眉，拿出手机看了一眼，回道：“好，有空再回。”

纪燃转头就要走，秦满手掌穿过栏杆，姿势有些狼狈：“等一下。”

纪燃转头一脸疑惑：“还有什么事？”

秦满笑了声，把一片车钥匙递到纪燃面前。

“什么意思？”

“赔罪礼物。”

纪燃：“……”

一辆银色兰博基尼停在路边，跟自己家仅有一墙之隔，角度问题，不走出来压根看不见。

“限量版，全球十辆，怎么样？够有诚意吧。”

纪燃懂车，这辆全车下来，价格十分昂贵。

不得不说，秦满实在是太阴了，换作是别的东西，自己能做到看都不看一眼转身走人。但这辆车不同，贵先不说，主要是稀有。

问世间谁能抵抗“限量”二字？

贫穷的人一掷千元抽限量卡片，富有的人一掷千万买限量跑车。

就连纪燃，碰车这么多年来，也就只抢到过一辆限量 Ferrari。

于是纪燃上车试了试手感。

“怎么样？”等纪燃“试坐”结束，秦满说，“咱俩和解，这车就是你的了。”

纪燃没说话，拿出手机一顿操作，然后朝秦满伸手：“手机拿来。”

秦满眼睁睁看纪燃打开两人的微信，一个付款一个收款。

“好了。”纪燃把手机递回给他，“这车全车最多 2000 万，我刚刚试了五分钟，给你五万，算是借车费，多的不用找，算我赏你。”

秦满一怔，然后笑出声来。

这人，有点意思。

两人正说着，一辆白色 BMW 突然开到他们门前停下。

驾驶座上的刘辰拉下车窗，第一眼先是看到那辆限量版豪车。

“那个……”刘辰道，“我们没打扰到你们吧？”

车上还有几个员工在，公司装修要晾一段时间，咖啡厅不方便，他们今天来秦满家里开会。

“嗯。”秦满道，“门开着，你们先进去，在一楼客厅等我。”

到了秦满家，员工们忍不住窃窃私语，小声议论了十分钟后，就见那辆兰博基尼驶回了车库。

秦满从车上下来，脸色说不上好不好：“要报备的都准备好了？”

“都好了。”刘辰回神，忙说。

“到会议室去，二楼走廊右边的尽头。”

非要秦满说一个搬出来的好处，那就是这一点儿，不用担心开会或谈论公事，打扰到别人。

这会一开就是一整天。

晚上八点，秦满才感到饥饿。

“辛苦，刘辰，去订份外卖。”

大家还没来得及松一口气，秦满继续道：“吃完再继续开。”

刘辰拿出手机，搜寻附近的饭店：“好的。”

“等等。”秦满看着手上的文件，头也没抬，“多订两份麻辣小龙虾。”

刘辰一愣，忍着嘴馋：“麻辣小龙虾太浪费时间了，我们吃饭就好……”

秦满说：“不是给你们吃的，送餐地址填对面的门牌号。”

外卖送到时，纪燃刚洗完澡，头发没擦干净，水滴顺着发沿落到木地板上，发出滴滴答答的声响。

纪燃看到门口的外卖员，微微皱眉：“我没点外卖。”

“您是没点。”外卖员看了眼单上的备注，“上面写了，‘出差在外，朋友一个人在家饿肚子，麻烦送快一点儿’，是您好友给您点的。”

纪燃：“……”

猜到是谁点来的外卖，纪燃也不好为难人家，出门把外卖取了。

纪燃抬头看了一眼，对门房子二楼还亮着灯，透过铁门，能看到今早那辆白色 BMW 还停在院子里。

纪燃吃吃停停，一个小时后才把这两大盆小龙虾吃完。自己是和秦满过不去，但没必要把气撒在食物身上，这小龙虾长这么肥也不容易，不吃就是对它们这短暂一生的否定。

纪燃吃饱喝足，转头看了一眼对门，灯仍是亮的。

在秦满临时腾出来的办公室里，员工们各个背脊挺直，努力忍着困意，好几个已经忍不住开始打哈欠。

世上没有不用付出的成功，在秦满刚接手工作那一会儿，他们经常为一份企划案熬到深夜，早就习惯了老板这种工作方式。

虽然苦，但薪资待遇和假期都比别人要好上百倍。

只是休息了一段时间，大家一下都没能适应过来，都在强撑着精神。

大家都变了，只有他们老板，仍旧是那个莫得感情的工作机器。

秦满正在纠正某个提案的错误，他眉头紧皱，表情不悦："……是我让你们休息太久了，导致你们连这点小错误都会犯。"

办公室内瞬间鸦雀无声，大家抿着嘴巴，乖乖挨骂。

正说着，手机响了。

秦满看了一眼来电显示，眉睫稍稍纾解，接起往外走："嗯？"

纪燃语气比他方才还差："大半夜的，你到底在干什么？吵死了。"

在这寸土寸金的地方，强大的隔音效果便是开发商吹嘘的其中一点儿。

几分钟后，秦满回来。文件被轻轻丢到桌上。

员工们被骂醒了，现下全都坐得笔直，头微微往下垂，像是等着头上那把刀落下来。

半晌后，秦满淡淡道："我们扰民了……今天就说到这儿，你们先回去吧。"

次日，纪燃是坐秦满的车去的秦家。

“昨晚吵到你了？”秦满问。

纪燃坐在副驾驶座上，眼睛都没睁：“嗯，吵死了。”

其实纪燃什么声音都没听见，就是想整他一下。

秦满打开置物箱，从里面拿出眼罩。

“员工推荐给我的，里面放了水，说是戴着舒服。试试。”

纪燃接过来，戴上。

其实纪燃昨晚睡得还算早，给秦满发了那条消息之后就躺床上睡着了，只是半夜断断续续会醒。

纪燃有踢被子的习惯，空调又开得特别低，所以一整晚都睡得不太好，现在睡眠不足，天亮之后又没怎么补眠，导致这人更困了。

途中，秦满接了个电话，像是员工打来的，正低声跟人交谈，声音断断续续，不疾不徐，听得纪燃昏昏欲睡。

纪燃醒来时，才发现四周环境昏暗。纪燃晃神片刻才恢复精神细细打量，周围看起来像是个车库。

侧目看去，秦满腿上放着电脑，一边手撑在车窗上抵着唇，在看屏幕上的文件。

感应到对方的目光，秦满转头：“醒了？”

纪燃倏然收回视线：“到多久了？怎么不叫我？”

“没多久。”秦满道，“看你睡得熟，反正也没到开饭时间，多睡会儿没事。”

纪燃看了眼时间，都快六点了，纪燃摘下眼罩：“……进去了。”

秦满家面积不大，放在几十年前是大户人家，到现在就算不上什么了，跟纪燃自己住的房子差不多。里面装潢设计非常简洁美观，虽然没纪家那么华丽，但看起来让人觉得温馨舒服。

“来了？”秦母在厨房里忙活着，听见动静，也只探出个脑袋来，“你们先坐会儿，菜还得等一会儿。”

秦满没乱说，六点确实还没到他们家的开饭时间。

秦父坐在客厅看报纸，他抬眼，道：“小满，来，坐。”

纪燃举起手上的袋子，这是自己早上去买的礼物：“请问这个放哪儿？”

“人来就好了，还带什么东西？”秦母笑着说，“你随便找个地方放吧，我给你切点水果。”

“不用……”

“没事，我切水果很快的，还能雕个花样送你，你喜欢什么样的？”

秦父道：“明明只会雕花。”

纪燃失笑：“真不用，阿姨……随便切点水果就好了。”

纪燃坐到客厅，电视上放着抗日神剧，秦父虽然没在看，但纪燃也不好意思调台。

秦满进厨房跟秦母解释了下没回信息的情况，片刻才笑着出来：“好，再有下次，我就多买个手机，专接您电话。”

纪燃不自觉地往那边瞧。

纪燃没想到，原来秦满对家人也会有另一番态度，不会太亲密，也不觉得疏远，当中的度掌握得刚刚好。

“要看什么随便按，不用顾忌我。”秦父把遥控器递给纪燃。

纪燃接过：“谢谢。”

秦父多看了纪燃两眼，眉头轻轻拧着，眸光里满是不确定。

片刻，秦父还是忍不住开口：“你是不是……”

“纪燃。”秦满从厨房出来的，打断两人的对话，“我要上去拿些东西。”

像是告知，更像是解围。

纪燃觉得跟秦父面对面尴尬也不是个事，起身道：“我跟你一起上去。”

纪燃想象过很多次秦满房间的模样。

上学时，纪燃觉得这人房间里除了床、衣柜、书桌之外，可能什么也没了，死板又无趣。

现在，纪燃觉得房间墙壁上可能挂满了许多照片，没准仔细翻翻，还能翻出些有趣的东西来。

但纪燃想的哪一样都不对。

灰色的床单，排列整齐的书柜，墙上贴了科比多年前的海报，另一面墙则是一幅风景画，房间角落还放着一个篮球。

窗帘大敞，窗户开着在透气，黄昏的暖光打进来，给房间加了层温暖的滤镜。

很普通的房间。

“这画……”纪燃走到那幅风景画前。

这是自己在秦满“租”的房子那儿看到的画。

纪燃太久没回满高，加上作者用色夸张，所以那会儿一时没能认出来，现在再仔细看，像极了从学校后门望向后山的风景。

“你画的？”

“嗯，高三的时候随手……”秦满一顿，“我不是不坦诚，是忘了。”

看在画得不错的分上，纪燃没跟他计较。

纪燃看向另一面墙：“你喜欢科比？”

“谁不喜欢科比？”秦满反问。

纪燃沉默。

确实，上学那会儿要是提起篮球，那一定会想到科比。自己当时还经常因为拿不下签证，没法出国看总决赛而郁闷。

这个话题眼见就要揭过，秦满却突然道：“其实我最初没什么喜欢的球星。”

秦满喜欢打篮球，却很少看比赛，只有在总决赛时才会看上最后几场。

直到一次，他高二，路过高一班级时被某位老师叫住，说是老师们要开集体会议，希望秦满能帮他监考一下这次的班级内小考。

秦满原想拒绝，余光一扫，看到纪燃正趴在桌上睡觉。

两分钟后，秦满拿着老师给他的小麻袋，在同学们紧张的目光中，敲响了班级头号不良分子的课桌。

好几声，纪燃才抬头："干什么……怎么是你？"

"同学，考试，手机上缴。"秦满言简意赅。

"没有，滚开。"

"我看到它在你口袋里的形状了。"秦满面色不变，"不交上来，我只能让年级组长来收了。"

"我说到做到。"

纪燃当时刚被口头警告，再犯点事就得记过。纪燃恶狠狠地瞪了秦满几眼，心不甘情不愿地把手机丢到了小麻袋里。

手机键盘碰到袋子，屏幕骤亮，屏保正是科比的照片。

……

秦满说完，挑眉道："所以严格来说，我不是喜欢科比，只是……"

"谁要听你讲故事了？"纪燃突然打断他，"不喜欢还要把人照片贴墙上，真虚伪。"

秦满突然没了声。

纪燃擦着秦满的肩走过，刚想去阳台看一眼，就被人拦住。

"我贴了……"秦满道。

纪燃一顿："什么？"

"死对头的照片。"秦满看着纪燃。

纪燃回望他，只几秒就收回目光："什么……贴在哪儿？"

"科比后面，你敢看吗？"

纪燃转头，看着科比的海报。

这人什么意思啊？

纪燃："……我有什么不敢的。"

纪燃走到海报前，犹豫了几秒钟，伸手开始撕扯那年代久远的透明胶。

撕开一角，海报终于有了松动的痕迹，纪燃顺着开口继续拉扯，终于勉强掀开了一些。

海报后面贴了好几张照片，照片的主角都是同一个人——纪燃。

纪燃一震，惊讶地微微张着嘴巴。

秦满原以为对方还在震惊或生气，却不知道纪燃只是轻啧了声调侃道：“……弄了这么多照片，你到底有多讨厌我啊。”纪燃回神，还想去撕另一角的胶带。

房门猝不及防被打开，秦母端着一盘水果进来：“来，吃点水果。今天的西瓜特别甜，我尝过了。”

秦母感应到两人之间突然的沉默，目光来回转悠，“我打扰你们了吗？”

秦满道：“没有，只是海报破了。”

“啊？这海报你都贴了好多年了吧，怎么就破了？”秦母放下水果，作势要朝纪燃走来，“多有纪念意义的东西呀。没事，妈用胶水帮你粘好。”

纪燃一脸歉意道：“阿姨……是我不小心弄破了，我会粘好的。”

秦母愣了愣，收回手：“啊，那好，其实粘不好也没关系，这么旧了，也该换了……饭菜准备得差不多了，再过十分钟就下去吃饭吧。”

两人花了十分钟，从家里找出尘封多年的胶水和透明胶，把海报重新贴好，才下楼。

“今天阿姨没在，我妈亲自下的厨。”楼梯上，秦满低声道，“她上过几节烹饪课，但经验不多，做的味道可能不太好。你如果不喜欢就少吃一点儿，回去了我再给你叫外卖。”

“谁要你帮我叫外卖了？”提起这个，纪燃想到什么，“下次你再往外卖单上瞎写些有的没的，我就……”

纪燃话说到一半便停了。

楼梯前方偏右便是餐桌，从他们这个角度，刚好能看到餐桌上坐着的人。

是个新客人，他们刚刚来时没见着。

女人跷着二郎腿坐在餐桌前。她剪着一头干净利落的短发，五官精致立体，穿了修身简洁的西装，修长白皙的两指间，夹着一根细长的女士香烟。

“项目临时出了问题，加了半天的班，才来晚了。”女人跟秦母解释完，眼尾一挑，对上了纪燃的目光。

两人皆是一怔。

纪燃没想到，十多年过去，自己会在这见到纪国正那位正牌妻子。

半晌后，纪燃才回过神来，预见到接下来的争执，忍不住握了握拳。

这场争执地点不对、时间不对、在场的人也不对。

纪燃一点儿都不想破坏秦满家里的聚会。

看清来人，秦满面色微沉，下意识往前一步，把纪燃半个身子挡在自己身后。

“都让你少加点班了，赚钱哪有休息重要？”

秦母说着，把蒸鱼端到桌上。看见停留在楼梯上的人，她笑道：“下来了？来，跟客人打个招呼……小满，这位你应该认得，是你初高中同学纪惟的妈妈。”

秦母说完，久久没得到应答。

她微微皱眉，今儿是怎么了，她走哪儿都觉得气氛不对劲。

她继续介绍：“千琼，你还记得小满吧？后面那位是小满的校友，以前也是满高的，说不定跟纪惟也认识。”

陈千琼跟纪燃对视几秒，便从容地挪开目光，用食指轻点烟身，烟灰随着动作掉落在烟灰缸中。

她语气淡淡：“是认识。”

她眉目间尽是淡然，仿佛纪燃和她儿子，确实只有“同校”这一层关系。

纪燃不太明白陈千琼的意思。

在和纪家这段复杂烦人的关系中，陈千琼肯定也是受害者之一，老公身边突然冒出来一个怀着孕的女人，换谁都无法接受。

跟赵清彤不同的是，陈千琼不是个吃素的主，她知道怎么在这场失败的婚姻中把自己的利益做到最大化，并快速在感情方面跟纪家撇清关系。

所以纪燃对陈千琼，并没产生过名为怨恨的成分。

纪燃甚至有些佩服这个只见过一面的女人。

只是在她眼里，自己恐怕不是蛇蝎也是粒沙子，怎么都容不下的。纪燃明白，也接受。

却没想到，陈千琼见到自己，反应会这么平静。

秦满低声道："别吃了，我送你回去。"

"站着干什么。"陈千琼把烟拧灭，柳眉一挑，"你们闻不惯烟味？"

秦母笑："怎么会，小满也抽烟的，不过抽得少。你们俩还站着做什么？快下来。"

"您怎么会在这儿？"走下楼梯，秦满问。

"小满，别这么跟客人说话。"秦母把汤摆到桌上，饭菜就齐了，"我和你爸刚到美国的时候，千琼帮了我们不少忙。现在回来了，当然要请她过来吃顿饭。"

秦满不冷不淡地跟陈千琼对视一眼："我们有事，先……"

"我们坐哪儿？"纪燃打断他。

"随便坐，我本来还邀请了别的朋友，她临时有事来不了，今晚就我们几个。"秦母坐下来，双手握拳摆在胸前，一副少女模样，"随意一点儿就好了。"

秦满皱眉，对纪燃道："你要觉得……"

"不觉得。"纪燃说完，坐到了边角的椅子上。

秦满没怎么犹豫，落座在两人之间，把两人隔开。

一顿饭下来，气氛也不算太尴尬。秦母一直在跟陈千琼聊她们在美国发生的趣事，他们几乎没怎么插上嘴。

纪燃默默听着。自己虽然跟陈千琼几乎零接触，但经常从别人口中听过她，标签也总是那几个。

女强人、工作狂、事业心重。

或许是被秦母的热情感染了，她说每一句话陈千琼都会回应，偶尔还会轻轻地笑一声。

晚饭吃完，陈千琼从包里拿出根香烟："我出去一下。"

秦母道："少抽点，对身体真的不好。小满，你也是。"

秦满给纪燃盛了碗老鸭汤，随意应了声。

陈千琼站起身，动作一顿，转头道：“纪燃，我记得你也抽，跟我出去来一根？”

纪燃筷子一顿，转头看她：“我不喜欢这牌子的烟。”

“没事，我带了别的。”陈千琼道。

秦满停筷，皱眉：“纪燃戒了，你自己去。”

秦母一怔，那股怪异感越来越强烈。她尴尬地笑了一声：“就是，哪有长辈邀请小辈抽烟的？”

陈千琼颔首，转身正要出去。

椅子在地上划动，发出一道声响。

纪燃道：“……我吃饱了，跟你出去吹吹风。”

纪燃感觉不到她的敌意，并且直觉告诉自己陈千琼有什么话要跟自己说，所以才会留下。

秦满欲起身，就被纪燃压住了肩膀，纪燃仓促地留下一句：“我没事。”

花园里的花草盆栽因为长时间没人照顾，都已经枯萎了。

两人站在阳台上，谁也没开口说话。

半晌后，陈千琼吐出一口烟雾，打破沉默：“好久不见，你长大了。”

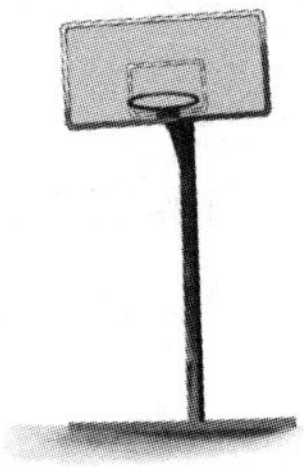

第十章 尘封的真相

二人实在不是能叙旧的关系。

“找我有什么事？”纪燃径直问。

“你觉得呢？”陈千琼反问，“你觉得我找你，能有什么事？”

纪燃道：“你打不过我，口头上也占不了什么便宜，就算真想闹，也没必要特地把我叫出来。总不可能是为了让我来这吸两口二手烟。”

陈千琼笑了。

她跟秦母不同，岁月待她稍显苛刻，虽然从五官能看出年轻时是个大美人，但脸上还是起了不少皱纹，笑起来，老态尽显。

“我听说，纪国正快死在医院里了。”她语气凉薄，仿佛话里说的不是她名义上的丈夫。

纪燃一顿：“差不多。”

“纪老太太最近应该经常找你吧？为了遗产的事。”

纪燃没说话。

纪老夫人确实一直在联系纪燃，但纪燃一直视而不见，估计再过不久，就该找上门来了。

“她年纪大了，纪国正又只有你和纪惟两个亲骨肉……你猜纪国正死了，永世会到谁手上？”

话里的暗示不带掩饰，纪燃了然：“你想拉拢我？”

陈千琼：“谈不上拉拢，我只是想省点时间。你争不过纪惟。”

纪燃嗤笑：“不争怎么知道？”

陈千琼转过头，看了纪燃许久。

“你不用在我面前演戏。”她收回目光，道，“你眼底一点儿欲望都没有。”

纪惟跟她说过，纪燃只巴不得离永世远一点儿，更不用提继承二字。

就怕纪老太太非要把纪燃拽进这场博弈中。她一点儿变故都不想有。

“你难道不恨他们吗？”陈千琼话锋一转，“他们怎么折腾你妈，又是怎么害她的。还有那个佛口蛇心的老太太……”

“害她？什么意思？”纪燃一窒，打断她，“你说清楚。”

陈千琼一顿，两人对视几秒。

她收回目光：“我也只是听说。”

“那员工本来是要给你妈送封口费去的，那段时间公司高层动荡，他们为了不落人话柄，想让你妈去国外躲着——最好别再回来。”

“谁知道员工家里出了事，他喝酒消愁，想停车时反而踩了油门……”

“不可能。”纪燃眸子冰凉，“那纪国正为什么要给那个人打钱？！”

“你查到的还挺多。”陈千琼失笑，“那人在威胁纪国正，他嘴巴一张一合，加上他当时本身就拿着纪国正给他的钱，纪国正想要干干净净脱身，几乎不可能。”

她问：“你难道以为是纪国正让人撞死赵清彤？怎么可能，赵清彤这么好拿捏，他没必要背上一条命。”

纪燃站在原地，久久没回过神来。

纪燃想过无数种可能性，谋杀、普通的意外，甚至自杀。

若真是陈千琼说的，自己竟然一时不知道把赵清彤的死怪在谁头上。

酒驾的司机？

想花钱消灾的纪国正？

还是明知对方不安好心，却还是乖乖赴约的赵清彤？

陈千琼本以为纪燃得消化一段时间，谁想不过半分钟，就听见对方问：“你凭什么觉得我会帮你？”

“你如果还有那么一点儿良心，自然会帮我。”陈千琼吸了一口烟，“没我，你现在还能好好站在这儿？”

“要不是我，赵清彤早被纪家人拖去医院打胎了。”

纪燃心情异常平静。

纪燃说：“我听见的版本，是纪老夫人把我留下的。”

“是吗？”陈千琼一点儿也不意外，“就你对纪老夫人的理解，你觉得她会心甘情愿让一个败坏纪家名声的人留下？”

“纪家看似风光，实际上连一些小家小户都不如，只是比别人多了些钱罢了。尤其是纪老太太，看起来是个大家闺秀，实际上古板恶毒，明明自己也是个女人，却觉得女人天生比男人低一等……”

纪燃笑了。

太荒唐了，自己这么多年，到底活在多少个谎言中。

“那你呢？”纪燃问，“你留下我，又是什么理由？”

“只要有你在，外人眼中，我永远是这段婚姻的弱势方，不是吗？”陈千琼毫无顾忌，“这能让我拥有很多好处，就连日后离婚或是分家产，我都拥有绝对优势。”

或许，还对那个上门来求她的女人有一点儿点同情心。

不过只有毫厘，微不足道，不值一提。

“怎么样？”她稍稍回神，“不需要你做什么，只要你不在，我就能省很多工夫。事成之后，我会……”

“我拒绝。”纪燃垂眼，冷静地说。

陈千琼一愣，然后失笑：“为什么？”

“我不信任你。”

留下这句话，纪燃转身回了客厅。

陈千琼看着纪燃的背影，轻轻吐了一口烟。

“我们回去了。”秦满坐在驾驶座上，放下车窗，对窗外的人说。

“好，小心开车，注意安全。”秦母点头。

“方便送我一程吗？”陈千琼走来，面带微笑，“我喝了点酒，怕是不方便开车……车就放你这儿，我明天让人来取，行吗？”

秦母还没来得及说话，秦满先开了口。他冷冷拒绝：“抱歉，不方便。”

车子驶出家门。秦满侧目，看旁边戴着眼罩的人。

“她为难你了？”

“没人能为难我。”纪燃闭眼。

秦满没再说话，车里恢复安静，纪燃的内心也随之静了下来。

纪燃在回想陈千琼方才说的话。

实际上，陈千琼说的，自己已经信了一大半。

纪燃之前就疑惑，如果真按纪老夫人所说，她是花了大工夫才把自己从陈千琼那儿保了下来，后面为何直接出了国，对自己不理不睬？就连纪国正，恐怕都比她做得多。

想起自己之前在她面前拼命忍耐和克制，纪燃就觉得反胃，想吐。

换作以前，自己肯定是要答应陈千琼，把纪家搅得天翻地覆的。

但纪燃拒绝了。

纪燃突然觉得很累，找不到去做这一切的意义。

纪燃没“中二病”，从来没想过要当什么复仇者。

纪燃从头到尾，要的不过是一个公道，一个真相。

“秦满。”

“嗯？”

“你看看我脸上。”纪燃道，“写着‘弱智’两个字吗？”

“没有，只写着‘我原谅秦满了’。”

纪燃：“……”

纪燃半晌后哑声道：“……改天带你去配眼镜，你这近视，起码八百度了。”

像是要印证陈千琼说的话，接下来几天，纪老夫人的电话攻势愈加凶猛，纪燃到后面，连纪家司机的电话都拉黑了。

纪老夫人按捺不住，终于找上门来。

不过上次她被气得不轻，为了保命，这次她老人家没有亲自来。

经过一段时间的休整，纪惟已经恢复了往日的精神，不像之前在医院见着时那般萎靡。他穿着一身灰色西装，手里还拎着袋子，出现在了纪燃家。

“明前龙井，特地让别人送来的，别成天喝酒喝饮料，喝茶对身体比较好。”

纪燃看都没看那袋子一眼：“有事直说，没时间跟你废话。”

纪惟已经习惯了对方的态度，他道：“既然不希望别人上门烦你，就要好好接电话。”

“不是我不想接。”纪燃嗤笑，“她老人家年纪大了，我怕一不小心，又气倒一个。”

纪惟叹了一口气：“我这次来是通知你，后天爸出院，你最好到场。”

纪燃一顿，饶有兴致地看着他，转而问：“纪惟，你现在扮成孝子守在他床边，还忍着老太婆在你耳边嘀嘀咕咕，就是为了争那点家产？”

就连纪燃跟纪家隔阂最深的时候，纪燃待纪老夫人也是恭敬的。

听见“老太婆”三字，纪惟看了他一眼，了然：“我妈找过你了。”

纪燃没应，继续道：“其实你大可不必这样做，纪国正现在唯一能靠着的只有你，那两母子是不会允许家产落到外姓人手上的。你要真想争那破玩意儿……不如让纪国正死快点，省时省力。”

“这种话以后不要再说了。”纪惟铁青着脸，打断对方。

纪燃道：“哦，抱歉，我忘了你们父慈子孝。你只是想要他的家产，不是想让他死。”

“我对他的家产没有兴趣，我只想帮我妈拿到她应该得到的。”

纪燃摆摆手，表示对这个话题不感兴趣，自己近半年，恐怕都不想听到关于纪家的事：“话说完了，你可以走了。”

纪惟拧眉，下意识环顾四周：“我还有别的事要说。”

“行了，没人在这儿。”纪燃懒懒道，“说。”

“是关于秦满。我听说你……给了他不少钱。”

纪燃冷冷地看着他。

“我就是想说，秦满其实不缺钱。”纪惟犹豫了一下，“你和他之前关系就不好，他这人心思很深，你要小心，别被他骗了。”

纪燃散漫一笑。

这事连纪惟都知道，就自己一个人蒙在鼓里，脸算是丢光了。

其实纪燃后来仔细回想了一下，有很多细节都能看出秦满的破产有问题，只不过全被自己摒弃一旁视而不见，也算是自己蠢。

纪惟以为对方不信：“他现在正在注册公司，你可以找人去相关部门查。”

“行了。”纪燃打断他，“这事和你没关系，不用你操心。话带到了就赶紧走吧，我可没那闲工夫招待你。”

纪惟从小也是含着金勺子长大的，被人这么冷言相待，自然挨不过几句，把茶叶留下便走了。

纪燃看着那罐茶叶，纠结是丢是留，最后还是拿起来，随手放到了厨房高处。

回来时，手机响了一声。

秦满发了消息来，在这条消息上面，还有好几条信息纪燃没回。

Q：到饭点了。

跟纪燃认识后，秦满印象最深的就是这人不爱按时吃饭。

明明自己会下厨，点外卖也很方便，但纪燃就是喜欢拖着，不饿就不吃，经常中午吃早餐，下午两三点吃午饭，晚上九点吃晚饭，末了凌晨还得点份外卖。

量是足的，但用餐时间不规律，照样对胃不好。

于是秦满就天天装饿，以至于有段时间总被纪燃叫作饿死鬼。

其实秦满原先也有这个毛病，尤其是年终那段时间，一天吃不到两顿，员工们叫苦不迭，又没人敢说。

现在秦满这坏毛病已经扳过来了，所以开始着手纠正有坏毛病的纪燃。

纪燃：关你什么事？

纪燃：再给我瞎叫外卖，就全撒你家院子的植物里去。

秦满失笑，回了个可怜巴巴的表情包。

门外，刘辰已经坐在车上等着了。今天有一场生日宴会，宴会主人跟秦满关系不浅，他不得不去。

穿休闲服久了，再穿回西装，总觉得束缚。

待他坐上后座，刘辰从副驾驶座拿起一个礼物盒子：“老板，礼物都买好了，您看看……”

“不用。”刘辰做事他还是放心的。秦满拉下车窗，仍侧头看着，突然道：“等等，不急着走。你按两声喇叭。”

刘辰一愣：“什么？”

“按喇叭。”

“老板，这里禁鸣……”而且这附近也没车啊。空荡荡的街道，按什么喇叭？！

“按。”

一声短促的喇叭声在街道回荡。

见窗帘一动不动，秦满道：“多按两声，久一点儿，没事。”

刘辰咬牙，又猛按了两声。

隔壁的窗帘被人狠狠掀开，看到对方，纪燃毫不犹豫地比了个粗鲁的手势。

秦满微笑，朝里面的人说了一句：“我出门了。”

纪燃没听清，但看懂了对方的口型。纪燃打开窗户：“快滚！再按喇叭报警抓你！”

直到纪燃把窗帘重新拉上，秦满才笑着收回视线：“走吧。”

刘辰：“……”

休假半年多，他老板好像……个人素质变低了点儿？

秦满已经许久没出现在这种场合了，导致他刚到宴会厅没多久，就被人敬了不少酒。

来人有试探的，也有原先就略知秦满家底的，秦满全都应对如流。

这场生日宴的主人年近七十，在满城极有权威，所以这场晚宴虽然参加的宾客不多，但能接到邀请的，都是满城数得上号的人物。

“你也真是的，之前出了这么大的事，怎么也不来找我？”老人坐在轮椅上，温声斥责着秦满。老人虽已年迈，但看上去仍是精神百倍，正是今日的寿星。

老人和秦满的外公关系亲近，所以对秦满也十分爱护。

“不是什么大事。”秦满笑。

“法院都下通知书了，还不是大事？”

秦满轻笑着没说话。

其实他想救回公司并不难，但公司是秦父一手建立的，秦父是高娶，虽然和秦母一向恩爱，但闲言碎语也听了几十年，难免有一两句会往心里放。所以直到公司破产，秦父都不愿意因为自己的事去拖累老婆和儿子。

老人便是当年不同意秦母低嫁的主力军，尤其在自己好友去世后，他对秦父更是不满意，一见面就要冷嘲热讽，这也是秦母今日没出现在宴会席上的原因。

老人立刻明白了，冷着脸说：“公司死到临头了！还计较那些面子！”

秦满道：“他们年纪也大了，是该休息，让我孝敬他们。”

老头抬眼看他，突然道：“那你看我，是不是也没几年可活了？”

秦满失笑：“您高寿着，放心。”

“放心什么啊。”老头道，“你到底能不能让我抱抱孙子？”

“您有三个亲孙子。”秦满提醒他。

“那不一样，我得帮你爷爷惦记着啊！你这么大岁数了，也不着急吗？我跟你爷爷在你这年纪，孩子都抱俩了！”老头想起什么似的，往旁边招招手，“清清，过来。”

一个穿着大牌高定长裙的女人迤迤然走来：“爷爷，什么事？”

老人没应她，看向秦满道：“小满，这是我孙女，你见过的，叫清清。

你俩认识认识，存个电话号码。”

女人一愣，偷偷看了秦满一眼，登时红了脸。

秦满立刻明白老人的意思，他莞尔：“爷爷，认识可以，电话就不换了。”

“你该不是有对象了吧？”老人笑了，“要是有对象了，记得把人带来给我看看？！”

“一定。”秦满一笑。

宴会进行到中途，老人的家人张罗着要拍照。

一拨拨人跟老人合照完后，最后是全家福。

一家人造型摆好，摄影师刚准备拍，就见老人抬手：“等等。”

老人朝秦满招手：“小满，过来，站我身后一起拍。”

秦满挑眉：“爷爷，不太合适。”

“你都叫我爷爷了，有什么不合适！”老人道，“你不来，我就不拍了！”

老人的性子最难捉摸，秦满无奈，只得上前。

宴会后半部分，老人体力不支，先退了场，剩下的便是商人之间的应酬交流。

秦满本身就充满谜团，还颇受老人家青睐，所到之处，便是最热闹也最受关注的地方。

他正和身边人谈着合作事项，眼一扫，看到了张略微熟悉的面孔。

要说靠脸还认不出，那往对方头顶一看，便立刻明了了。

正是他那位高中同学，名字忘了，只记得纪燃叫对方小秃头。

秃头男软磨硬泡了好久，上司才终于松口让他来给老板当这次宴会上的助理——专门给老板递名片、挡酒的那种助理。

没想到他竟然会在这见到秦满……

关键是，秦满居然还跟这些商界大佬在谈笑风生、对饮谈心？！

这人不是破产了吗？？

秃头男见自己老板撑着笑脸走向秦满，交谈间把位置放得很低。他跟在老板身后，冷汗直流。

秦满应该没看见他吧？！

“那期待我们以后能有合作的机会。”老板笑道，“我能有这个荣幸跟你交换一下名片吗？”

秃头男大喘气，手忙脚乱地拿出名片，低着头双手递给老板。

“啊。”秦满眸子一转，看着那光秃秃的脑袋，“小秃？”

秃头男：“……”

“你们认识？”老板惊喜。

秃头男慌忙点头：“是……我和秦……秦总是高中同学。”

被认出来了。

没关系，秃头男安慰自己，就秦满这个性子，应该不会记仇的……

老板举起名片笑道：“那刚好……”

“可惜了。”秦满也笑，话里的语气骤然冷淡不少，“我和他之间闹过一些不愉快，既然他能代表你们公司出席这种场合，那或许说明我们工作理念有些分歧。”

秦满颔首：“那先这样，我还有点事，告辞。”

说罢，秦满无视掉秃头男绝望憎恶的表情，转身离开。

换作平时，秦满还真不记仇——说白了，没必要因为私事影响工作。

但这人曾说过纪燃的闲话，并且还不止一两次。

那就是另一笔账了。

纪燃没想到，自己夜半无聊刷个朋友圈，竟然能刷到秦满。

发朋友圈的人是一个叫清清的赛车手，纪燃通过修理厂老板认识的，她前几天刚发动态，吐槽家里人给她送来的高定裙子。

“清 baby：全家福。祝爷爷生日快乐，寿比南山。”

照片里，秦满站在老人身后，跟清清并肩站着，老人一边手牵着一个人，看起来像极了一对璧人，和谐得很。

全家福？感情是艳遇去了。

纪燃二话不说，给照片点了个赞。

纪燃正刷着，门铃就响了。

门外，刘辰濒临崩溃。

他老板喝醉了。

其实这不是什么稀奇事，应酬嘛，难免有些控制不住量。只是秦满以往喝醉都是安安静静的，送回家就完事了，这次却格外……难缠。

老板人高马大的，他好不容易才把人扛到家门口，刚要拿钥匙，谁知秦满睁眼一看，突然开始挣扎，非说这不是他家！

这就算了，还非扣着他的脖子，硬生生转了个身，指着对面的房子，说那才是他家。

他们在门口硬耗了十多分钟，刘辰实在没办法，只能按响对面的门铃。

纪燃打开铁门，面无表情地看着他们。

秦满抬头，见着来人，笑了笑，低哑地叫："纪燃。"

刘辰："……"

眼睁睁看着纪燃以肉眼可见的速度黑脸，刘辰硬着头皮道："抱歉，我老板喝醉了，非说您这儿才是他的家。"

纪燃："……"

刘辰头皮发麻。

眼见面前的人表情越来越恐怖，刘辰上前一步："果然，我还是把他扶回家好了，打扰您了……"

纪燃抬手道："不用，你回去吧。辛苦你了，还要伺候这个疯子。"

刘辰如获大赦，立刻收回手："不辛苦，不辛苦！那麻烦您照看一下，明早我们还有个会议，我会早点过来把他带走。如果需要我帮忙带早餐，可以随时告诉我。"

"早餐不必。"纪燃冷冷道，"给他捎副棺材来。麻烦了。"

刘辰愣住了，还没反应过来，铁门就被重重关上。

他目睹自己老板像头待宰的猪，被人提着进了家门。

次日，纪燃被电话铃声吵醒，纪燃看了一眼时间，才五点半，接电话的语气自然也好不到哪儿去："干什么？"

"纪燃，你现在有空吗？"何随然生怕纪燃挂电话，说话的语速特别快，"我有急事找你，你出来一趟？"

"没空。"

"是关于陈启——你认识吧？"

纪燃眯着眼，试图从记忆中翻出这个人。

"Williams的赛车手，中国人，他跟那边的合同明年就到期了，现在正在找俱乐部。"何随然道，"他前两天刚从国外回来，时差很严重，我好不容易跟他接了头，给他介绍了一下你的俱乐部……他挺感兴趣，想跟你聊一聊。可他两小时后就飞意大利，下次回来也不知道是什么时候了。"

困意消失，纪燃立刻想起来了。

陈启是纪燃挺欣赏的一名赛车手，国内同年代里能排得上前五，但由于不知道他和Williams的合同进行到哪一年，又因为封闭训练联系不上，所以纪燃才把联系他的计划搁置下来了。

何随然："之前的事我很抱歉，所以我想补偿你……"

"不用你补偿，如果能成，我会给你感谢金。"纪燃回过神，翻身下床，"地点？我现在过去。"

秦满起床的时候，只觉得脑子里像是有根铁棍在搅拌，疼得厉害。他坐起身来，沉默地打量四周的环境，自己竟然睡在了纪燃家的客房。

秦满还没来得及分清梦境和现实，门被打开。

秦满倏然抬头，看到刘辰走进来，眼眸立刻暗了暗。

"您醒了。"刘辰感觉到他的不悦，问，"有哪里不舒服吗？需不需要我去买点早餐？"

"你怎么在这儿？"秦满声音微哑。

"啊。是纪燃早上给我打电话，让我来……照顾您。"

原话是来收尸。

"纪燃呢？"秦满问。

“不知道。”刘辰摇头，“我来的时候，纪燃已经出门了。”

秦满看了眼时间，现在才八点半。

这么早就出门了？

“纪燃在电话里有没有说什么？”

刘辰“啊”了一声：“什么方面的？”

“关于原谅我之类的。”

“没有。”刘辰道，“纪燃好像有约吧，电话里说话也挺急的。”

就这么把他丢这儿，走了？

秦满垂眼笑了笑，纪燃可够可以的。

感觉到喉咙在冒烟，他接过刘辰的水。

刘辰看了看手表试探道：“秦总，我先扶您回家吧……”

“不用，我自己能走。”秦满道。

秦满下了床，拿出手机，给纪燃发了条消息。

其实昨晚在宴会上，秦满还没醉，后来，他跟以前合作过的熟人续了场，又喝了两杯。

对方是长辈，敬酒秦满也不好拒绝，更不可能让助理帮忙顶酒，就喝多了。

会议中途的休息时间，秦满沉吟片刻：“刘辰。”

刘辰从文件中抬头：“您说。”

“以前我喝醉的时候，你都在场吧？”

“大部分应酬，在的。”

“我表现得怎么样？”

这个问题太跳脱了，刘辰起先没能反应过来：“……啊？”

他转头，见秦满一脸正色地在等他回答。

“嗯……没什么太特别的表现。”刘辰斟酌着道，“很安静，经常上车就睡着了。”

秦满问：“没有失态？”

“没有没有！”刘辰忙说，“只是偶尔会说些无意义的话，其余的就没什么了。”

秦满沉默了。

他正打算追问些什么，一个电话打了进来。

他起身，走到别处才接起来：“妈，怎么了？”

“小满……”秦母语气怪异，“你在忙吗？”

“没有，什么事？”

秦母这一早上都是在不安中度过的：“小燃在你身边吗？”

“妈，你有事直说。”

“……你是不是早知道纪燃跟千琼的关系了？”秦母问。

果然是这事。秦满敛眼：“嗯。”

“你还嗯？！”秦母气死了，“那你怎么不早跟我说？”

秦母一向不喜欢听一些风言风语，身边相处的朋友性格也都随和友善，她只是零散听过纪家的矛盾，但具体的她还真不清楚，更不知道纪燃就是纪家的那孩子。

姓纪的这么多，哪儿就这么巧了？

要不是秦父认出并确认之后把事情告诉她，她恐怕现在还不知道自己的无心闹了个什么乱子。

“你也没告诉我，你会邀请她来家里。”

“我也是心血来潮，听说她回国了，才临时……”秦母揉揉眉心，现在说什么都没用，“那天小燃和千琼还单独出去了，该不会吵起来了吧？小燃有没有跟你说什么？”

她越说越觉得愧疚：“我还是给小燃打个电话吧。”

这件事再提反而更尴尬。

“不用。”秦满打断她，“纪燃没受什么影响，只是以后别再乱安排了。”

“……还要你告诉我！”秦母嗔骂，末了还是不放心地问，“真的没事吗？”

“没事，你放心。”秦满抬手看了眼腕表，“你和爸几号的飞机回去？”

“机票取消了，我和你爸打算去海南逛一逛，你要一起去吗？”

“不去了，你们玩得开心就行。”

听见秦满说没事，她终于安心了些，这才有心情道：“我今早在朋友圈看到你的照片了，拍得真好看。什么时候有空了，我们一家三口也去拍一张全家福。”

秦满挑眉：“什么照片？”

“清清发的照片啊，爷爷牵着你的那一张，你没看见吗？”秦母道，“我还见小燃给照片点了个赞呢。”。

挂了电话后，秦满翻开微信，把搁置了一晚上的好友申请翻了出来，点击通过。

一进清清的朋友圈，就看到那张标明了“全家福”的照片，看着照片上自己所处的位置，他有些头疼。

会议休息时间已经过去，秦满隔着玻璃窗看了眼房内已经各自归位的员工，便转身回了房里。

这场会议断断续续，一直开到了下午。

“今天就到这里。你们回去做好准备，下周一收拾东西搬进办公楼，各自的位置也都分配好了。这几天不用开会，好好休息。”秦满合上文件，道。

员工们全都松了一口气。

开会本来就是件很吃力的事，需要精神高度集中，这几天还把老板家里当会议室，就更让人提心吊胆了。

他们甚至都怀疑老板是故意的——谁的家里会专门腾个会议室出来？就连摆设装潢，都跟寻常会议室里的构造一模一样！

而且秦满这个“家”特别空，除卧室以外的地方，家具稀少，一点儿人味都没有，好多处地方都是光秃秃的一片地，看不出正在居住的样子。

“辛苦，这段时间的工资我会按原先的三倍结给你们。”秦满道。

愁云惨淡和兴高采烈之间只隔了一句话。

见员工们眼神都亮了，秦满失笑，继续道：“今晚我请客，你们商量一家餐厅。”

几分钟前，员工们还在思考“上班的意义”，现在这个问题已经被抛到了九霄云外。

知道秦满大方，员工们都是冲着又贵又好吃的店去的。在秦满出神的短暂时间里，他们已经商议好了要去的饭店。

“那家店好，就是得排队，据说都要当天早上预订好位置和菜品，店家才会去进新鲜的货回来。现在都这个点了，应该拿不到位置了吧……”

“哪家店？”秦满回神，问。

员工们报出一个店名。

秦满点头，拿起手机拨了个电话，话语间竟是跟餐厅的老板在聊。片刻，他转头问：“要去的话，只能选择他们今日进货的菜品，能接受吗？”

几分钟后，餐厅位置定好。

员工们心照不宣地对视几眼，表情都在传达一句话——有钱真好。

帮他们解决完餐厅的问题，秦满起身便想离开。

“秦总，要不您跟我们一块去吧？”员工里最大胆的那位出声道。

秦满一顿：“我？”

担心自己的存在会让其他人感到拘束，所以秦满没怎么跟员工们聚过餐。

“对，咱们公司马上成立了，您要不要跟我们一起去庆祝庆祝？”

“是啊，一起去吧老板，接下来一段时间，我们可能都没法好好吃饭了。”另一人打趣道。

话都说到这份上了，秦满也没法不答应。

他看了一眼空荡荡的手机屏保，颔首：“你们先过去，我换了衣服就来。”

待员工全部离开，秦满握着手机下楼，直奔对面房子而去。

结果秦满在铁门前按了几分钟的门铃，里面都无人应答。

出门了？秦满沉吟片刻，忽然想起什么，转身回了自家。

再出来时，手里拿着便利贴和笔，秦满把写好了的便利贴，一张张贴在了纪燃家的大门上。

店家给他们安排的是店里最大的一个包厢，平时不接受预订，是餐厅老板专程用来接待朋友的。

一群白领虽然平时也见惯了大场面，但古韵十足的包厢布置和精致的菜品，还是让他们忍不住掏出了手机，连着拍了好多张照片。

原先他们还顾忌着秦满，发现老板根本不在意后，拍得就更欢了。

见秦满第七次低头看手机，刘辰忍不住小声道："秦总，你要是赶时间，不然我先送您回去？"

"不用，我没什么事。"秦满淡淡应了声，抬手动筷。

员工们的话题聊到了结婚生子这一块，大家都喝了点酒，说话也肆无忌惮起来。

秦满不太适应这种场合，失笑着起身："你们吃，我出去上个厕所。"

从包厢出来，秦满微微松了一口气。

跟这群人一块工作这么久，还是第一次知道他们这么八卦，女员工也就算了，男员工也各个好奇脸。

不过这种认知也有些新奇，秦满不觉得烦人，反倒挺轻松的。

秦满出来并不是想上厕所，就是透透气。他在红木阳台上休息了会儿，才转身回包间。

这家餐厅是古风设计，走廊很长。

拐角处，服务员跟他擦身而过，打开他右侧的包厢布门，里面传来一阵交谈声。

"那次比赛，我病了没参加，不然说不定是谁能拿奖呢。"

"那你别想了，肯定还是我。"里面传来的散漫声音还带着熟悉的笑意，生生勾住了秦满的脚步。

"那再比比？算了，你这么久没训练，我赢了也不光彩。话说回来，随然那场也跑得不错，好像是第五名？”

“第五算什么不错，你别趁机笑话我了。”

秦满转过头，看清了包间里的人。

自己找了一天的人此时正和何随然并肩坐着，表情放松而随意，在和对面的陌生面孔谈笑风生。

三人之间气氛和谐，相谈甚欢。

因为材质问题，包间并不隔音，所以每个包间都隔了一段距离。秦满此时站在门前，能清晰听到他们的对话。

“让你浪费了张机票，明天你去意大利的机票钱我报销。”纪燃道。

“不用，是我心甘情愿留下来跟你谈的，算不到你身上。”那人举杯。

纪燃拿起杯子，跟那人碰了碰：“跟未来老板客气什么？”

何随然也跟着举杯，笑道：“行了行了，都是我干的，我来报销，成了吧？”

纪燃小酌一口，放下杯子，见包间门迟迟没关，下意识往外看了一眼。

只看到正端着菜进来的服务员，和一个大步离开的背影。

“纪燃，看什么呢？”陈启问道。

直到那背影消失在走廊尽头，纪燃才回过头。

“……没什么。”

是自己喝多了？怎么觉得刚才那个背影，特别像秦满。

员工们还在热热闹闹讨论着今年婚礼礼金倍涨的事儿，突然门被打开，秦满回来了。

“秦总，又上了两道新菜，您尝尝……”

“我有事，先走了。”秦满拿下椅上的外套，随意搭在手上，淡声道，“单我都买了，你们吃完就早点回家休息。周一见。”

刘辰放下筷子：“秦总，您喝酒了，我送您。”

“我还不回去。”秦满头也没回地出了包厢，“不用送我。”

他来得快，去得也快。门关上后，员工们对视几眼，对老板变脸的速度感到惊诧。

走廊上，秦满拿出手机最后看了一眼。

还是没有任何回应。

他扯唇，无奈地笑了一声。

不接他电话，不回他消息，也都是纪燃的性子能做得出来的事。

纪燃本身就是这样的人，从小的经历给了纪燃随性洒脱的性格，纪家那些财产纪燃都能说不要就不要，更何况自己还欺骗过纪燃。

在纪燃眼中，他恐怕能跟纪家那点家产画上等号。

所以秦满只是有些沮丧和不甘心。

秦满大概只在原地停留了半分钟。

然后他抬手，稍稍整理领带，转身朝门外走去，谁知刚拐过走廊的弯道，便和来人撞个正着。

看清面前的人，秦满微讶，手还放在领带上。

纪燃也是满脸意外："……你怎么在这儿？"

秦满迅速整理好情绪，喉结轻滚，反问："你怎么出来了？"

纪燃："出来上厕所。"

秦满提醒对方："厕所好像不在这边。"

纪燃皱眉，"……你来这干吗？"

"刚忙完今天的工作，带员工来聚餐。"

纪燃眉头蹙得更紧了："昨晚喝成那副死猪样，今天也不休息？这么想赚钱想疯了啊？"

"嗯，这不急着赚钱买车给你赔罪吗？"

"……谁要你给我买车？"纪燃看了看他身后，"你们聚餐结束了？"

"还没有。"

"那你出来做什么？"

秦满垂眼道："再不出来，我怕我就要失去你这个朋友了。"

纪燃冲他翻个白眼："谁是你朋友？"

秦满一笑，突然道："你喝酒没？"

陈启过两天有比赛，这段时间禁酒，所以他们只能以茶代酒。

纪燃："没，干吗？"

"我喝了，而且我今天没开车来。"秦满微笑，"你一会能不能捎邻居一程？"

何随然本来还聊得挺快乐的，见纪燃把秦满领回包厢，嘴边的笑容立刻就凝滞住了。

这人怎么无处不在？？

"这是我邻居，秦满。"纪燃随口给他们互相介绍，"Williams 赛车手，陈启，明年就是我的车手了。"

虽不知秦满的身份，但就对方这打扮气质，肯定不是什么小人物。陈启起身朝他伸出手："你好，我是陈启。"

"秦满。"秦满回握，笑容客气。

纪燃坐回原位，秦满落座在纪燃对面的位置上。

方才的话题继续。秦满对这方面不了解，所以没参与聊天，只是不动声色地听着，偶尔给纪燃倒杯茶。

十来分钟后，秦满便把情况摸清楚了。

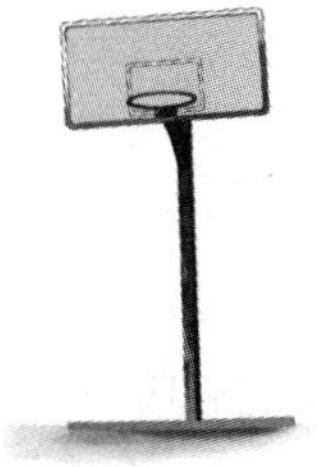

第十一章 你别得寸进尺

陈启年纪比纪燃大一些，几年前就听说过纪燃的名字，有一回还专程从外地赶来，想跟纪燃比一场，结果临时出了事，没比成。

陈启原本不考虑回国，但听见纪燃的名字后，略一犹豫，还是决定听一听对方的想法。

这一听，他就不想走了。

纪燃画下的蓝图很大，换作是别人，他估计都不会信。

“我还有最后一个问题。”陈启问，“投资方面，你是怎么考虑的？现在很多车队都有赞助商，他们大多是车子品牌自家组建的。不是我不相信你，我知道你有钱，但……你要知道，很多车队光一年的消费，就要好几亿美元。就算我们从小做起，一年少说也得几千万。这笔账不小，而且车队前期几乎没什么收入，光是你一个人，恐怕支撑不过来吧？”

纪燃喝茶的动作一顿，而后道：“这个问题我会解决，你是车手，签约费和新车都不会少了你的。好好跑就是。”

何随然忙说：“小燃，我认识几个厂商，需不需要我帮你搭个线？”

“哦？”秦满先开了口，“你认识的都是哪些厂商？”

没想到他会插嘴，何随然立刻报出几个国内厂商的名字。

“你说的这些，都是赞助你那档娱乐综艺的商家吧。”秦满微笑。

秦满把“娱乐综艺”这几字咬得很重。

何随然脸色铁青：“它们都是国内非常优秀的企业。”

“是，不过它们近几年投资非常保守，只愿意花钱在有回报率的项目上……比如那档娱乐综艺。”秦满笑容不变，“像这种有风险，前景渺茫的项目，它们根本不会点头。”

何随然：“秦满，你是故意来说这些丧气话的？”

“实事求是而已。”

陈启犹豫了一下：“我觉得秦满说的也有道理。”

“我目前的资金，绝对能支撑俱乐部近两年的开支。”纪燃打断他们的争执，“赞助商我会去找，放心，只要我在，就不会让俱乐部倒闭。”

何随然一口把茶饮尽，心里很不痛快。

今天纪燃难得跟他多说了几句话，他的风头都还没出够，秦满怎么就过来了？

何随然正想着，就见桌上的杯子突然被对桌人的手臂一碰，歪倒在桌上，温热的茶水顺着流出来，洒在了他的裤子上。

秦满握着茶壶，一脸无辜：“抱歉，不小心撞到了。”

何随然咬牙切齿地说：“……没事。”

他穿的是白裤，茶渍落在上面，用白纸擦不净。他站起身：“我去趟厕所。”

厕所里，何随然站在洗手池前，边用净水擦拭裤子，边在心里骂秦满。

“骂我呢？”一道声音从身后传来。

何随然吓了一跳，转头一看，秦满正站在他身后，嘴边还挂着散漫的笑。

何随然没理他，回过头继续洗。

秦满也不在意，继续道：“听说你和 Ferrari 要签合同了？”

“与你无关。”

秦满笑：“跟我有没有关系，得看你的表现。”

何随然停下动作，回过头：“你什么意思？”

“离纪燃远一点儿。”秦满直白道，“不然那份合同，你只能去梦里签了。”

何随然一震，半晌后才反应过来。他把水关上，嗤笑道：“你以为你是谁？你有这本事？”

“我有没有，你试试就知道。”秦满慢条斯理地说，“你不是 Ferrari

首要考虑的车手，他们只想通过你多吸引一些国内粉丝而已。要不是这几年你在国内还算有那么点可怜的粉丝……你觉得他们会选择你？”

何随然道：“除了我，国内没第二个有名气的赛车手。”

“所以很简单。”秦满笑问，“你在国内的名声如果臭了，你猜猜他们还敢签你吗？”

何随然震惊了。

他很想反驳秦满——就你一破产户，你想怎么搞臭我？

但这句话在他嘴里反反复复转悠，就是没敢说出来。

没别的，秦满的神情语气太自信了，使他有点不确定了。

半晌后，他才道：“先不说你骗纪燃的事，就算你们之间误会解除了，我跟纪燃交个朋友而已，你管得着吗？”

秦满道：“我当然管不着，但你这种只会给纪燃惹事的朋友，来一个我赶一个。”

光想起上次在赛场被记者追着的事，秦满就有些窝火。

提起之前的事，何随然瞬间就没底气了，加上他确实对纪燃有别的想法，说话的语气都弱了几分：“你手段也太卑鄙了吧？跟小人有什么区别？！你敢不敢公平点？”

秦满打断他：“公平？”

他像是听见什么笑话，重复：“你想跟我谈公平？”

何随然硬着头皮，刚想说什么，就听见秦满讥笑了一声。

何随然：“……”

“今天，我给你上一课——家里拼命给你留下的财产，你多年来在赛车场得到的荣耀，不是让你拿去跟别人谈公平的。你因为国人身份，把那些跑得比你快的国外车手全部从Ferrari签约名单上淘汰掉时，怎么不谈公平了？你因为车手身份，踹掉那些比你更优秀的歌手去参加歌唱综艺时，怎么又不提公平了？”

秦满冷笑，道：“公平竞争，那是弱者才会说的话。”

何随然涨红了脸，他刚想反驳，目光触及秦满身后，脸色微微一变。

他咬牙，道：“……但你没有权利干涉纪燃交朋友的权利。”

秦满目光微沉：“这就不用你操心了。”

说完，秦满刚转身想离开，看清身后的人，又定在了原地。

纪燃双手插兜，就站在厕所门外，平静地跟他对视。

何随然：“纪燃，你听见了吧？这人就是个……”

“跟你有什么关系？”纪燃凉凉地扫了何随然一眼，“碍着你了？”

何随然又愣住了。

“吃饱了，回去。”纪燃把目光放回秦满身上。

摸不准面前的人在想什么，秦满回神：“……好。”

丢下何随然，两人一路沉默，直到地下停车场。

纪燃先开车去了早餐店，把手机取了。

早餐店摇身一变成了夜宵铺，老板把手机给纪燃，还顺带送了纪燃两屉小食。

秦满在车上等着，上车前，纪燃解锁手机看了一眼。

二十多个未接，四十多条微信，其中大半是秦满发来的。

纪燃坐上车：“刚刚跟员工聚餐时吃饱没？”

“差不多。”秦满道。

其实他压根没怎么吃，忙了一天，反而没什么胃口。

纪燃把袋子递给他。

秦满也不拒绝，他把西装外套随手丢到了后座，衬衫纽扣解了两颗，衣袖拉至手肘，剥开一次性筷子便吃了起来。

纪燃把车窗打开疏散食物的味道：“明明是自己付钱，还没吃饱，笨不笨啊你？”

车载音乐开启，纪燃发动车子前随便连了个歌单。

纪燃突然想起什么：“你今早起来有没有头疼？吃药没有？”

秦满道：“没有，什么药？”

“出门前不是跟你说过了。我在餐桌上放了药，还煮了碗粥放在微波炉……你没吃？”纪燃单手开着车。

秦满：“……”

秦满压根不记得纪燃早上跟他说过话，他估计是应了一声，便继续闷头睡过去了。

回到家，纪燃在铁门前停下，还没来得及赶车上的人，就被铁门上的东西吸引住了目光。

灯光昏暗，第一眼看到时，纪燃甚至以为是自己某个不知名仇家又来打击报复了。

待纪燃下了车，才看清上面全是便利贴。

“回来给我回电话。”

“要跟我绝交也得回电话。”

“明天之前不回电话，我就单方面跟你和好。”

……

这么小学生的内容，字迹却苍劲有力，甚至在和好两字上面，还画了一个歪歪扭扭、笨拙好笑的鬼脸符号。

“……”纪燃把这些便利贴撕下来，放手上，“……这都是什么时候贴的？”

秦满道：“可能在你跟何随然吃晚饭聊天的时候吧。”

“……幼稚鬼。”

回到家，纪燃把车随便停好，匆匆进了家门，纪燃坐在椅子上，开始翻阅今天收到的其他消息。

纪惟发了几条来，说是纪国正的病情好转了，让自己这几天回家一趟。

岳文文也发了两条，约自己喝酒。

时间最近的一条是何随然发来的。

内容不出意外，都是在给自己细数秦满的错处。

纪燃看了几眼就失了兴致。

纪燃：把你卡号给我。

何随然：啊？要卡号做什么？

纪燃：说好了，事成给你感谢金。

何随然：不用，是我心甘情愿帮你的。

纪燃：不发，我就让人送现金给你了。

何随然：……

何随然：纪燃，我们之间一定要分得这么清楚吗？

纪燃：？

何随然：我的意思是，就算只是朋友，也不需要撇得这么清……你和秦满不都散伙了吗？也没见你们划清界限啊。

何随然：纪燃，你听我的。秦满今天能这么对我，以后肯定也会用同样的方式对你。趁现在你们散伙了，你就赶紧离他远点。

纪燃：他是我朋友，我为什么要离他远点？

何随然：……

何随然：……那你们为什么散的伙？

纪燃：个人隐私，也要给你解释？

这句话一发，手机就像是没了信号，对面彻底没了声。

总算清静了，纪燃松了一口气，往后一瘫，让头发泡在水里，温水浸泡在头皮上，舒服得很。

洗完澡，纪燃套了一件睡衣，拿起手机翻出和秦满的对话框。

秦满在几分钟前刚给自己发了消息，问自己睡了没。

纪燃：你睡了没？

Q：没。

Q：怎么了？

纪燃：来不来邻居家做客？

Q：？

Q：什么意思？

纪燃：不来拉倒。

这话刚发出去，门铃就响了。

“……你来得是不是也太快了？”看着十几秒钟内就到达现场的邻居，纪燃无语道。

秦满笑了一声。

能不快吗？生怕慢几秒，邻居就反悔赶人了。

虽然老板说过这几天休息，但作为秦满左膀右臂的好助理，刘辰第二天早上九点还是准时到了老板家。他还有很多工作上的细节要跟老板汇报。

他打了电话过去，响两声就被接起，男人慵懒疲倦的声音传来：“什么事？”

这语气可算不上友好。刘辰干脆利落地把事情一句话说完：“秦总，昨晚的会议记录，小王已经交给我了，还有……”

“知道了。”秦满打断他，“你现在在哪儿？”

“我已经在您家楼下了。”刘辰斟酌着道，“您还没醒？要不我下午再来？”

那头沉默了一会儿，才道：“不用，你在门口等我。”

“好的。”

刘辰挂了电话，心头有些纳闷。因为工作，他老板的生物钟规律得可怕，别说是最近忙着创立公司，就连以前在秦董公司工作的时候，他老板也几乎没迟到晚起过。

难道是前天那场宿醉还没恢复过来？

他站在大门前，正犹豫着要不要去给老板买点药，就听见大门打开的声音。

他抬头想打招呼，却发现自己面前的铁门纹丝不动，依旧紧闭。

刘辰愣怔半晌，才察觉声源是在他身后。

只见他老板从对门走了出来，脸上还带着满满的倦意。

秦满走到他面前，看刘辰迟迟没反应，开口问："文件呢？"

刘辰忙回过神来，把手上东西递上："会议记录和您之前要我做的报表都在里面。"

"辛苦。"秦满接过，翻了两页。

觉得秦满穿件睡衣站在大街上恐怕也不合适，刘辰说："秦总，不然我们进屋谈吧？"

"嗯。"

刘辰松了一口气，转头刚打算让出位置给对方输大门密码，谁知秦满一个转身，十分自然地朝邻居家走去。

刘辰："……"

走了两步，发觉身后的人没跟上来，秦满回头："还站着干什么？"

刘辰："……来了。"

刘辰进屋后不敢多看，忙坐到沙发上，跟秦满谈了几句工作。

卧室门被打开，一个略带沙哑的声音传来，话里还带着些不耐烦："吵死了。"

刘辰："……"

纪燃还烦着，一大早被电话吵醒就算了，自己家里也吵得不行，此刻表情凶戾得很。

结果一抬头，看到沙发上坐着的客人，纪燃的话生生就止住了。

刘辰看见突然出现的人，吓到失声，立刻别开目光，好半天才挤出一句："打……打扰了。"

纪燃："……"

纪燃看向沙发上的人，"要喝水吗？"

刘辰大半会儿才反应过来对方是在问自己："不……不用了。"

"给你泡一杯咖啡吧。"纪燃转身回房间，"等着。"

刘辰："……谢谢。"

纪燃洗漱完，换了件常服，才从房间里出来，嘴里还不断打着哈欠，快速冲了两杯咖啡。

“你的。”一杯递到刘辰那儿，另一杯毫不客气地放在秦满面前，力道重了些，溅出一些在盘子里。

秦满毫不在意，笑道：“谢谢。”

他拿起来抿了一口，苦得要命，一点儿糖奶没加。

他笑容不减：“好喝。”

纪燃坐到秦满身边，跷着二郎腿玩手机，嗤笑：“好喝就喝完。”

刘辰胆战心惊地做完工作汇报，临走之前，还求生欲十足地把那杯咖啡喝光了，秦满观察了一下对方的脸色，确定只有自己这杯咖啡味道出了错。

把刘辰送走，纪燃坐沙发上，用下巴点了点桌上的咖啡：“喝完啊。”

“想苦死我？”

“谁让你不打招呼就把人带进我家？！”想到刚才那个场景，纪燃到现在还觉得尴尬。

要不是想让秦满在员工面前留点面子，自己都忍不住想骂人。

“我怕出去了，你一会儿不让我进来。”秦满道，“咖啡不喝了，一起吃个早餐？”

“不吃。”纪燃拒绝道，“你赶紧回你家去。”

纪燃手机响了一声，是陈启，说是自己想好了，随时走合同。

纪燃清醒了点，正要回复，旁边的人献上了计策。

“纪燃，你那俱乐部，我给你投资吧。”

纪燃低头回复，下意识道：“不要，我不花别人的钱。”

“不是，我是投资，不是白给你。”只不过一个晚上的时间，秦满就已经做好打算了，“或者入股，你六我四，你还是老板，赚钱我拿分红，亏本我就当投资失败。”

纪燃抬眼，好笑地看着对方：“有区别？”

“当然，我这是正经入股。”秦满挑眉，“冲着钱去的。”

纪燃直白道：“这俱乐部两年内赚不到钱。”

“一点儿机会都不给？”秦满失笑，“我看好它前景，想分点钱都不行？”

“不行。”纪燃冷漠回应，“这事我已经决定了，多说无益。”

晚饭时间，程鹏发消息来，约纪燃晚上去打夜球。

纪燃：不打，没力气。

程鹏：那出来喝酒，文文也在。就在清吧，不闹。

纪燃想了想，一天待在家里确实闷得慌，干脆同意了。

秦满忙着处理工作，没法跟去。

纪燃到酒吧的时候，就见岳文文在位置上拼命跟自己招手。

“小燃燃，你不能一天天窝在家里。”岳文文给来人满上一杯酒，“得走出大门，看看这世界其他的美好，你会发现，失去一个朋友这算不了什么！”

“谁天天窝在家里？”纪燃接过来，喝了一口。

岳文文眨眨眼，一下没明白：“什么意思？”

程鹏听懂了，帮纪燃解释：“和好了。”

岳文文看了眼纪燃，对方继续喝酒，没反驳。

“我刚刚胡说的，小满满挺好的，世上没人比他好了。”岳文文作势要跟纪燃碰杯，岳文文本是想开个玩笑打个趣。

没想到纪燃听完，抬眼一笑，举起杯子跟自己碰了碰，空中发出一道清脆悦耳的响声。

秦满公司正式开始运行的那一天，纪燃送了一幅画去，秦满让人把他办公室墙上的画拿下，挂上了这幅。

半月后，纪燃才第一次踏进秦满的公司。

纪燃坐在沙发上，皱眉道：“……我就随便买买的，没你原先那幅画贵。”

“我懂，礼轻情意重。”秦满一笑。

几个员工进来，刘辰先是跟纪燃打了个招呼，其他员工立刻跟着一道打招呼。

纪燃“嗯”了一声。

秦满穿着白衬衣，跟以前穿校服一样，头也没抬地听着员工汇报，时不时“嗯”一声，表示自己听见了。

纪燃撑着下巴看着，恍惚像是回到初中那会儿。

秦满是学生会的，其他学生跟他上报违规记录，他也是一言不发，偶尔点点头。

还能每周在学校《批评字报》上，看到秦满一笔一画写下自己的名字。

后来高中，可能因为课业繁忙，秦满就不参与学生会了。纪燃觉得没意思，自那以后，也没再故意违规。

纪燃正有一搭没一搭想着，就见原本满脸冷漠的人突然抬起头，准确捕捉到这边的视线，随后紧绷的表情略微松散，露了个短暂的笑。

员工们出去后，秦满放下笔：“纪燃，过来一下。”

纪燃皱眉，一脸狐疑地走过去。

秦满拿出深棕色的文件袋。

纪燃：“是什么？”

“关于你母亲的。”秦满抬眼，“想看吗？”

纪燃一顿，目光紧紧盯在文件袋上，半晌才问：“……什么方面的？”

“往事，比你知道的更具体一些。纪国正花了大工夫藏着，我费了些时间才找到人。”

纪燃知道这事难查。

自己找了多方渠道，花了不少钱，几年了都没查出什么实质消息。这消息来得猝不及防，纪燃半晌挤出一句：“找到谁了？”

“阿姨的经纪人。”

纪燃拿着文件回到沙发上，捏着那根白线犹豫了几秒后，旋转着拆开。

里面的东西，齐全到令人惊讶。

十多年前的转账记录，打印出来的短信内容，还有一个 U 盘。

看出纪燃的疑惑，秦满道：“里面是她和你母亲的通话内容。”

纪燃捏着那黑得发亮的小物件：“……通话内容？”

“录音。”秦满说，“当时她为了安抚你母亲，说要帮她报警，里面有阿姨的阐述内容……还有经纪人和纪国正事后的通话，她为了确保自己无恙，也为了找纪国正拿钱，才录下来的。”

纪燃紧紧捏着这个U盘，指头都泛了白。

半分钟后，纪燃深吸了一口气：“我回去了。”

“我陪你。”秦满立刻道。

“不用。”纪燃咬牙，“……我想自己听。”

秦满犹豫片刻开口道：“那你要答应我，听完后……不论你做什么决定，都要告诉我，好吗？”

“……好。”

秦满果断点头：“我让人送你回去，你现在不适合开车。”

纪燃回到家，把U盘插到电脑里，戴上耳机。

握着鼠标的手停滞十多秒，才慢吞吞挪到名为“Z叙述内容”的音频文件上。

点开，响起的是经纪人的声音：“等一下，我调制一下设备，马上。”

耳机里安静了几秒，然后传来一句细细的女声：“……好了吗？”

这声音，纪燃有十多年没听到过了。

赵清彤是南方女子，说话的口音极其温软，以往纪燃听她讲睡前故事，总是能在五分钟内迅速入睡。

而在这个音频的录制时间里，她刚经历了一场劫难，声音脆弱又无助，还隐隐带着鼻音。

纪燃平静地听完这五分钟的音频。

因为恐惧，赵清彤叙述的内容有些混乱，但大致能听得懂，和自己所想的相差无几。

纪燃视线一转，目光挪到名为“J通话”的音频上。

“J通话”的音频有两个，纪燃原以为是一份录音拆成了两个文件，没想到第二个音频文件一点开，一个略微耳熟的沙哑男声传出来。

这声音不属于纪国正。

纪燃知道这是谁的声音。

……

下午，在纪燃第七次打开这些音频时，电话响了。

“纪燃，是我。”纪惟语气严肃，“你现在在哪儿？”

“什么事？”

“爸要见你。”纪惟道，“他说，你要不来，遗嘱上就没你的名字了。”

“遗嘱？”纪燃轻笑一声。

“嗯，律师下午过来。”纪惟沉默一会儿，又说，“我知道我妈找过你，你别听她的，是你的，我不会跟你抢。”

纪燃低头，把目光抽离电脑屏幕：“几点？”

“两点。”

“我那位好奶奶在不在？”纪燃拿起桌上的笔，在指尖上转了几圈。

“奶奶当然在……”纪惟察觉出对方的语气不对，“纪燃，你想干什么？”

“我会去。”纪燃起身走到衣柜前，打开，“让他们等着。”

几个月前还风风光光的纪宅，今日气氛格外沉重，就连用人们都死气沉沉的。

纪国正坐在书桌前，早没了以往的意气风发。他脸色苍白，眼窝微陷，耐心早已随着时间消失殆尽。

砰的一声，他拍向桌子：“纪燃到底来不来？！”

纪惟拿出手机：“我再问问。”

“你真的通知纪燃了？”纪老夫人皱眉，“你确定跟纪燃说了今天立遗嘱的事？”

纪惟无奈：“奶奶，这些事我还不至于骗你。”

纪国正面无表情坐着。

这段时间，他的人生像是被点上了加速键，一切发生得突然又迅速，打得他措手不及。

查出重病，家庭内斗，公司动荡。

一桩桩一件件，根本处理不过来。光是脑子里那块东西，就让他筋疲力尽，却还要强撑起精神，收拾其他烂摊子。

陈千琼坐在沙发上，两腿并拢，稍稍倾斜了一些角度，坐姿极其优雅，身侧还坐着她带来的律师。

“纪燃可能并不打算要你的遗产。”她淡淡道，“不然我们直接开始吧，别浪费彼此的时间。”

“这是我们家的事。”纪老夫人目光锋利，跟刀似的刮她。

“老夫人，从法律上讲，我现在还是您的儿媳妇。”陈千琼笑道，“自家的事，我当然有说话的权利。”

老夫人胸口一堵，懒得再跟陈千琼说话。

是她失算了。

当初会看上陈千琼，是因为对方家境上乘，对他们有所助益，又及不上纪家，这样的联姻对象正好，也是她极力撮合陈千琼和自己儿子的理由。

她虽听说过陈千琼的脾性，但对方怎么说也就是个女人，再厉害应该也翻不起什么大浪来。

现在看来，是她大错特错。

陈千琼却不愿意放过她：“老夫人，听说这几年里，您老没少把黑锅往我身上扣？”

纪老夫人背脊一僵，脑子转得飞快，皱眉看她：“你找过纪燃了？你们说什么了？”

“您觉得呢？我不是喜欢背锅的人。当初是谁威胁赵清彤堕胎，还找媒体给她施加压力的，这事儿现在就该谁背起来。”陈千琼道。

“我那是迫不得已！”纪老夫人一拍椅子，“要不是她来招惹国正……你自己又有多高尚？别以为我不知道，你当初把他留下是为了什么！”

“别吵了！”纪国正烦不胜烦，“再吵就通通给我出去！”

陈千琼却不怕他，冷笑一声，把矛头指向他：“要不是你管不住自己，能有现在这么多事？”

纪惟站在墙边，拳头紧紧握着，要努力坚持，才能克制自己的背脊不抵到墙上。

他从没想过有一日，平时这些在他面前端庄优雅的长辈会凑作一团，争吵到脸红。

再过一会儿，恐怕他也要加入这场闹剧当中。

他不得不争，他不能对不起母亲。

太不堪了。

许麟在他旁边，趁周围人不注意，伸手到他的后背，轻轻顺了顺，低低道：“……没关系。”

纪惟侧目，刚想说自己没事，余光却瞥到了门外站着的人。

此时，纪燃也听够了，跟纪惟对视了一瞬，就抬手推开了木门，里面的争吵立刻停了下来。

“有点事，来晚了。”

平时大家在家宴上都想不起来的人，今天却存在感十足。对方的头发染回了黑色，穿着随意，一眼望去，是这间房子里最纯粹干净的存在。

见这段争吵总算平息，纪国正心稍稍放下：“你怎么来这么晚？！这么大个人了，连守时都做不到吗？”

“没事。”纪燃笑，“只要您还没断气，我来得就不算晚。”

这话一出，书房里安静了一瞬。

纪老夫人闭眼，心道完了，这个人已经完全脱离她的控制了。

纪国正气到脸蛋涨红：“你这话是什么意思——”

纪燃拉过一张木凳子，坐下道：“关心你啊，这不怕你死了吗？不是说要立遗嘱？我来了，念吧。”

纪老夫人冷静下来，给自己儿子递了个眼神。

其中一部分，必须要给到纪燃，不然就陈千琼的本事，她和纪国正的婚姻还处于合法阶段，上起诉来恐怕能把他们掏空。

纪燃至少比她要好对付一些。

纪国正铁青着脸，示意律师开始念。

律师拿起合同，道：“受纪国正先生委托，我……”

话还没说完，门被轻敲两声。

还有谁？

房内众人心思各异，互相警惕地看了一眼对方。只有纪燃还低着头在玩俄罗斯方块。

助理打开门，只见门外站着一个西装革履、戴着金边眼镜的男人，他手里拿着一个黑色的文件袋，看上去精明又能干。

“打扰，我是纪燃的律师。”

纪燃疑惑地抬头。

律师左右扫了一眼，找到自己要服务的对象，快步上前，颔首道：“十分抱歉，因为秦总通知得太临时，所以来晚了，希望我没有迟到。”

原先这整个屋子里，只有纪燃身后没有律师，所以就算纪燃来时表现得再猖狂，大家也知道这人不过是流程中必要的一项，没有任何威胁力。

在众人惊讶的目光中，律师从文件袋拿出一份笔记，压低音量：“不好意思，可能这个问题有些临时……但我必须要问清楚，在这份遗嘱中，您的诉求是？”

纪燃回神，忍不住低头一笑，今天不是秦老狗了，是哆啦A满。

纪燃道：“不是我的，不争取。”

陈千琼眉头稍缓。

只要纪燃不掺和，那待她一上诉，纪国正要乖乖给她一半财产，她有这个把握。在那之前，她不希望纪国正用任何手段转移财产。

成不成功另说，若是纪燃掺一脚，那这件事就会麻烦许多。

纪惟却闭上了眼。

他知道的，他太清楚了，就纪燃的性子，不可能顺着别人的要求来办事。

他并不觉得，他母亲那番话能说动纪燃。

果然，在纪老夫人发作之前，纪燃嗤笑了一声，把话说完。

“……但该是我的，一分都不能少。”

律师来了后，纪燃就更闲了，压根不用怎么听。

单从陈千琼的冷笑和纪惟的沉默中，纪燃就能猜到给自己的那份不少。

纪燃忍不住嗤笑一声，纪老夫人这也算是病急乱投医了。

不过自己这趟来，并不是为了那点破遗产的。

两小时后，这次充满争吵翻脸的面谈终于结束。

陈千琼临走之前，到纪燃面前，笑了一声：“你和你母亲真的很不一样。”

“你和你儿子也差挺多的。”纪燃淡淡地回答道。

“有空再一块吃个饭吧。”说完这句，陈千琼如愿看到纪老夫人厌恶的目光，她笑了一声，“再见。”

纪惟一言未发，跟在陈千琼身后离开了。

“纪燃。”纪老夫人坐着没动，待人都走得差不多了，她才开口道，“你留下，奶奶有话跟你说。”

纪燃往后一靠，散漫地笑道：“巧了，我也有话要说。”

纪国正头疼，他撑着椅子站起身：“我先上去……”

“等等。”纪燃叫住他，抬眼道，“你也留着。”

纪国正皱眉：“你这是什么口气？”

纪燃没应他，而是站起身，拍拍律师的肩膀：“辛苦你跑来一趟。”

律师一怔，忙说：“是我应该做的。”

“东西都收拾好了？”纪燃问。

“对。”

“那这也没什么事了，你先回去吧。”纪燃道，“律师费我会让人打给你。”

“不用。”看出情况不对，律师道，“秦总已经付给我了。这些文件我回去整理一下，我们再联系。”

“好。”

把律师送到房门口，纪燃一边手撑在门上，对屋里其他用人和律师道：“你们也出去。”

纪国正察觉不对：“你要干什么？！”

“我能干什么？我就想跟你们好好聊聊天，话话家常。”纪燃挑眉，笑问，“怎么，难道我还能放火杀人？”

“行了。”纪老夫人无奈，她确实有话要跟纪燃说，再气也得忍着，“出去吧。”

老管家临走之前，还特地给老夫人吃了两片药。

老管家跟了老夫人几十年，他走到门口时，忍不住道：“老夫人近期身体不好，请你不要再刺激她。”

因为年纪大，他声音低沉沙哑。

纪燃笑容愈大：“出去。”

门关上，纪燃把门反锁，房内只留下他们三人。

纪燃坐回原位。房内沉默片刻，对面的纪老夫人率先开了口。

“小燃。”她放缓语气，“我知道陈千琼跟你胡说了很多，她那人一向这样，为了钱和权什么事都做得出来。你千万别……”

“我先说吧，老夫人。”纪燃看了一眼手上的腕表道，“马上开晚饭了，我们不要把时间浪费在讲故事这个环节上。”

“纪燃！”纪国正怒斥，“你怎么跟奶奶说话的！端正你的态度！”

“我今天来这儿，就问你们一件事。”纪燃看也没看他一眼，“小时候那个给我下毒的保姆，是不是你们雇来的？”

两人立刻噤了声，房间里登时落针可闻。

看他们绷紧了脸，纪燃笑道：“你们放心，那件事我现在不想追究……已经轮不到它了。我身上没带任何录音设备，我只是想把这笔账算清楚。”

“不是。”纪老夫人铁青着脸说，“我们好好的，为什么要下毒害你？”

纪燃似笑非笑：“那段时间赵清彤刚出车祸，似乎导致你们公司的股价掉了不少？”

那年，自己还没被过多曝光在别人眼中，许多人只知道纪家有个见不得光的孩子，却不知道这孩子到底是谁。

那时的自己没有朋友，也没了亲人，更不像赵清彤那样有粉丝和媒体关注度，甚至都不在纪家户口本上。

那么渺小一个人，完完全全可以无声无息地消失在那栋冷清的别墅里。

没人会追究，也没人会帮自己讨回公道，甚至死后，连个会想起自己的人都没有。

“又是这些破事。”纪国正骂道，“你妈都死了十多年了！你到底什么时候能放下？！我知道你还要问什么——是不是又要问你妈的车祸！我说了无数遍，没有人要害她，都是她自己过马路没长眼……”

“是你吧？”纪燃看着纪老夫人问。

纪老夫人从没见过这样的眼神，里面充满讥讽、怨恨、悲伤。

纪燃脸上是挂着笑的，却比发了怒还要令人心惊。

长长的沉默后，纪老夫人道：“不是。”

纪燃点头：“我知道了。”

“你为什么非要去查以前的事？都是些陈年旧账。”纪老夫人企图说服纪燃，“现在只要你肯配合，肯学习，我和你爸会支持你。你如果有管理方面的天赋，假以时日，整个永世都可能是你的。”

“不稀罕。”

纪燃站起身，走到纪国正面前。

纪国正手已经握到了旁边的木拐杖上。

他因为脑里的东西，经常会突发性眩晕，必须备一根拐杖才安心。

纪燃什么也没说，从口袋里拿出一个黑色的小 U 盘，放到纪国正面前。

纪国正莫名觉得心虚和恐慌，他强装镇定：“这是什么？”

纪燃面无表情：“地狱里的控诉。”

纪燃离开时非常平静。

就像当初第一次来纪家时，自己躲在赵清彤身后，露出一半侧脸，小心翼翼地看着面前那些穿着精致华贵的男男女女。

当时自己年纪还小，但那些四面八方射来的恶意目光像一把把利剑，尖锐，不带掩饰。

而这次离开，身边的人眼中只有躲避和畏惧。

待纪燃走后，纪国正拿起U盘，放进电脑里。

十几秒过去，女人娇弱的声音从音响中传出来。

母子两人在听到的一瞬间，只觉得毒虫往腿上猛蹿，背脊僵直，头皮发麻。

第十二章 真相大白

短短几个小时里，外面已经变了天，此时乌云密布，下着阴沉小雨。

纪家新来的女用人看到纪燃，忙拿着一把黑伞向前："您好，需要伞吗？"

"不用。"

声音是从门外传来的。

纪燃抬头一看，秦满撑着把黑伞，站在大门台阶下的雨幕中。

见对方失神，秦满轻声说："纪燃，回家了。"

直到两人并肩离开，女用人还一直站在门口不断张望，被旁边的老妇人拽到一旁。

"你干什么呢……你居然给那人递伞！知道那人是谁吗！你没挨骂吧？"

女用人愣愣："没……没有。那个人是谁啊？"

"这你就别问了！反正以后再看到那个人，就当没看见就行！"

这句话，女用人记了一辈子，可惜在这以后，她再没见过这位来去匆匆的年轻人。

回到车上，秦满道："你的车子我让人开回家了。"

纪燃"嗯"了一声。

车里很安静，纪燃听着雨声，半晌后道："回家前，先去一趟公安局吧。"

秦满一顿："想好了？"

纪燃："没什么好想的。"

秦满没吭声，转动方向盘，往公安局驶去。

九月，一个帖子默默地出现在网上，经过几个小时的发酵，很快传遍了整个社交网络。

“瓜农：# 今日怪谈 # 上个月，警察接到一起案件，报案的是受害者的孩子，告的是自己的爸爸和奶奶，案发时间是二十多年前……”

“瓜农：接上条，受害者的孩子是个见不得光的孩子。”

“瓜农：接上上条，受害者是赵清彤。”

“瓜农：没错，就是已故女星赵清彤。评论那些质疑的杠精滚，我用实名账号发表，如果内容是假的，我自然会承担法律责任，不用你们这群傻子告诉我。”

这个帖子只活了一天就被各类社交网站和谐掉了，不过并没什么用，许多截图和胡编乱造一时间充斥整个热搜榜单。

“赵清彤是谁？我怎么总感觉这名字特别耳熟？”

“微博搜索‘纪燃’‘赵清彤插足’‘纪家富豪’可获得前情。”

“这家伙又来炒作，不管怎么样，像这样的人赶快消失吧！”

“真的假的？？我爸超喜欢赵清彤，之前爆出那件丑闻的时候我爸盯着认真看了好半天，还被我妈训了一晚上。”

网友们起先都没当真，而且那个名为“瓜农”的网友已经许久没出声了，下面甚至有人在猜测，是不是已经因为造谣被抓了。

没想到，当天下午五点，两条警方通告刷了出来。

“七月二日，我方接到一起来自二十四年前的报案，因性质特殊，我方高度重视。报案人证据充足，经过我方取证，已决定立案调查。七月二十九日，我方成立破案小组，对案件进行深入了解，九月二日，我方已将犯罪嫌疑人纪某带回警局接受调查。”

纪某、二十四年前，这两个关键词一下就把之前的热搜内容给联系上了。

这反转和跨越时间的案子，让网友们全都惊掉了下巴。

不少人跑到之前翻出的纪燃微博号下表示同情和道歉，当然，还有不少质疑。

这只是网友们宣泄情绪和表达看法的行为，大家都没想过会得到回应，毕竟之前闹得这么厉害，纪燃的微博也不过是一潭死水，毫无动静，跟被主人忘了密码似的。

所以那些谩骂者就更肆无忌惮了。

没想到刚过晚饭时间，纪燃的微博就更新了。

纪燃转发了一条谩骂评论，甚至还改了微博名字。

“纪燃：用来帮你这傻子火，开不开心？@××网警，这人微博里疑似有不法行为，建议清查。//一个小号罢辽：赵清彤是不是无辜的又怎么样？这么多年了，纪燃现在翻出来是想干吗？想炒作啊？真够恶臭的。现在你目的也达到了，看你微博多火啊，这么多评论呢，一定在窃喜吧？”

网友们又一次惊呆了。

最绝的是，过了半小时，××网警还在下面回复了一句“已收到，加班彻查”。

纪燃的微博终于清静了。

纪燃悠闲地躺在沙发上，看到“一个小号罢辽”给自己发的满屏私信。

最初先是谩骂，后来是一脸蒙，最后疯狂道歉认错。

纪燃嗤笑了一声，打开相册，回复。

“纪燃：网络并非法外之地。”

纪燃本来还想继续回击那些喷子——秦满在开会，自己没法串门，无聊得紧。

结果刚退出聊天界面，一个陌生电话就接进来了。

“小燃……”两个月过去，纪老夫人的声音已然沧桑许多，“这件事到底什么时候能结束？”

纪老夫人原先听见录音时，还有些侥幸心理——这么多年过去了，有几段录音又怎么样？定不了罪。

她万万没想到，赵清彤那个女人，当初因为想报案，竟然还去医院做了取样！甚至傻兮兮地把取样结果放在了经纪人那里！

事已至此，她只能把希望放在打通关系这一块，想着疏通得当，或许还有一线生机。

她没想到纪燃竟然敢做得这么绝，用这种两败俱伤的办法，把这件事闹得这么大。

社会关注度太高，她再做什么都是无济于事。

“你爸的身体你不是不知道……他都这么惨了，你还是不愿意放过他吗？”纪老夫人揉着眉心，隐忍着问。

“赵清彤当初不惨吗？也没见您老人家手软。”纪燃嗤笑，“我手上虽然只有你管家和经纪人的通话记录，但要真想查，也不是查不到。”

其实纪燃手上，并没有关系到纪老夫人的任何证据，管家一日不招，她就一日无恙。

但纪燃偏要这么说，要的就是让她吊着心过完下半辈子。

“你这么做能得到什么？！”扯到自己身上，纪老夫人就没法再强装镇定了，“赵清彤都死了！死了这么多年了！你就不能给她一点儿体面吗？你知道这种事对一个女人来说有多丢人吗？现在这么多人、这么多张口都在议论她，你要她如何安息？！”

“丢人？”纪燃的笑意不过一瞬，接着绷紧嘴角，问，“她有什么好丢人的？这事从头到尾，难道不是您儿子的错吗？那该换我问您，出了这事，您觉得丢人吗？”

纪老夫人哑口无言。

“还有，安息？”纪燃问，“要真有这个说法……这么多年来，她什么时候真正安息过？”

纪老夫人深吸了一口气，艰难地说：“小燃……算奶奶求你。”

“求我不如求法官，让他判轻点。”

纪老夫人沉默了，她知道，她是说不动纪燃的了。

许久，电话那头传来一道讽刺的笑声：“你刚刚不是说，赵清彤做错了什么吗？”

“她做的最大一件错事，就是生下了你。”

“你知道我当初给她提了多好的条件吗？只要她把你打了，我会给她一笔钱，给她许多好资源，足够让她成为真正的大明星。可她呢？不识好歹，非要把你生下来，给别人带来这么多麻烦，到最后，连自己都不得善终。”

纪燃挂了电话。

秦满回到家的时候，就见纪燃躺在沙发上，魂不守舍地看着天花板。

秦满走上前，弯腰凑到纪燃眼前，打断对方的思绪：“在想什么？”

“在想……”纪燃说，“秦满，你说我妈当时为什么要生下我？”

这个问题跳跃得太快，秦满几乎没有思考，平静道：“因为她爱你。”

“她连我的性别都不知道，为什么会爱我？”纪燃问。

“不知道，母爱自古以来都很难解释。”秦满失笑，“不过我很肯定，她爱你，非常爱你。”

那这份爱，一定不会因为时间或生死而消逝。纪燃想。

不然自己此时此刻，怎么会这么真切热烈地感觉到这份感情的存在呢？

判决下来当天，纪燃去了一趟墓园，还买了一束花。这是纪燃这么多年来，唯一一次不是在忌日或清明时去看赵清彤。

到了墓园，就见管理员背着手站在门口，一脸严肃地往里看。

纪燃随着管理员的目光瞧了一眼，身体顿时僵住了。

只见赵清彤的墓前围满了人，密不透风，从他们的这个角度根本看不清什么。

纪燃第一反应是，那些媒体又来捣乱了。

纪燃也不顾管理员的招呼，加快脚步，冷着脸往那走去。

走近了，纪燃才发现那群人手上没扛着摄影机，也没有录音笔。

秦满紧跟在后，蹙眉越到纪燃身前，随便拦了个人：“请问你们是在干什么？”

被拦着的人眼眶红红的，道：“你是谁啊？”

“来祭拜的人。”秦满道，“你们影响到我了。”

“啊，不好意思。”那女人有些上了年纪，她说，“我们是来拜祭清彤的。”

纪燃在秦满身后，低声问：“你们是谁？为什么要拜祭她？”

“……我们以前都是赵清彤后援团的。”中年女人吸了吸鼻子，“今天她的案子结了，我们特地来看她……”

“以前为什么没来？”纪燃问。

女人被问得一怔，她不知道对方怎么知道他们以前没来过，但还是下意识道：“因为之前有很多关于她的谣言，我们没办法确认是不是真的……”

“知道了。”秦满打断他们的对话。

再说下去，估计得暴露了。

“打扰，你们继续。”

纪燃侧了侧身子，看到赵清彤墓碑前此时放满了花束，衬极了碑上的照片。还有几个人在给她收拾附近的树叶和尘埃。

这个情况下，纪燃肯定是不方便出面了。

纪燃沉默地走下台阶，快到底时，小声地说了一句：“这么久了，还有什么好看的。”

话不好听，秦满却在纪燃侧身的那一瞬间，看到了对方微微泛红的眼眶。

不过是从墓园到停车场的距离，纪燃就把情绪收敛好了。纪燃垂眼，漫不经心道：“看来今天我见不到了。”

“只是今天而已，一辈子这么长，总有一天能见到。”秦满道。

车子来回跑一趟，什么事都没做成，纪燃却没觉得遗憾。

到家门口，纪燃把花往后座一丢，道：“行了，你回去吧，我自己开回车库。”

次日，两人一块，去赴岳文文组的局。

岳文文这几天也不知道着了什么魔，非要回满高。先是说满高换了一家食堂，又说修整了篮球场，好不容易才哄得纪燃点了头。

那件事过去后，满高已经大换血了，纪燃对这儿也不是太排斥了。

“啊啊啊！”岳文文捏着手机，“那个人果然在！！”

纪燃看着不远处正在打篮球的人，道：“你该不会就是为了那家伙，才天天催我们回来的吧？”

“当然不是！”岳文文应的一点儿都不真诚，“我就是想带你们找回校园里的回忆，鹏鹏，你和小燃燃都多少年没在这球场上打球了？”

程鹏配合道：“很多年了。”

程鹏知道岳文文的心思，他抱着球，对球场里的人说：“老师，我们凑个数？”

球场此时只有三人在，也确实无聊。那新来的体育老师朝他们点点头：“行啊。你们也是高三学生？哪个班的？怎么没上课？”

今天是节假日，学校大多数学生都放了假，除了高三生。

为了方便混进学校，一行人穿的是校服。

岳文文立刻趁机跟体育老师聊了两句：“我们高二的，今天就是来放松放松筋骨。”

他们聊得火热，等得纪燃不耐烦了：“到底打不打？”

一场小型篮球赛开始。

三打三，体育老师们觉得自己跟这群学生打是欺负人，所以决定猜拳定队长分球员。

纪燃和秦满被分到了不同的队伍。

两人一起打球的次数屈指可数，尤其是敌对阵营——只有之前的那一次。

纪燃想，这一次，自己一定要把秦满摁在地上摩擦，要打得他心服口服。

体育老师们原本还想着给学生放水。

在秦满投了第三个三分球后，跟纪燃一组的两个老师被激起了斗志。

篮球是一项很吃体形的运动，身材高大的人，优势就大。见比分渐渐落后，老师们终于不再手下留情，开始用身体在规则允许的情况下去频频碰撞秦满。

秦满身材虽好，但比起天天运动的体育老师们还是差了一些，视觉上就给人一种不太经撞的错觉。

纪燃目睹几次后，皱眉喘着气道：“我来守他……”

话还没说完，老师就已经站到了秦满面前。

秦满左右看了看，想快速往右突进，正要上篮得分，就被旁边的人狠狠一撞——

纪燃顾不上自己现在有多喘，立刻从自己的位置冲了过去，在秦满落地之前把人抱住了。

但纪燃没站稳，秦满体重也不轻，这一下根本抓不住，两人齐齐朝地下摔去。

秦满一怔，赶紧调整好姿势，给纪燃当了肉垫。

秦满吃疼，扶着纪燃，笑着问：“我在假摔，你干吗呢？”

“……”纪燃道，“撞你，看不明白？”

“明白。”秦满失笑，“你随便撞。”

“抱歉啊，没控制好力道。”体育老师火速赶来，“受伤了吗？我带你去医院。”

“没事。”纪燃站起身来，“我们不打了。”

“真的很抱歉，如果受伤，你随时联系我。”体育老师报了自己的电话。

岳文文非常认真地用手机记下来：“好的，老师。”

回程路上，秦满点开车载音乐，今天是节假日，快到饭点，街上车不少，车辆密密麻麻挤在一起，挪动不得。

纪燃沉默半晌，又开口道：“晚饭一起吃。”

“好。”秦满问，“去哪儿吃？”

“我家吧。”

秦满手上一顿，转头看纪燃。

纪燃：“……看我干吗？”

“你这算是气消了？”秦满笑了笑。

“别废话，去还是不去？”

“去。”秦满道，“怎么敢不去。”

今天开的是秦满的车，到了门口，秦满道：“我去停车就来……”

“停我家车库吧。”纪燃打断他。

秦满再次侧目，表情比方才还惊讶。

“我把你车牌输进系统了。”纪燃看向窗外，装作云淡风轻地说，“……还找人来装修了一下。”

“装修？我没听见装修声。”

“没费那么大劲，随便弄了弄。”

秦满一怔，半晌说不出话来。所以前几天不让自己进家门，就是因为在装修？

秦满情绪翻涌，嘴角的笑藏也藏不住：“纪燃，我怎么有种多了套房子的错觉？”

“你也可以这么想。”纪燃说，“万一你以后哪天又破产了……允许你睡我家花园。”

纪燃等了一会儿都没听到回应，下意识转过头去看他。

纪燃拧眉：“你笑什么……”

“没。在想我上辈子得做了件多大的好事儿。”秦满说，“这辈子才能认识你这样的朋友。”

“别拍马屁。”

“没拍，认真的。”秦满停好车，下车问，“晚上想吃什么？我给你做。”

纪燃解开安全带：“滚，别碰我厨房。”

“都是我半个家了，还不让碰？”秦满帮纪燃打开车门，倚在上面，懒洋洋地朝对方伸手，“放心，我特地去学了几道，不至于炸了……走，回家。”

纪燃坐着没动。

秦满好笑道：“怕成这样……”

“我也是。”纪燃说。

秦满一愣：“什么？”

“没什么。”纪燃借着他的手起身，“回家。”

我也在想，自己上辈子做了什么好事，这辈子才能遇见你。

年少时不断仰望的太阳，终于成了属于自己的光。

- 正文完 -

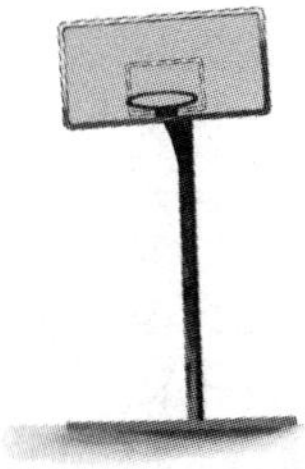

番外一

纪燃×秦满

（1）

俱乐部成立当天，纪燃包下了一整个酒吧庆祝。身边敬酒的人一拨接着一拨，没有停过。纪燃今天心情好，也来者不拒，喝完还非要灌回去，所以这场庆祝会到中途，场内就醉了大半。

“老板，恭喜，以后我会给您好好干活的。”

这次来给纪燃敬酒的是纪燃刚招来的接待小弟，平时就在俱乐部里打打下手，接接电话什么的。

这小弟弟今年才刚满十九，辍学多年，手头特别缺钱，是奶茶店老板娘把人介绍过来的。纪燃看他说话做事还算利索，挺老实一小孩，就收了。

因为酒精，纪燃脸颊都泛了红，“嗯”了一声，跟对方碰杯：“你少喝点，明天还要看店。”

接待小弟忙不迭点头：“好……我就跟您喝一杯。老板，您也少喝一点儿。”

“不然我帮您挡几杯吧？我其实挺能喝的。”

纪燃看不出小弟眼中的光亮，嗤笑道：“我要你一小孩挡什么酒啊？”

“我不小了，老板……”

纪燃还没说话，突然被人从后面用手扶住。

秦满刚出完差，下了飞机便火速赶了过来。他穿着黑色长款风衣，身上还带着外头的凉气。

秦满扶着纪燃调侃道：“喝这么多？”

纪燃任他扶着，还张嘴朝他哈气，笑道："你来得正好，一起喝一杯。"

小弟弟惊诧地看着面前二人，过了半晌才叫："老板……"

秦满睨了他一眼："这是谁？"

"我上星期新招的小弟，以后在俱乐部里打打下手。"纪燃解释道。

小弟弟礼貌的打了声招呼，没想到，男人听到招呼后，笑容愈大了："嗯，以后好好干活。"

把接待小弟支走，秦满才夺过纪燃手中的酒杯："别喝了。"

纪燃眯着眼睛问："你什么时候回来的？不是说明天的飞机吗？"

"合同提前签好了，我改了机票。给你发消息，你没回。"秦满回答道。

"太吵了，我没听见。"

纪燃刚出酒吧，就被岳文文拉住了。

岳文文今晚穿的开衩裙，风韵犹存，笑问道："小燃燃，你那小员工怎么回事啊？每回见到我都脸红，太可爱了吧？"

纪燃说："可能第一回见到你这段数的大佬吧。"

岳文文朝纪燃抛个媚眼："你夸人家呢？"

纪燃翻了个白眼道："你别把我员工吓走了。"

"安啦，我就是问问。"岳文文道，"你知道，我对小屁孩没兴趣。"

秦满先把人扶上了车，又下车跟程鹏聊了两句工作上的事，等他再回车里时，纪燃已经靠在窗上睡着了。

（2）

夏日，教室里四个大风扇在上头慢吞吞地晃悠，降温作用微乎其微。高温和暑气使学生们各个萎靡不振。

下课铃响，才终于有了些许改变，几个学生站起身来，商量着要下楼买冰淇淋。

纪燃坐在最后一排，跷着二郎腿，裤脚被拽到了膝盖上。从表情就看得出来，这个人现在心情不大好。

一个女同学小心翼翼地走了过来，手里还拿着一个登记表："纪同学……你现在有空吗？"

纪燃皱眉："没有。"

女同学吓得一噤，最后还是硬着头皮道："学校的运动会马上就要开始了……要报完全部体育项目，班里现在参与数不够，你可以帮忙报个名吗？"她忙说，"就……就凑数也行。去报到一下就好了，不然老师会被骂的……"

想起班主任前两天的棍棒教育，纪燃讥笑："不去。但要是校领导不知道该怎么骂蔡老头，我倒可以帮忙出一份力。"

蔡老头就是他们的班主任。

女同学脸一白："那……那算了，打扰你了！"

她前脚刚走，纪燃前排两个女生就开始窃窃私语。

"我昨天去办公室帮老师整理桌子的时候，竟然看到了一班的运动会报名表！"

"啊啊啊！秦满参加了吗？啊，不过他是理科班，人数肯定够了，应该不会报名了……"

"参加了！还是三千米！！我还特地记下时间，到时候我们去终点等他给他递水好不好？"

三千米？就那个只知道读书的小弱鸡？

纪燃像是想到什么，突然嗤了一声。前面两个女生还以为自己吵到小校霸睡觉了，瞬间停下议论，不敢再说话。

纪燃起身，走到那位女班长跟前，中指曲起敲了敲她的课桌。

"我要报名，不过我只跑三千米，别的不去。"

蔡老头知道这件事后，自习时特地把纪燃从教室叫了出来。

"你要跑三千米？"

纪燃两手插兜，打了个哈欠："是啊，班里人不够，我不跑你跑？"

"……"蔡老头忍着气，"你确定你能跑？这次三千米比赛会有领导来观看，很重要，不能缺席。而且班里的体育生已经报了这个项目，不然你报八百米吧。”

纪燃“啧”了一声，目光往下一挪，瞬间定住。

教学楼下的花圃边，秦满校服穿得齐齐整整，背脊挺直，正在跟一个女同学并肩走着，手里抱着一摞作业本。

他头发刚剪，清爽又帅气，五官比许多人要优越百倍。一眼过去，不知道的还以为他们俩在拍什么校园青春疼痛偶像剧。

像是感应到什么，秦满一个抬头，两人对上了视线。

一个冷漠寡淡，一个漫不经心。

这个对视有些猝不及防，纪燃还没来得及有所反应，秦满就率先收回目光，转头跟女同学说了句话。

几个意思？

“我就跑三千米。”纪燃收回目光。

蔡老头当了这么多年班主任，头一回遇到纪燃这么不按常理出牌的。听见纪燃这么一说，他心上一计：“……你要真想跑，也不是不行，但你比赛必须拿到前五。”

纪燃想也没想：“没问题。”

“那万一没拿到呢？”

“怎么可能。”纪燃冷笑道。

蔡老头背着手道：“这样吧。没拿到前五，你就写一封道歉信给上次你揍的那个男同学。拿到了，那件事我也就不追究了……”

“我凭什么给他道歉，那孙子……”

“那就算了。”蔡老头道。

“……行。”纪燃一咬牙，“前五就前五，你记着。”

“前五？！”体育课上，听完纪燃说的，岳文文愣了愣，“纪燃你疯啦？你知道这次报名三千米的都是些什么人吗？四个体育生，加一个秦满。”

纪燃皱眉：“四个体育生？”

“是啊，个个都很猛，其中两个都因为体育被保送上 × 大了！”

完蛋了。

纪燃一口咬断手上的冰棍。

就知道蔡老头没那么好说话。他们学校的体育生都不是吃素的，前四基本别想了。想要第五名，那约等于自己得拿普通人里头的第一。

不过既然应下了，那当然得赢。

当天下午，纪燃就到操场跑步去了。

纪燃身体素质很好，打架嘛，靠的就是劲儿和体力，自己战绩显赫，也算是个练家子了。三千米跑起来轻轻松松，就是速度上还是有些欠缺。

跑完一次三千米，纪燃坐到地上，拼命地大喘气，撩起衣角抹汗，刚放下衣服，就见一个熟悉又欠揍的身影从自己面前跑过。

秦满刚走进操场，一眼就看到了纪燃。

纪燃穿着校服坐在地上，汗流浃背，整个后背抵在主席台前面的白墙上。

周围路过的同学，都忍不住多看了两眼。

秦满同样。

跑步路过的那一刹那，他还能听到纪燃的呼吸声。

用嘴发出来的，不轻不重，像在吐气，在四周无数杂音中被他清晰捕捉到。

他还没来得及有什么反应，肩膀就被人从身后轻轻一撞。

纪燃喘着气，硬是从地上起来，强撑着超过他。

还非要招惹他一下。

秦满不自觉想笑，面上却绷得特别紧。

纪燃其实累得够呛，第一圈时想看看自己目前的速度，所以用了全身劲儿在跑。三千米下来，命都去了半条，正打算松两口气，肩头一阵凉风拂过，秦满加快速度，面无表情地超了纪燃。

纪燃当然不认输，两人你争我抢，一言不发地进行了一场较劲。

岳文文盘腿坐在观众席上，打着哈欠，觉得自己一会儿估计得搀着纪燃回宿舍。

又三圈过去，纪燃实在跑不动了。

纪燃正想着该怎么退场才不显得是自己太弱了，秦满突然回过头，斜睨了一眼纪燃，扯唇。

“呵。”

纪燃气得冷笑：“我比你多跑几百米，你得意个屁！”

秦满表情没变：“要不服，比赛赢我。”

纪燃朝他比了个粗鲁的手势，然后转身离开操场。

秦满又跑了几圈才走，他拿搭在肩上的毛巾擦汗，正想着刚刚的事，突然被一个女同学拦住了。

“学长……”女同学脸颊红红，递上一个小盒子，“跑步辛苦了！这是我特地买的膏药，你刚刚跑了这么久，腿应该很酸吧……把这个贴在腿上，会舒服很多。很有效的！”

秦满本来准备离开，闻言一顿：“真的？”

“真的真的！”女同学忙点头，“我家人每次有什么不舒服都贴这个，止痛，很清凉。”

秦满接过来，仔细看了几眼包装。

女同学惊呆了——她听说秦满向来不收别人礼物的。

她心跳如擂鼓，张嘴半天，不知该说什么：“我……”

秦满看清包装上的字，把东西放回她手里：“谢谢。”

“不……不客气。”

待人走远，女同学捏着膏药站在原地，半晌才回过神来。

不是……他东西也没收，是在朝她谢什么啊？

第二天上学，岳文文立马跑到纪燃座位边。

纪燃身边的座位是空着的，平时没有人敢坐，也就岳文文才会来。

“纪燃，你这么跑多伤肌肉啊，万一到比赛那天虚了怎么办？”

纪燃摘下耳机：“你才虚。”

“我不虚，我海纳百川。”岳文文笑眯眯道。

纪燃听不明白这人在说什么，也懒得问，直接把手机掏出来往课桌里一丢，发现撞上了什么东西，皱眉拿出来一看，是个小盒子，看起来像是膏药。

“你放的？”纪燃问岳文文。

“啊，不是。”岳文文看了一眼，“这个我知道，好像是止疼贴。估计是哪个仰慕你的同学看你昨天跑了步，专程给你放的吧？”

纪燃捏着盒子看了一会儿。

放在平时，纪燃肯定不用，但今天，纪燃腿酸得走路都疼，甚至打算一会儿去趟医院。

“好用吗？”

“挺出名一牌子，我家也常备着，不过最近刚好用完了，不然我也给你带点来。”

纪燃没再犹豫，直接拆开包装，前前后后贴了四片上去，打算等以后知道膏药主人，再付钱。

膏药挺管用，治不治本不知道，反正到比赛当天，纪燃就已经活动自如了。

纪燃换了身运动服，运动裤刚好到膝盖，露出下面几块白色膏药贴。

在出发点准备的时候，秦满朝纪燃的脚后跟多看了几眼。

纪燃：“看什么看？”

秦满抬眼，眼底无波无澜，一句话没说便收回目光，继续做热身。

每一轮比赛六个人。

枪声一响，六人同时向前冲去。

中长跑不是短跑，不能一开始就使劲儿，这个道理大家都明白。

纪燃这几天观察过，中长跑一向不受欢迎，是被到处推脱的项目，没人愿意跑。

跑到第三圈，六人中唯一的那个体育生已经拉了他们一大段距离，后面就是纪燃，再往后的，已经没了追上来的希望了，最夸张的甚至落后他们一整圈。

纪燃放慢脚步，准备最后的冲刺。

秦满跟在纪燃后面，看着右侧人的背影，有些晃神。

他正想着，后背猝不及防被人猛地一撞，腿也被绊了一下，秦满没防备，加上过度运动腿酸，直接被撞得往前多跑了两步，连带着撞上纪燃，两人一块倒在了地上。

“咝——”膝盖在地上摩擦，破了皮，秦满吃疼地倒吸一口气。

纪燃倒没摔太重，直接坐在地上，回头看那个落后他们一整圈的人：“你是不是有毛病？跑步不会看路？”看到秦满膝盖上的血迹，纪燃心里那股火更盛，“把你眼珠子挖出来检查检查？”

他们跑的不是同一条跑道，白线明明白白隔开，纪燃就不信这人还能越线撞人。

撞人的男同学也吓了一跳，他真没想招惹纪燃的。

“对不起，对不起，我不是故意撞你的……”

“那你就是故意撞他了？”纪燃嗤笑。

怎么他道了歉，这校霸还越来越凶了啊？

“……秦满，对不起，我不小心的。”

秦满感觉得到对方对他的敌意，但他没精力细想，讨厌他的人太多了，理由也千百种，他现在没空跟这人算账。

“你站着干什么？”秦满拧眉，问纪燃，“怎么，就在地上蹭一下，你就跑不动了？”

纪燃一怔，气笑了：“是啊，我闲着没事，就喜欢拿好心喂狗。”

“毫无意义的行为。”秦满评价。

纪燃心想自己肯定是疯了，竟然为这个傻子停下脚步。

“摔死活该，下次别拖人下水。”冷冰冰丢下这句话，纪燃转身朝终点跑去。

就算中途出了这么一个插曲，没了秦满，纪燃仍旧稳坐第五位。

到了终点，纪燃却一点儿喜悦的感觉都没有，刚一回头，秦满就被两个男生扶着退了场。

倒是撞他们的那个男同学回来了，他对上纪燃的眼神，不敢多看，低头就要从纪燃身边路过。

纪燃抬手推了他一把："喂。"

男同学后退几步，吓坏了："……干吗？我跟你道过歉了。"

纪燃哼笑："刚刚撞人撞得这么爽，现在怕什么啊？这么有本事，再撞我一下试试？"

"我没撞你，我只想撞秦满……"发觉自己说漏了嘴，男同学立刻噤声。

"为什么？"

"啊？"

"我问你为什么撞他？"纪燃脸色很沉，"你听不懂人话？"

男同学："……"

"你说是不说，还是要我换个地方问你？"

男同学敢撞秦满，是抓准了对方顾忌校规，不敢把他怎么着，但纪燃就完全不一样了。

他眼睛都吓红了："他……他抢了我作文竞赛第一名。"

纪燃听笑了："他抢你的？你自己没本事……"

"他家长跟那个评审团认识！"男同学道，"一定是走了后门——"

"胡说八道。"纪燃举起拳头来。

男同学吓得往后一缩："对不起，对不起！"

周围的人都看了过来。

纪燃看到蔡老头正气势汹汹地朝自己走来，"啧"了一声，松开拳头，抓了一把自己的头发，恶狠狠道："再让我知道你背地里阴他，我把你揍得妈不认……听到没有？！"

秦满在场边坐了一会儿，最后还是被送到了校医室。

校医正在给他消毒上药，两个女生走了进来。

"天哪，纪燃真的太凶了，我看那男生都快哭了。"

“是已经哭了好不好！”

“唉，不就是撞了一下吗，人家也不是故意的啊。”

“喀……不过纪燃长得真好看啊，凶人都这么有魅力。”

“是呗，不知道以后这人会找一个怎样的对象，估计会家暴吧？”

“好恐怖……”

秦满听到最后，不耐烦地皱起眉来。

其实纪燃脾气也不是太差，只是在人前凶了一点儿，背地里还会蹲在地上跟流浪狗用“汪汪汪”来交流，傻里傻气。

他还见过纪燃给被混混拦住的同校女生解围，结果不仅把混混赶走了，连同校女生也给吓走了。

纪燃捐款的时候还特别大方，那数字，学校都不敢详写。

想到这儿，秦满垂眼，站起身来，打断了校医的动作。

“哎，秦满，我药还没给你上完……”

“不上了。”秦满道。

“不好好收拾一下，伤口可能会发炎的……”

校医还没说完，男生就已经快步离开校医室。

校医捏着棉签，只觉得莫名其妙——好好的，怎么就发脾气了？

青春期的男生可真够麻烦的。

接下来几天，秦满请了假，没上学。

倒不是秦满自己想请，是秦母见了他的伤口，非要他留在家里养着。

再上学的时候已经是周一，学校按惯例升旗。

秦满站到队列中，下意识在人群里找起惦记了几天的那位死对头。

纪燃今天一如既往地没来升旗。

升旗结束，秦满慢悠悠走回教室。

刚坐回座位，课代表就上前来了：“秦满，作业写了吗？写了就交一下吧。”

秦满“嗯”了一声，伸手去抽屉里掏，紧跟着面色微变。

片刻后，他嘴角不自觉往上翘了翘。

“我不交了。”他说，“没写。”

课代表愣了愣，这还是秦满第一回没交作业：“……好，那我帮你跟老师解释一下，你腿伤了，老师会理解的。”

人走后，秦满才低头看自己的课桌抽屉。

他的作业本又不见了，取而代之的，是一本盗版小说。

这本小说旁边，还放了一个塑料袋子。

秦满打开袋子，看见里面满满当当的跌打药酒和止疼药，笑了一阵后又敛下了嘴角。

纪燃到底是什么样的一个人呢？

他想不出来。

但他此时此刻，已经对这个死对头有了极其浓烈的、名为嫉妒的情绪。

番外二

程鹏×江云间

（1）

从台上下来的时候，江云间累得长吁了一口气。

倒不是采访有多累，而是主持人一直在问江云间恋爱相关的问题，一个接着一个，让人应付得有些疲惫了。

旁边的工作人员叫住江云间："云间，辛苦了，我们特地给你订了个大盒饭，马上给你送去！"

"不用了，我回家吃。"江云间笑了笑，"有看到博哥吗？"

博哥叫博镇，是江云间的经纪人。

"好嘞。看见了，他刚刚在阳台抽烟。"

江云间颔首，朝阳台走去，刚靠近，就见博镇还在抽烟，手里握着电话，正压声说着话。

"我好不容易给你争取来的机会……什么？你要陪男朋友，晚两个小时？你当人大老板是你备胎啊，出了钱还要等你大半天。"博镇叹了一口气，"算了，那我问问别人吧。"

说完，博镇无视掉对面人的叫喊，直接挂了电话，谁知一转头就撞上江云间的目光。

他登时愣住了，下意识把手机往身后藏。

江云间看到他这举动，疑惑地皱眉。

自己在娱乐圈混了这些年，当然知道博镇刚才在谈什么。这种事情在业内早已不稀奇，一个愿打一个愿挨，经纪人愿意帮忙拉个线，许多小明星高兴都来不及。

捷径虽险，但好走。

“录完了？”博镇轻咳一声，“那我送你回去吧，明天开始是你请的年假，两年没休息了，这五天你好好放松放松。”

江云间“嗯”了一声：“你刚刚在给谁打电话？”

换作平时，江云间不乐意八卦这些，但现在不知为什么，博镇心里头总隐隐约约觉得不对劲。

博镇报了个名字：“你也不认识，一小演员去年演了个小网剧就没动静了。前段时间又一直找我帮忙……就想进个能上星的剧组。”

江云间抿唇，又问：“是谁要找？”

在江云间没出道，只接杂志的那段时间，两人就认识了，出道后更是形影不离，前前后后大约七年，所以两人并不只是单纯的经纪人和艺人的关系。博镇经常跟江云间吐槽一些业内的私事，江云间嘴巴密不透风，都是听听就过了，从来没往外说过，也鲜少找他打听什么。

博镇自然是什么都愿意对这位说的。

但此刻，博镇捏着那根快燃尽的烟，十分为难：“这有些涉及隐私，我不太方便说。”

江云间戳破他：“……是不是程鹏？”

“……”江云间是自带一个程鹏雷达吗？！怎么每次都能精准猜中？

博镇一沉默，答案立刻清晰。江云间的心脏猛烈地跳了起来，直到深吸了一口气，才低声道：“博哥，让我去……”

“不行。”博镇立刻打断江云间，“你不能去。”

“我要去。”江云间表情未变，语气却特别坚定，“博哥，你帮帮我。”

博镇头疼，异常坚决：“你疯了啊？不行，我不可能让你去的。”

江云间沉默了，身子却堵在阳台的小门口，不让博镇离开。

两个工作人员路过，朝两人打招呼：“云间，博哥，你们还没走啊？”

“没呢，马上走了。”博镇朝他们笑了笑，立刻把人拽到了阳台上，紧跟着关上门。

“……小间，我不是没帮过你。”博镇苦口婆心道，“几年前我帮了你，结果呢？他对你跟对其他人有什么区别吗？”

江云间在刚出道那会儿，也曾这么求过他。

江云间长相在圈子里是一等一的好，就算不走捷径也能大红，但江云间不听，非要走程鹏那条路。博镇了解江云间，也知道，自家艺人不是为了那点资源，只是单纯想跟程鹏处。

不管谈恋爱还是资助，能处着就行。

之前他还能咬咬牙，把人送去，但几年过去，江云间早成了一线明星，今年甚至有望靠一部现实题材电影冲击影像奖，现在还想走那条老路，一旦被有心人发现，简直跟送死没区别。

江云间非常固执：“哥，我求你。”

博镇：“……”

“你要不让我去，我就自己去找他了。”江云间不自觉握紧手。

“你知不知道前两年你和他同框的那档综艺，被你粉丝们剪辑成了一连串表情包。”博镇气死了，“还好粉丝当时没往那方面想……”

“博哥，求你。”江云间抬头，表情平静而坚决，“这是最后一次……只要你让我去，年假我也不要了，随便你给我安排通告。”

博镇纳闷坏了，烦躁地疯狂拧头发，有那么一瞬间，他甚至怀疑程鹏给江云间下了蛊。

半晌后，他问：“真这么喜欢他？”

江云间：“嗯。”坦荡得让博镇无话可说。

“……来找我的不是程总，是他的一个合作方。因为知道程鹏的口味，特地让我安排个人去，就一晚。”博镇表情都快纠结死了，“晚上十点，红湖大酒店，到了你打这个电话号码。”

江云间眼底一亮：“哥，谢谢。”

“行了，有什么好谢的啊？”博镇朝江云间挥手，“赶紧走吧，不然一会儿我后悔了。”

“我会小心不被拍到的……”

“不是小心！”博镇道，“是必须！必须不能被拍到！你去我家开我的新车去，车牌都是临时牌，裹得严实点，脖子都别露！第二天回我家，我再送你回去！”

（2）

程鹏喝得有些晕。

今晚谈公事的合作方在业内出了名的爱玩，车子、女人，样样都沾。

但对方也只有这一个缺点，在工作上，面前的中年男人是个非常棒的合作对象。

“程总，合同签完了，一块回酒店？”

程鹏捏着酒杯，闻言，挑了挑眉。

“哈哈哈，我不是那个意思，你千万别想歪。”那位老板站起身来，“我特地让人给你物色了一个，去看看？再憋着，都要成和尚了。哎，我记得你以前可是万花丛中过，怎的这两年转性了？”

程鹏笑：“没遇见中意的，没兴致。”

“那你今晚必须去那看看，人我给你找来了，不去就是不给我面子了。”

没必要为了这种小事跟合作方闹不快，程鹏干脆地点头：“行。”

酒店是当地最好的一家，程鹏站在电梯里，想着一会儿把人赶走后，好好睡一觉。

刚进房间，就听见浴室传来潺潺水声。

程鹏能猜到里面的人在干什么，他走到书桌前坐下，打开电脑，慢条斯理地看起下一份企划案。

江云间在浴室做好准备，结果一开门就撞上了程鹏的视线。

程鹏由上至下打量着眼前这人，江云间僵立在原地，任他看着。

江云间虽然换了个发型，但五官和周身的气质其实没怎么变，程鹏过了一会儿就把这位跟记忆中的人对上了号。

是他以前见过的人，对于江云间，程鹏其实没有太多印象，只记得这张脸了。

“程……程总。”江云间从嗓子里挤出一句。

江云间的长相其实是程鹏喜欢的类型，五官柔和，却不娇气。

但程鹏这人，从来不吃回头草，情人同样，更不用说他今晚原本就没打算让人陪。

“嗯。”程鹏问，“他们给你开了多少钱？”

江云间一愣：“……啊？”

“我这里多给你一份。”程鹏拿出支票。

江云间喉间一涩。

程鹏打开钢笔：“多少？你尽管说，没关系。”

“……我不要钱。”

“那要什么？”程鹏温声，“看上什么资源了？”

江云间恍惚回到了几年前。

不得不说，程鹏是一个非常合格的金主。他语气永远温柔，出手大方，在那期间，江云间除了陪他，几乎不用担心任何事。

程鹏见他沉默，以为是几年过去，小明星的胃口变大了。

正要说什么，面前的人突然有了动作。

程鹏眸子微沉。

“我收的已经很多了……”江云间整张脸红透，语气都有些不稳，“不需要您再给我。”

程鹏放下钢笔：“可我对你没有兴趣。”

江云间羞愧至极。

程鹏原以为江云间会羞愤离开。

谁想，对方不过呆滞了几秒，就快速朝他走了过来，程鹏本来就有些微醺，在这个状态下，最容易情动。

次日，江云间醒来的时候，已经是中午十一点儿。

枕边空空荡荡，别说人影了，连一丝温度都没留下。

江云间坐起身来，又带着侥幸心理，去了趟浴室。

片刻后，江云间平静地接受了套房里只剩下自己的事实。

江云间高高提起的心脏瞬间坠落，觉得嘴里苦苦的，分不出是什么味道。然后江云间拿起牙刷往嘴里塞，让牙膏的味道覆盖掉那层苦味。

江云间知道，两年前程鹏曾经跟一人在一起过，谈恋爱的那一种。

跟程鹏谈恋爱是什么感觉？江云间忍不住试想了一下，却发现自己怎么也想不出来。

对自己都这么温柔了，更何况是对爱人呢。

江云间把杯子放回原处。

算了，哪怕只有一晚上，自己也该满足了，总比在梦里摸不见碰不着的好。

江云间虽然羡慕，但也知足。

江云间坐回床上，手机响起，这个时间点，会给自己打电话的只有博镇了。江云间没看来电显示，接了就往耳朵上放。

“博哥？”一出声，江云间才发现自己声音有些哑，然后轻咳了声，有些不好意思，“你一会儿再来接我吧，我有点困，想再躺一会儿。”

电话那头沉默半晌，然后传来一声笑：“那是我打扰你了，我还以为你该起了。”

江云间瞬间觉得自己耳朵像是被电击中，麻得厉害。

半晌后，江云间瞪大眼，猛地从床上坐了起来：“……程总？是您吗？”

“是我。”程鹏淡声解释，“今早有个会议，看你睡得香，就没叫醒你。”

“我……不贪睡。”江云间愣愣道，“你叫醒我也没关系的。”

程鹏闻言又笑了。

自己到底在说什么啊。

江云间心都跳到了喉咙，半天挤不出一句话。

“我马上还有个会议，没时间说太多。”程鹏缓缓道，“我打来就是想问你，你想不想跟我续约？”

江云间又愣住了：“嗯？”

“当然，不愿意也没关系。”程鹏说，“我不会逼你，昨晚的事，我也不会让其他人知道。”

江云间瞬间回神：“想——”

江云间呼吸加快，几乎是迫不及待地说：“我……可以吗？”

听出对方的紧张，程鹏扯了扯嘴角：“那具体以后再谈？”

“好的。”江云间道，“谢谢您，我会好好表现的……一定随叫随到。”

程鹏：“不用，我会看你的行程表，不会在时间方面为难你。”

他会看我的行程表！

他要看我的行程表！！

江云间觉得心跳要停了。

“……谢谢您。”

“嗯，没事的话就先挂了。”

“好的。”江云间脑袋一片空白，“祝您工作顺利。”

“也祝你工作顺利。”程鹏失笑，突然道，“等会儿，你叫什么名字？”

江云间深吸一口气。

“……江云间。”怕程鹏记不住，江云间又忍不住重复了一遍，“我叫江云间。”

（3）

回到公寓，江云间趴在床上，默默挨骂不说话。

“我正准备吃晚饭呢！你嫂子今天难得做了回饭，结果我刚夹起第一口菜，程总的助理就给我打电话了！”博镇叉腰站在床边，越说越委屈，“你疯了啊？就你现在这个咖位，什么资源拿不到啊？光是剧本都排队到两年后了！你还缺什么啊非要去跟程鹏！？你要是对我给你安排的工作不满意，我们可以沟通啊？你这不是把自己往悬崖边上推吗？”

“哥，对不起。”江云间声音还是哑的。

博镇后悔了，他就真不该让江云间去！

“你是对不起我吗？你是对不起你自己！”博镇真的快被这人气死，“你这几年哪天放过假了？你拍戏受了多少次伤了？好不容易到了这个位置，你现在是在干什么啊？！再说，过段时间就进组了，你哪来的时间陪程鹏？”

放在两年前，博镇还没这么激动，但今年江云间的流量太大了，平日所有举动都在聚光灯下，哪有上一回这么好藏？

光昨天一晚上，都够他提心吊胆了！

江云间安静许久，道：“下一个电影拍摄地，不就在满城吗？”

博镇震惊：“什么意思？”

江云间抿唇：“……我看了剧本，夜戏不多。”

博镇是真的无语了：“怎么，你是不打算睡觉了？你想原地飞升成神吗？再说，就算你真能腾出时间，那拍完后的宣传呢？你天南地北满地飞，难道还打算晚上打个飞机来回？”

江云间道：“……我还没想那么远。”

“不行，这件事我们必须做长远打算……”博镇话说到一半，突然停下。

是了，他怎么忘了，程鹏跟江云间上次持续的时间，才不过短短两周，见面的次数更是屈指可数，江云间下部是电影，起码拍两个月，按照之前的尿性，还确实不用顾虑这么多。

博镇喝了一口水，冷静下来：“总之，我不论是站在经纪人的角度，还是朋友的角度，我都不建议你继续跟程总继续下去。”

听到后面，江云间辩解：“……是我的问题，跟他没关系。”

绝了。

真的绝了。

江云间平时其实不这样，其业务能力非常高，博镇带过这么多艺人，江云间是他见过最有天分的一位，不论是演戏、综艺甚至歌喉都拔尖，天生就要吃这碗饭。加上江云间性格好，情商高，任劳任怨，江云间从出道到现在，几乎没有任何黑点。

要非说江云间有什么短板，那只有程鹏。

“博哥，我是真的想清楚了。我有经验，会把自己藏得很好，不会被发现的。”江云间一顿，“万一，我是说万一，万一真的被发现，我会承担所有责任，不会让你和公司受牵连，该赔的钱我都会赔。刚好我和公司的合约也快到期了，到时候续不续约，全看你们。”

话都说到这份上了，博镇知道，这事儿没有转圜余地了。

博镇能说什么？要说江云间不负责任吧，这人这几年给公司创造的利益是实打实的，超了其他艺人千百倍，工作认真，还从不跟公司提任何合同以外的要求；要说江云间任性吧，那是自己的事儿，别人也确实管不着。

长久的沉默后，博镇长叹了一口气，里头全是恨铁不成钢的意味：“……小间，你得答应我，这是最后一次了。”

有些话他不忍心说。

但凡程鹏对江云间有点别的心思，哪怕就那么一丁点儿，那两人几年前就该成了。

“谢谢博哥。”江云间道，“之前跟你说好的，年假我不休了，后面几天有什么行程安排？”

“还行程？”博镇拧眉，“你就在家里待着吧，年假照样给你放，好好歇着。”

博镇又唠叨了一阵，走前，他有些尴尬地提醒：“还有，你注意身体，别病了。你看你嗓子，都哑了，我一会让人给你送饭来，顺便送点感冒药给你。”

以前有一回，江云间从程鹏那回来，发了整整三天的烧，把博镇吓得不轻。

“不用，我家里备着药，你回去吧。饭我自己做就行，不用麻烦人送来了。”

博镇走后，江云间翻了个身，趴在床上玩手机。

江云间前段时间拍摄的是大主角电视剧，而自己身为主角，戏份非常重，平时下戏基本都是沾床就睡，偶尔空闲也是看剧本，已经许久没有这么惬意的休息时间了。

其实江云间现在也挺累的，各方面都累，但仍没什么睡意。

江云间用的是微博小号，一个人都没关注，平时也就看看热搜。江云间正看着某个社会新闻，微信上就弹出一个消息来。

是博镇发来的，让江云间年假几天里别忘了拍几张日常自拍。

江云间回了个好，刚要退出微信，就见联系人那有个鲜红的“1”。

是微信的默认推荐通讯录好友功能。

微信系统推荐来了程鹏。

程鹏的号码江云间存了几年，之前也有申请添加过对方的微信好友，只是程鹏并没通过江云间的好友申请。

江云间盯着那个提示看了许久，还是忍不住又点了一次申请。

申请消息要怎么填?

江云间握着手机，平躺在床上，想了大半天都没能决定下来。不能太简洁，也别太烦琐，写自己名字……也不知道程鹏会不会记得。

江云间想了近十分钟，想到最后，困意已经快要把整个人淹没。

怎么就这么难决定呢?

又过了一会儿，江云间几近睡着，脑袋顺着力道往左边一侧，指尖也因为动作，按在了手机屏幕上。

不知过了多久，手机在江云间掌心轻轻地振了一下，将江云间振醒了。

江云间茫然地打开消息栏看了一眼。

程鹏：我通过了你的朋友验证请求，我们可以开始聊天了。

江云间把这句话反反复复看了几遍，那点困意像被安上了火箭，瞬间跑得无影无踪。

程鹏当天就收到了江云间的行程表。

他看了一眼上面密密麻麻的日程，忍不住皱起眉来。光是剧组拍摄就占了表格的大部分，一眼过去竟然比他的行程表还要满上许多。

现在的演员都这么忙吗？

他没多想，只看了几眼就把行程表放到了柜子里，前天谈成的合作还有很多细节要处理，他没什么时间花在其余的事情上。

所以在两天后，收到江云间的微信消息时，他还有些意外。

江云间：您好，我是江云间。

这突如其来的自我介绍，让程鹏忍不住扯了扯唇。他刚从会议下来，正打算离开公司，收到信息后，又坐回了位子上。

他此刻有些疲惫，实在没精力再打字，干脆打了个电话过去。

那头接得特别快："程总……您好。"

"找我有事？"程鹏问。

江云间声音听起来有些慌乱："我没打扰您吧？"

"没有，我刚开完会。"

"……那就好。"

电话沉默了十来秒。

程鹏笑了，极有耐性："怎么了？你说，没关系。"

他不知道，另一头的江云间因为紧张，握着手机的指头都泛了白："没什么事……我就是想问，我的行程表您收到了吗？"

"收到了。"程鹏说，"还挺满的。"

江云间忙说："我挤一挤，肯定能挤出时间来，您……随时可以找我，不用太顾忌那个。"

"没事，我说了，不会在时间方面为难你。"程鹏莫名觉得有意思，他问，"你找我，就是为了问我有没有收到行程表？"

"不是……"程鹏听见电话那头的人深吸了一口气，然后用微乎其微的声音说，"我……这几天是年假，没有工作，不知道您看见了吗？"

程鹏挑眉，半晌后才从嘴边溢出一声笑："想趁假期，放松一下？"

为了缓解紧张，江云间正给自己灌水，闻言呛得咳了近半分钟，整张脸通红。

“不……不是的。”江云间仓皇地解释道，“我只是跟您说一声……不是您想的那样。”

“既然闲着，就过来吧。”程鹏打断对方。

江云间噤声，许久后小心地问：“可以吗？”

“地址我发到你手机上。”程鹏说。

江云间语速很快：“在哪里？我能提前去等您吗？”

程鹏起身，穿上西装外套，“来我家吧，安全一点儿。”

江云间坐在出租车上，围巾几乎遮了整张脸，江云间看着窗外，拼命想抑制自己的心跳频率。

还好现在是冬天，江云间穿得再多都不奇怪，不然还真不敢坐出租车。

江云间从来没敢肖想能去程鹏家里，听到对方邀请时，就像被天上掉下来的馅饼砸中一样，令人头昏脑涨。

程鹏给的地址是一栋公寓，江云间到达楼层，按门铃前，先把外套脱了，只剩一件打底毛衣。

江云间穿得太厚，怕看上去显胖。

门很快打开，程鹏穿着米白色常服，衣袖撩至手肘，是江云间从来没见过的随意休闲：“外面这么冷，你就穿这个？”

“车子上的暖气开得很足，就脱了。”江云间撒谎。

“进来吧。”程鹏道，“鞋柜里有拖鞋，新的，你换上。”

江云间点头，跟在他身后进了屋。

房子装潢跟江云间想象中的一样，简洁优雅，砖红色和白色相间，落落大方，能看出设计下了心思。

但江云间完全没多余的心思去观察这些，这个房间，鼻息之间全是程鹏的气味——破案了，那天自己在酒店里闻到的，应该是程鹏习惯用的某种香水味。

平时在各个环境下都能很好适应的人，此刻局促地站着，不知道下一步要做什么。

“你怎么还站在这儿？”程鹏从卧室出来，“我要出去一趟。”

江云间一愣：“去哪儿？”

“我疏忽了，家里没备急需用品，得去买。”程鹏路过时，捻了一把江云间耳朵，“很快上来，你可以到处看看，别傻站着。”

就这么一个简短的肢体接触，江云间连呼吸都要忘了。

程鹏刚要出去，就被江云间拉住衣服。

“我带了。”

程鹏一顿，回头看江云间。

因为紧张，江云间眼睛乱眨：“下车的时候刚好在便利店门口……就顺便买了。”

江云间还记得几年前，自己和程鹏在一起的短暂时光。

那段时间程鹏的公司正处于高层交接的状态，忙得很，两人的见面几乎每次都很匆忙。

而现在，程鹏穿着柔软的家常服躺在身边，仿佛像做梦一样。

手机突然响起。程鹏起身点了烟，接起电话。

合作方打来的，说是想跟他再谈谈合同，问他有没有空开个视频会议。

听程鹏说的，江云间能隐约猜到谈话内容，等程鹏挂了后，江云间撑着身坐起来：“那我不打扰您，先回去了。”

“就在这休息吧。”程鹏起身，随手套上衣服，揉揉江云间头发，“临时工作，不会很久，一起吃个夜宵再走。”

江云间觉得程鹏揉的不是自己的头，而是自己的心脏。

片刻，江云间找回声音：“……好。”

程鹏出去的时候，没关卧室的门，江云间能听见他在客厅跟合作方讨论的声音。

昏暗中，江云间的眼睛微微发亮，里面的情绪根本藏不住，再加上四周没人，也没必要藏。

江云间突然想起几年前博镇的问话——为了跟程鹏两周，埋下一个不知何时会炸的地雷，到底值不值得。

当时江云间笑笑没说话。一是自己和程鹏的关系都结束了，值不值得没必要说；二是话太酸，自己放在心里嚼着就是。

但江云间现在有些后悔了，毕竟除了程鹏和自己，博镇是唯一一个知道他们两人有交集的人。如果以后博镇再问起，江云间会应得很痛快。

值得。

哪怕这种幸福感只存在两周，两天，甚至两个小时，江云间都认为值得。

（4）

夜宵订的外卖，麻辣小龙虾。

江云间没想到自己有朝一日能跟程鹏面对面吃夜宵，连剥虾的动作都不熟练了。

“不会剥？”程鹏说着，把刚剥好的虾肉放到江云间面前。

江云间摇头：“会的，我自己剥，不麻烦您。”

程鹏没说话，他摘下塑料手套，顺手把面前的电视开了，随便调了个平时收视率最高的娱乐电视台。

面前的人出现在电视里，穿着节目组发的简装，双手背在身后，站在众明星最边缘，笑容恰好，虽然站的位置不显眼，但是还是一眼就能让人看见。

江云间猝不及防在电视里听见自己的声音，怔怔转过头。

江云间一直不习惯看荧幕里的自己，每次电影首映会都让自己如坐针毡。

程鹏却放下遥控器，看上去是不打算换台了。

“不然换个台吧……”江云间道，“这个综艺都是剧本，其实没什么好看的。”

程鹏却问：“几年前在农家乐，也是剧本？”

江云间剥虾动作一顿：“……您还记得？”

程鹏笑：“我记忆没那么差。”

可您并不记得我的名字。

江云间在心里这么想，却没在意。能记住那次的综艺拍摄，也够让自己受宠若惊了。

几年前的农家乐当然有剧本，当时在他们隔壁包间就有节目组安排好的“素人”。但一到农家乐就看到在走廊抽烟的程鹏，到了游戏环节，江云间便擅作主张地走向了程鹏所在的包厢，何随然的想法和江云间不谋而合，两个嘉宾齐齐朝那个包间走去，节目组一下也没反应过来。

后来导演见包厢里的人一个赛一个好看，为了节目效果，也就放任他们去了。

“有的。”江云间回神，“不只有剧本，还有人设。”

“人设？”程鹏挑眉，“你是什么人设？”

江云间说得特别不好意思：“农家乐的时候……是傻白甜。”

程鹏听笑了，他看向屏幕：“现在也还是？”

“现在不是了。”江云间实诚道，“因为最近在拍几部现实题材的电影，所以得转型，人设改成了运气王……不过今年开始就不接综艺了，这是我拍的最后一档。”

程鹏看了眼右下角的宣传语：“今晚收官？”

江云间点头：“对。”

程鹏若有所思，片刻后，他突然站起身来。江云间目光不自觉随着他移动。

程鹏从冰箱拿了两瓶罐装啤酒，打开瓶盖后递给江云间，然后碰了碰杯：“恭喜收官。”

江云间愣了愣。

“不想喝啤的？”见江云间没反应，程鹏道，“吃麻辣小龙虾配啤酒可能会好一些，或者我去拿瓶红的。”

“不……不是。”江云间双手捧着酒杯罐，又跟程鹏碰了一下，罐身上都是从冰箱柜带出来的凉意，冻手，“谢谢您。”

吃饱喝足，江云间很自觉地收起塑料盒。

“最近有没有想要的资源？”身后的人声音懒懒，问道。

江云间动作一顿。

江云间都忘了，他们之间的关系了。

程鹏这段时间虽然忙，但还是抽空看了眼江云间的资料，毕竟是放枕头边的人，他自然要摸个底。江云间的情况跟他想象无差，确实很红。程鹏倒好奇，是什么样的资源，能让江云间宁愿冒险都要到他身边来。

江云间沉默了好一会儿。

程鹏笑了，以为江云间是不好意思：“没关系，野心大点儿是好事。”

江云间现在的感觉很怪异，心脏酸酸胀胀的，又像躺在棉花上。

江云间想了想，报出一个导演名儿：“我想进他的剧组。”

导演是名导，每年各项大奖都有他剧组里的演员，不少影帝影后都是从他的电影里挑出来的。

确实是个大资源。实际上，江云间早就跟导演谈好了合作，就差签合同了，江云间知道程鹏只会把这件事情交给助理去办，所以也不担心他会知道其中的细节。

身后的人没说话。

江云间忙补充：“不行也没关系，我自己再努力。”

“知道了，我会处理。”程鹏应。

这下，这件事就算谈妥了。

收拾好餐盒，江云间不知道接下来该干什么，总不可能坐下来跟程鹏一块看自己出演的节目吧。

江云间抬头看了一眼时间，已经十二点，也该休息了。

“……那程总，您如果没事，我就先回去了？”

“嗯，”程鹏道，“开车来的？”

“没有，坐车来的。”江云间拿出手机，“我用叫车软件打车就好。”

江云间走后，程鹏关上电视回卧室。

他拿起手机走到窗前，拨了个号码。

电话接通，程鹏道：“吴叔，没打扰您休息吧？”

“听说您新戏要拍了，还有赞助商的位子吗？”

“……是，”他低头，笑了一声，“瞒不过您。我这有个小孩儿想进您组里。长得不错，性格好……演技应该也差不到哪儿去……叫江云间。”

五天年假，江云间在家里宅了两天，其余三天都是在程鹏家过的。

第一天是江云间厚着脸皮开的口，后面两天正逢周末，都是程鹏发消息来，让江云间过去。

而这些短信后的代价就是江云间在年假后工作的第一天，哈欠连连。

“云间，你怎么了？”化妆师关心道，“昨晚没睡好？”

江云间道：“没有，昨晚睡得很早。”

江云间没撒谎，跟程鹏荒唐了一天，十点到家倒头便睡了。

好在今天工作不繁重，只是拍个杂志封面，大约一个早上就能拍完。江云间化完妆，趁工作人员还在调整最后的布景，这才拿出手机来，没怎么犹豫就给程鹏发去了消息。

这种事做过一回，再做就没这么难了。

消息刚发出去，手机界面一变，博镇的来电接了进来。

“小间。”博镇声音难掩兴奋，“你身边有人没？”

江云间环视一圈空荡荡的化妆间：“没有，怎么？”

“我收回之前的话。”博镇道。

江云间莫名：“什么话？”

“说你不需要资源，没必要跟程总……之类的话。”博镇激动道，“你下一个腕表代言定下来了。”

听到博镇报出来的牌子名字，江云间也怔住了。

“国内还从没谁拿下过这牌子的代言，甚至之前那位影帝，也只是出演微电影，宣传它们某季新款。”博镇难得有这么不镇定的时候。

这也正常，在博镇接到程鹏助理的电话之前，自己都没想过这个牌子会在国内招代言人。

“你现在还在摄影棚吧？”博镇问，“怎么不说话？高兴坏了？”

江云间回神：“没，还在棚里。”

“那我过去找你细谈，顺便接你回去。”

挂了电话，江云间犹豫片刻，还是打开和程鹏的对话框。

江云间：谢谢您。

江云间：谈下这个代言会不会很麻烦？

程鹏：不麻烦，他们跟公司有合作。

江云间：谢谢。

程鹏：你的东西昨天落在我家了。

“……”江云间一怔，怪不得自己今早起来半天没找着。

江云间的衣服都是高定，不存在不合身的状况，很多时候，装饰物没有服装师在一旁提醒，的确很容易被人遗忘。

江云间：对不起，应该是我忘了带走，我今晚过去拿，可以吗？

程鹏：不用道歉，是我的疏忽。

江云间登时口干舌燥。

接下来一条消息，又把江云间打回原状。

程鹏：这几天没时间，你不用过来，我让助理给你送过去。

程鹏的助理来时，江云间刚跟搭档拍完一组照片，正要去换下一套衣服。

“您好，我是程总的助理，这是您的东西。”助理把袋子递给江云间，双手奉上自己的名片，“您以后如果有任何方面的需要，尽管联系我。”

助理跟在程鹏身边十二年，这是他第二次对江云间说这句话，一字未改，语气都没变。

江云间接过袋子，道：“谢谢，名片就不用了，你的联系方式我还存着。”

这下轮到助理惊讶了。怕江云间尴尬，他刻意没提以前的事，没想到江云间却比他坦荡得多。

助理走后，江云间拎着袋子回化妆间，谁知前脚刚进去，随后就有人跟了进来，并抬手反锁了门。

江云间回头看了一眼，是今天拍摄的搭档，一个刚大学毕业的新人。

“云间。”新人压低音量，瞪大眼问，“刚刚给你送东西来的，是不是程鹏的助理啊？”

江云间面色一变，原本温和的面孔在几秒间化成冰，满脸警惕地看着他：“不是。”

“不可能，我认得他……”新人说完，才反应过来江云间在想什么，“云间，你别误会，我不是那个意思。”

江云间压根放松不下来，脑子已经开始迅速运转，要是新人把这件事说出去，自己该怎么才能把程鹏摘干净。

“我以前见过他。”新人说，“啊，就是那个助理。我和程鹏对象是同一个大学的，那助理来过我们学校。”

“……”江云间握着袋子的手松了一些。

“真的，我同学叫陈安，不知道你听过没？不是圈里的人。”

江云间敛眼，控制着语气：“我不清楚，也不认识你说的名字。”

江云间是真的不认识，只见过脸，不知道名字。

新人以为江云间不信，拿起手机使劲儿翻了半天，才终于在朋友的好友圈里翻出一张合照：“喏，你看，就是这个人。”

江云间想打住这个话题，闻言，还是忍不住侧过脸去看。

江云间只看了一眼便收回目光：“真不认识。刚刚来的是我朋友，我知道他的工作是助理，但我不清楚他是在哪里打工。”

新人恍然：“哦，这样，我还以为……”

“以为什么？”江云间说。

新人忙摇头：“没什么。”

江云间把袋子放到角落，装作不经意地问：“你之前说，在学校见过我朋友？他经常被老板派去接对象放学吗？”

平时不八卦的人突然问起八卦，那是非常能激起人的叙述欲望的。

新人道：“是啊，不过你朋友不常来，很多时候都是程鹏自己来。据说一星期五天课，程鹏最少都来两趟。”

江云间“哦”了一声：“就不怕被你们发现？”

“他是大老板，又不是明星，当然不用看别人眼色啦。”新人笑了，“不过陈安倒是挺怕的，但也藏不住。我跟陈安不是同班，都听说这些事儿了。”

江云间：“……我还以为大老板平时都挺忙。”

没发现江云间不对劲，新人哈哈道：“那对另一半肯定不一样嘛。”

新人的化妆师过来敲门催人，他打开门锁：“云间，我先去补妆了。”

“等等。”江云间叫住他，“……那陈安是个什么样的人？”

新人：“啊？”

江云间笑：“突然有点好奇。”

“我跟这人没怎么接触，人品方面我不太清楚。不过长得还不错，你刚刚也看见了，白白嫩嫩的，就是矮，还瘦，人畜无害的，说白了就是嫩，跟初高中生似的。哦对，那人还有点结巴。”新人说完一惊，“这么一说……那大老板口味是有点儿危险啊？”

博镇到摄影棚的时候，拍摄刚刚好结束。

江云间坐在椅子上发呆，腿上抱着个袋子，脸上妆卸了，有股苍白感。

“路上堵车，你等久了？”博镇快步走了过来。

“没有，刚结束。”江云间回神，站起身来。

博镇满脸高兴，一路上都在说关于代言的事儿：“那边说话特别痛快，广告大片、杂志拍摄、各种渠道官博宣传，都有！小间，你……”他转头刚要继续说，看到江云间的表情，一顿，“你想什么呢？”

“没什么。”江云间沉默片刻，突然问，“博哥，我是不是老了？”

博镇莫名其妙，疑问连连：“老了？谁说你老了？你二十五岁生日都还没过！这么年轻就红成这样，不知道多少人嫉妒你呢！怎么，你又上微博大号看那些黑子的评论了？”

“……都二十五了？”江云间哑然。

“都……”三十多岁的博镇差点喘不过气来，“怎么了你？”

都二十五了。

白白嫩嫩、瘦、矮，没一样和自己沾边。

要不是被人今天提起，江云间都快忘了，自己早已经过了几年前风华正茂的年纪。

早已经不是程鹏喜欢的类型了。

（5）

跟程鹏连着待了好几天，江云间刚有些飘飘然，就得知程鹏这趟出差要去整整半月的消息。

这段时间，上面飘下来无数风声，说是明年对古装剧的上星要求会更紧，这消息一出，无数剧组火急火燎开拍，就想赶在新条规下来之前把戏上了。吴导下一部电影就是古装剧，因为这件事，江云间和剧组紧急签了约，两周后匆匆进组。

第一次和吴导合作，江云间有些紧张，加上剧本才到自己手上没多久，一开始发挥得不是很好，好在后来状态进入得很快，没几天，NG 次数就明显减少了。

吴导很满意，这天戏份拍完，他拦下准备回酒店的江云间：“不错，今天状态很好，继续保持。”

江云间点头：“谢谢吴导。”

“你上部剧是不是要冲奖？”吴导问。

“说不上冲奖。”江云间笑了笑，“重在参与。”

吴导笑了：“不用跟我谦虚，我看了一些片段，你演得不错，题材也好，很有希望……怪不得连小鹏都跟我提你。”

江云间笑容一顿：“……您说谁？”

“程鹏，你应该认识。”吴导说，“他前段时间给我打电话，想在我这给你讨个位置。我告诉他，你已经是主角了。”

江云间惊讶："是他……自己跟您提的吗？"

"不然呢？"吴导抬手，看了一眼时间，拍了拍江云间的背，"行了，回去休息。明早还有戏，别迟到。"

回到酒店，助理问："云间，你晚饭都没吃，我给你买点夜宵吧？"

江云间道："不用，你回房间吧。"

助理"哦"了一声，转身刚要走。

"等等。"江云间叫住他，嘴边挂着笑，"今天拍摄结束得早，你看看附近有什么外卖，订一点儿给其他人送去。麻烦你了。"

助理怔了怔，江云间平时挺大方的，每次入组或杀青都会请组里人吃饭，但今儿也不是什么大日子……无缘无故的订什么外卖？

不过他没敢问，应了声"好"就出去了。

助理走后，江云间拿出手机，轻车熟路打开和程鹏的对话框，键盘来来回回敲了五分钟。

最后只敲了谢谢两字过去。

这条消息石沉大海，一晚上都没得到回复。

次日，博镇来剧组探班，还带了不少水果给其他演员。

一见到江云间，他忍不住爆了句粗，然后转身关上化妆间的门。

"怎么了你？"博镇震惊地看着江云间，"你这才入组多少天？怎么整个人都瘦了一圈？剧组伙食不好？"

"没瘦，衣服问题。"江云间扯开话题，"怎么突然过来了？"

"看看你啊，不来我能知道你瘦成这副猴样吗？"博镇夸张道。

江云间说："真没瘦，我称过，就掉了两斤。"

博镇不信，心里暗想得跟吴导提一提，改善一下剧组的伙食。

下午没戏份，江云间便换了衣服，正准备回酒店，就接到了程鹏助理的电话。

"江明星，请问您现在有时间吗？"助理语气恭敬疏离。

"有的。"江云间问，"有什么事吗？"

电话那头道："我现在在您片场门口，方便的话，麻烦您出来一趟。"

片场门外，助理递过来一个精致的包装袋子。

江云间皱眉，想了一会儿："是我又漏下什么了？"

"不是，"助理笑，"这是程总给您买的。"

江云间接过袋子往里看了眼，看包装和 LOGO（商标），像是手表。

程鹏给我买东西了？

"这……不太好。"江云间回神。

"是程总买的，我只是负责转交。"助理道，"如果没什么事的话，我就先回去了。"

"等等。"江云间叫住他，"……程总也回来了吗？"

助理摇了摇头，说自己只是临时回来拿一份重要文件，而程鹏还要在那边多待几天。

得知对方还要回去，江云间思索片刻："你的航班定在几点？"

深夜，好不容易应酬完，程鹏回到酒店，抬手松了松领带。

门铃响起，是刚下飞机就匆匆赶来的助理："程总，您要的文件取来了。还有……"

程鹏看着他另边手上的包装袋，挑眉："是什么？"

助理轻咳一声："不知道，是江明星托我捎回来给您的，说是回礼。"

两样东西摆在桌上，程鹏略一犹豫，拿过那个米白色的包装袋，打开。

是一块男士表，黑色，精致奢华，做工精细，价格不菲，他更衣间里就有一块。

他捏着表在手上把玩了一会儿，然后拿起手机，拨了个电话。

那边接起得很快，环境原因，对方说话还带着回音："程总……这么晚了，您还没休息？"

"马上休息了。"程鹏问，"表是怎么回事？"

江云间舔舔唇，解释："您送了我一块，礼尚往来。"

程鹏闻言一顿，然后笑了。

礼尚往来这个词，好像不太适用于他们之间的关系。

江云间继续说："表我看到了，很好看，我很喜欢，谢谢您。"

程鹏送给江云间的是一块银表，款式简单，没什么多余的点缀，放在橱窗里却格外引人注目。

看到那表的第一眼，程鹏就莫名觉得这表很适合江云间，就买下来了。刚好助理今天要回一趟满城，他就顺便让人带了回去。

程鹏回神，把表放进包装盒中："你在哪儿？怎么说话回音这么大。"

"在浴室。"江云间乖乖道。

"嗯，你忙吧。"晚上还有工作要处理，程鹏及时打住那些旖旎的画面。

"等等，您先别挂。"江云间慌乱地叫住他。

程鹏握着手机，没吭声。

"包装……您拆了吗？"江云间小心地问，"您喜欢吗？"

程鹏目光又回到那块表上。

半晌后，他重新把表拿了出来："拆了，挺喜欢，破费了。"

江云间第七次落水 NG 的时候，博镇的脸色已经黑如锅底，周身散发的怒气让人不敢靠近。

如果是江云间在拼命 NG 也就算了，自身错误，跳多少次都不过分。

关键这场戏是另一个主角一直在频频 NG，说自己恐水，还是旱鸭子，实在发挥不好——鬼知道这人平时喝不喝水。而且吴导要求高，只是个水里场景他老人家也不想用替身，就只能一遍一遍来，江云间衣服都换了好几次了。

这种情况下，要是江云间坚持要替身也无可厚非，偏偏江云间比吴导还倔，一声不吭地陪拍，回回上岸来，都还能笑着安慰对方几句。

"赶紧喝了！"又一次 NG 上岸，博镇把姜片水递到江云间手上，将自家艺人身上的浴巾裹得严严实实，劝道，"要不算了吧，改到下一次再拍，等人家什么时候把那破症治好了，我们就什么时候拍。或者直接要替身，拍个背影，观众看不出来的。"

现在气温才八摄氏度，他穿着衣服都觉得冷，更不用说江云间。

“不至于，景都布好了。我能自己拍，要替身做什么。”江云间抿了口姜水，热流顺着喉咙滚到胃里，还算温暖，“没事儿，对方已经改善多了，应该再两三次就过了。”

博镇无话可说：“……我让人去给你买药，一会儿你赶紧吃点，别感冒了耽误拍摄，得不偿失。”

江云间说：“不会，我身体怎么样你又不是不知道，没那么容易病。”

当晚，江云间就发起了烧，三十八度多。

那位怕水的主角病得比江云间还重，两位主演同时倒下，进度是必须得拖了，吴导同意给他们放一晚上的假。

“真不去医院？”博镇捏着温度计问。

“不去了，不是什么大病，吃了药睡一觉就好了。”江云间躺在床上，声音微沉。

博镇恨不得捂这人的嘴巴：“你少立点 flag（目标）吧，算我求你。”

博镇千叮咛万嘱咐后才走，本来原定在下午回去，被这落水戏拖到了晚上。

江云间没乱说，自己确实很少生病，久违的头疼感和沉重的眼皮使人往床上一躺，便起不来了。

江云间迷迷糊糊中，便听见放在床头柜上的手机突然嗡嗡响起。

看到来电显示，江云间眼底倏然清明，使劲儿咳了两声，才接起来开口道：“……程总。”

程鹏那头有风声：“声音怎么了？”

被听出来了？江云间掩饰道：“没怎么，吃坏嗓子，有些咳嗽。您这么晚找我，是有事吗？”

那头传来一道闷重的关门声，程鹏压低声音问：“今晚拍不拍戏？”

江云间挂了电话，从被窝里出来，挑了一件厚外套穿着，速度快得一点儿也不像生病的人。

江云间打开门缝，确认外边没人后，火速上了电梯。

程鹏也不知道自己为什么会把江云间叫来。

工作好不容易告一段落，他原本想好好休息一晚，到家后打开手机，才发现江云间前段时间给他发了微信。

一句谢谢，消息太多以至于被顶到了最下面，他没看见，没回复，江云间也没再发过来。

门铃响起，他开门一看，外面的人裹成了粽子，戴着口罩和墨镜，遮得密不透风。

江云间进了屋，忙脱外套，解释："因为怕被发现，所以穿多了些……"

程鹏给江云间倒了杯热水："这么晚了让你过来，不会挨骂？"

"不会的，今晚没戏。"江云间脱了外套，有点冒虚汗，便往后退了一步，"那我先去洗澡？"

"嗯。"程鹏解掉领带。

江云间慢吞吞地走到了浴室，程鹏后一步也进浴室，他看到被放在盥洗台上的银色腕表，挑起眉，明知故问："你回礼那块表，花了多少钱买的？"

"没多少，两万多。"江云间虽然声音有些哑，但语气自然，可见台词功底不浅。

程鹏听完一笑，两万，在后面加个零差不多。

江云间还没反应过来，头顶的热水被人关上。

"你不知道自己发烧了？"程鹏皱眉。

江云间怔怔地看着他："知道。"

"知道还来找我？"程鹏听笑了。

他没再说话，把人带回床上，被子盖到下巴，然后转身就要走。

江云间下意识抓住他，有些不明白："……您生气了？"

江云间烧得眼睛里都湿漉漉的，眼眶边缘是红色，一脸慌张，程鹏垂眼看眼前人这副模样，什么气也都没了。

他叹了一口气："没有。"

程鹏挣开江云间，去浴室拿了吹风机，坐到床边："坐起来。"

江云间感觉着发间摩擦着的温热触感，觉得自己体温更高了。实际自己也确实是烧得严重了些，因为刚才那个澡。

吹好头发，程鹏说："你睡着吧。"

（6）

江云间还是第一次以生病的状态在程鹏这里。

本想珍惜今晚这短暂的时光，他们半个月没见了，最近程鹏看起来挺忙的，下一次见面也不知道什么时候，心里还想着一定要看够本。

但眼皮完全不听使唤，又烫又沉，江云间只能努力控制自己别太快入睡，还能听一听浴室里的水声。

很快，浴室门重新打开，沐浴露的味道扑鼻而来。江云间反应有些慢半拍，一睁眼，程鹏就已经躺到床上了。

床很大，两个人躺在一块也未必碰得到。

等身后人呼吸均匀，江云间睁眼，往外睡了一点儿，让身后的被子陷进自己后背的对方，然后一点儿点、慢吞吞地往程鹏那挪。

程鹏话里带着笑意："你在干什么？"

他压根没睡着，眼睁睁看着面前的人小心翼翼朝他靠近。

江云间呼吸都重了点："我……"

"冷？"程鹏又问。

江云间顺着台阶下："有一点儿。"

程鹏把手掌贴在对方额头上测了一下体温："明早起来如果还是烧，就去医院。"

江云间温顺地应声："好。您还是离我远点吧，容易被传染。"

程鹏闭眼，问："那你刚刚还主动靠过来？"

"……我隔着被子的。"江云间道，"对不起。"

程鹏见好就收："行了，没怪你，睡吧。"

程鹏醒来的时候，天刚泛起鱼肚白。

他不是自然醒的，床头柜上的手机振得嗡嗡响，吵得他头疼。

他垂眼，就看到了一旁的江云间，不得不说，江云间的脸蛋长得是真好，这张脸不论在什么角度都赏心悦目。人也很乖，仿佛没什么脾气，也不知道这种性子在圈里有没有受过什么人欺负。

程鹏低头，轻轻贴了贴对方的额头。还烧，但应该退了一些。

床头柜的手机又开始响，程鹏拧眉，半坐着起身，越过江云间拿起了桌上的手机。

手机是江云间的，来电显示是"博哥"。

程鹏挂了，对方却锲而不舍，在程鹏关机之前又拨了个电话来。

担心有什么急事，程鹏接起。

"你在哪儿呢？！"博镇声音不小，还带着些嘶哑。也不怪他，大清早就接到助理电话说江云间人没了，电话不接短信不回的，可把他吓得够呛，他都在去公安局的路上了："你没事吧？你还在片场吗？我现在去找你！"

程鹏把手机的音量调小："在我这儿。"

博镇一怔，第一反应就是江云间被绑架了："……你要多少赎金？江云间人呢？"

程鹏揉了揉眉心，报出自己的名字。

几分钟后，博镇冷静下来了。

"抱歉程总，实在抱歉，我一早上没找着人，有些急了。"博镇把车停到路边，"您现在在哪个酒店？我马上过去接。"

"江云间在我家。"程鹏道，"今天是周末，现在是早上七点四十。"

博镇立刻明白他的意思："程总，剧组不放周末的，江云间八点半还有场戏，现在赶回来可能都得迟到。"

程鹏皱眉："江云间在发烧。"

"没关系，今天不是落水戏了。"

“落水？”程鹏看了一眼外面的天，这几天降温，到了晚上还有凉风，“这天气下水？”

“没办法……都是工作需要。您放心，今天的戏份都在室内，吹不到风。”

程鹏伸手到江云间脸边，用食指碰了碰对方的脸，确定体温还高：“那就今天请假。”

博镇一脸为难，他难道不想让江云间请假吗？还不是吴导那边不好说，而且江云间也未必愿意：“这……”

“导演那边，我会去说。”程鹏言简意赅，结束对话。

江云间醒来之后就得知，自己“被请假”了。

“放心，吴导没说什么。”见江云间坐在床头发呆，程鹏捏了捏对方的耳朵，“病了就休息，没你一天，那剧组也不会垮。”

换作平时，江云间肯定是不愿意请假的。一个剧组这么多工作人员，进度拖一点儿点都是浪费大家的时间，不是大病，自己都能撑着。

但现在江云间顾不上那些。

江云间在程鹏抽回手之前，握住他的手腕：“那我今天不回剧组可以吗？”

程鹏一顿，挑眉：“想留这？”

“……想。”江云间说。

程鹏本来就没打算赶人走，闻言笑了：“那你好好休息吧。我点了早餐，到了再叫你。”

江云间却摇头：“我不睡了。”

江云间进了浴室，对着镜子冲了把脸。

自己竟然留下来了，还能和程鹏待一整天。

这个认知让江云间无端兴奋，发烧带来的最后那点不适感被完全掩盖掉。

洗漱完后，江云间给博镇回了个电话，简单解释了两句，回到客厅时，就见程鹏坐在沙发上，正在看腿上放着的电脑。

“我处理点事情，你随意。”程鹏头也没抬。

江云间点头，安安静静地坐到他身边。

程鹏今天休息，不处理公事，只是有份合同提前出来了，需要他过两眼。他很快把文件看完，侧目，见旁边的人双手握着手机，正在刷粉丝的评论。

他看过去的时候，刚好看到江云间打开了一条内容为“整容怪”的黑粉私信。

江云间似是习以为常，手一滑，直接把这条消息删掉了，连眉头都没皱一下，很明显是一点儿没上心。

程鹏觉得江云间倒是比他想象中的要坚强得多。

其实两人一天待着也没干什么。江云间中午又量了体温，低烧。

下午，在接到纪燃的邀约后，他想也不想就应了下来。

“打球？”江云间坐在沙发上，茫然地眨眼。

“嗯，你经纪人晚点会来接你，临走前记得把药带上。”程鹏脱下睡衣，换上球服。

江云间说：“我能一块去吗？”

“你在发烧。”程鹏道。

“我已经没在烧了，”江云间从沙发上起身，“我就在旁边看着，一定不打扰你们。”

“外边冷，我们去的是户外球场。”程鹏皱眉。

江云间张口还想说什么，见程鹏的表情，以为他烦了，立刻噤了声，不敢再继续要求。

“……那您什么时候回来？”半晌后，江云间还是忍不住道，“如果早的话，我就等您回来了再走。”

程鹏穿外套的动作一顿：“等我回来？”

“嗯。”江云间说，“跟您道了别再走。”

程鹏低头，拉上衣服拉链。许久，他叹了一口气，从衣柜拽了件羽绒服出来，丢到江云间手上：“穿上。”

江云间一愣，不敢多问，快速把衣服穿好系牢。

“球你是肯定不能打了，一会儿如果觉得无聊或是冷了，就上车等我。”程鹏说，“口罩戴好，别被人认出来。”

江云间几年前就在程鹏办公室和纪燃、岳文文碰过面，所以也不用过多介绍。

实际上，他们上一次见面，程鹏也没向他们介绍过江云间。

“你现在这么红，怎么还敢跟着程鹏出来？”观众台上，岳文文打量这人一眼，笑了一声，“你不热呀？”

江云间能分出对方话里没恶意，就只是纯粹的疑惑，开口道：“没关系，我也没那么红的。今天有点感冒，就穿得多了些。”

岳文文当然认得出那是程鹏的衣服，觉得特有意思，两手撑在地上，笑吟吟地说：“你是重新跟着鹏鹏了？”

江云间坦诚：“是的。”

岳文文点头，意味深长地说了一句：“真难得。”

打完球，几人商量着一块去吃晚饭。

到了大排档，程鹏道：“坐包间吧，江云间不适合在外场。”

纪燃顺着话瞥了江云间一眼，没多说什么。

江云间道：“不好意思，给你们添麻烦了。”

刚点好菜，包间门被打开，一个西装笔挺的男人走了进来，江云间认识，是之前在农家乐跟纪燃坐在一块的人。

秦满打了声招呼，然后走到纪燃身后，十分自然地聊起：“球输了？”

“输个屁，我会输？”一直随意散漫的人仿佛被注入活力，嗤笑道，“程鹏加上你，都赢不了我。”

席间，江云间一直默默动筷不说话，听着他们的话题从生意聊到纪燃的俱乐部，简单随性，一听就知是多年好友。

中途，博镇的电话来了。江云间接通后简单说了两句，挂了后，程鹏转头问：“要走了？”

“嗯，晚上有夜戏。”江云间道，“博哥已经在外面等我了。”

“去吧。”程鹏抬手碰了碰江云间的额头，“退得差不多了。”

江云间垂眼点头：“那这外套……”

程鹏淡声道：“穿着，下次来了再还我。”

“下次”真是个美好的词。

跟其他人简单道了别，江云间转身离开包厢。

门关上不久，岳文文就忍不住道：“小鹏鹏，你这状况不对呀，你不是不吃回头草的吗？”

程鹏笑了笑：“出了点意外，又撞上了。”

具体是什么原因，纪燃没问，程鹏也说不出来。

他向来只往前看，对旧人确实没什么兴趣，但那天跟江云间重逢，他仿佛是见到了另一个人。

以前的江云间隐忍本分，哪儿会像现在这般主动。

想到这儿，程鹏不禁扯唇笑了笑。

岳文文拿起酒杯跟他碰杯：“行了，不管是为什么，恭喜你终于还俗了。”

程鹏笑：“还俗？”

“可不是吗？”岳文文道，“这两年我都以为你快出家了，把人家吓死了，年初去拜观音的时候，还特地给你求了段姻缘。”

程鹏道：“我谢谢你。”

岳文文撑着下巴问：“不过你这是谈恋爱，还是玩玩儿而已啊？”

程鹏一笑：“你说呢？”

“我说的又不算数。”岳文文道，“不过我刚刚看来，江云间可是把一颗心都吊你这儿了。”

程鹏捏筷的手一顿：“什么？”

“你不会看不出来吧。”岳文文一口道破，“江云间喜欢你啊。”

程鹏失笑：“我们不是那种关系。”

“在你这儿当然不是，在对方那儿就不一定了。”朋友的感情，岳文文也不好多说，点到为止就扯到别的话题去了。

程鹏眉头微蹙，没应声，只是夹菜的动作停了下来。

一顿饭结束，临走前，岳文文道："对了，鹏鹏，我还有件事儿，关于陈安的，你听不听？"

这个名字在程鹏这儿已经有些淡化了，他面色平静地结账："不听了。"

无非就是找他的事儿。

两人刚分手那段时间，陈安通过很多种方法想联系他，都被他拦了下来。

不想见，也没必要见。他向来不是优柔寡断的人，既然没打算再继续走下去，那不如断个干脆，复合不可能，当朋友更是天方夜谭。

见他不想提，岳文文耸耸肩，没再往下说。

程鹏回到车上，把篮球丢到副驾驶座底下，拿出手机，发现上头多了一条信息。

江云间：我到剧组了，谢谢您，这两天天冷，您多穿点。

想起岳文文的话，程鹏放下手机，没回。

几分钟后，又一条消息进来，程鹏单手开车，拿起来扫了一眼。

江云间：我会注意身体的，下次再见您，一定不会感冒了。

程鹏眼底的光不自觉柔和了些，他放下手机，又开了一段路。到了红灯，他侧目看了窗外几眼，再回头，红灯的倒计时仍是两位数。

这红灯未免太久。

半晌后，他重新拿起手机。

程鹏：嗯。

江云间回去后，被博镇训了一顿。

博镇最近训江云间的次数加起来比之前几年的还要多。

"你到底是怎么想的？"博镇一大早再次赶来片场，脚边还放着一个小型行李箱，"你知不知道自己现在在哪儿？你在剧组！这部电影这么大的班底，没拍就已经有很多人在关注了！你拉开窗帘看看，你看看，多少媒体在外面守着你们？！你竟然还敢大半夜跑去跟程总见面……"

博镇越说越难受，他接下来半个月估计都睡不到一个好觉了，就怕哪天接到媒体的电话，问他要不要花钱拦料。

“没事，我翻窗户出去的。”江云间咳了一声，说。

博镇心脏更受不了了：“……你要是堂堂正正走出去，我还可以解释，你翻窗被拍，我还能怎么洗？”

江云间好歹也在镜头下活了多年，心知昨晚肯定没被拍到，但也不好再跟博镇争这些，只是点头应道：“我知道错了。”

“下次还敢，是吧？”博镇说。

江云间沉默了下，然后道：“嗯。”

博镇：“……”

因为这事，博镇决定在剧组多留几天，他劝不动江云间，但他拦得住，他就不信了，他和助理两个人还会扛不动江云间。

不过显然是博镇多虑了，接下来一整周，江云间都没有要离开片场的意思。

江云间对待拍戏比任何人都认真，出道以来从不轧戏，拍摄过程中连杂志、采访都不接，一进剧组对外基本就是消失状态，这也是博镇之前把江云间放心放在这儿的原因。

“明天早上有两场戏份，拍完后放半天假，想好干什么没？”晚饭途中，博镇问。

“云间，博哥。”助理先开口了，他很不好意思，“我明天下午能回城里一趟吗？我妈明天过生日……”

江云间想也没想：“你今晚就回去吧，我这也没什么事，后天再回来。”

助理愣了愣：“啊，不太好吧？”

“没事，既然放你假，你去就是了。”博镇道，“我一会儿给你转点钱，你去买条丝巾围巾啥的送阿姨，就说公司送她的。”

两人就礼物的话题聊起来，江云间没再参与，放下筷子，两手伸到桌底下玩手机。

江云间：程总，我明天中午开始放假。

发完江云间就觉得有些害臊，这样会不会显得太明显了，是不是该说得委婉点？

江云间想了想，抬手指想撤回，系统提示超了两分钟没法撤，犹豫了一会儿，江云间发了个表情包过去。

“小间，小间！”

江云间倏然抬头：“怎么了？”

“跟你说了大半天话呢，你都没听啊。”博镇道，“我让你多吃点，别再瘦了，过半月还要拍广告片呢。”

江云间“嗯”了一声，敷衍地往自己嘴里塞了个肉丸子，又停了筷。

“……”博镇没眼看，他“啧”了一声，“算了，我还有件正事跟你说。”

江云间点头：“你说。”

博镇犹犹豫豫，还是说了：“那什么，前两天于落的经纪人来找我。”于落是目前正在跟江云间拍摄电影的另一个主角。

江云间问：“说什么了？”

“还不是那档事儿。”博镇说，“想借你的名气炒炒热度。”

江云间蹙眉，干脆道：“不炒。我从来不炒这个，你不是不知道。”

博镇当然知道，别说江云间，就是他自己也不喜欢给江云间炒热度，炒着容易辟谣难，保不齐就得落个不雅的名号，而且不到最后都不知道对方会作什么妖。江云间本身发展就好，实在没必要多此一举。

博镇压低声音：“现在情况特殊。你现在和程总……如果哪天不小心被人拍了，那我们完全可以拿于落当挡箭牌。而且于落现在的形象也挺好的，不会被骂得太厉害，到时候你跟程总结束了，要澄清于落这边也很简单。”

江云间听得心底一闷，片刻才说：“我不炒，你去回绝掉吧。”

博镇想了整整一周，自认完美无缺的计划就这么被否了。

“你真的是……”回去路上，博镇越想越不痛快，“算我求求你，你给自己留条后路都不行啊？非跟个傻子一样往上撞，万一真出了事，你这些年的努力就全白费了你知不知道？还是你在担心程总那边会有意见？你放心，程总看起来挺好说话的，只要你点头，我去跟他谈，他一定不会介意。”

“跟他没关系。”江云间打断他，“是我自己不愿意。”

博镇刚要开口，江云间抢在他前头：“博哥，其他什么事都好谈，这件就算了，行吗？”

到了晚上，江云间才收到回复。

程鹏：嗯，好好休息。

江云间脱了外套，心里想了很多条不要脸和死缠烂打的回复。

江云间：好，您也是。

江云间把窗户关上，入了冬，天气越来越冷，估计再过几天就要下雪了。

江云间对初雪有特殊的感情，洗了个澡出来，拿手机查了查今年下雪的时间，虽然不一定准，但至少心里有个数，不至于错过了。

看到预计下雪的日期，江云间微微一怔，紧跟着笑了出来。

这个日期自己能一直记着，就没必要再往备忘录上记了。

江云间把手机锁了屏，拿起剧本刚想再过一过明早的台词，门铃声响起。

于落站在门外，手里还拎着两份外卖。

博镇会开口让江云间跟于落炒绯闻也不是随口就来，于落这次虽然是第一回拍电影，但人家在电视剧那一块已经混得风生水起了，年纪比江云间大三岁，观众缘还不差。

看到来人，江云间轻轻皱了皱眉。

最近业内有句挺流行的话：不想上新闻，半夜别敲门。现在已经是晚上十一点儿，挺微妙的时间，快门一按，明早就得出现在热搜上。

这个道理江云间不信于落不明白，但出于礼貌，仍旧开了门。

于落低头，笑得很不好意思：“今天辛苦你陪我一直过那一镜，特地买了点东西感谢你。没打扰你吧？”

“没有。”江云间客气道，“不过我不打算吃东西了，就不收了。”

“别呀，你不收，我怎么好意思拜托你。”于落晃了晃手上的剧本，“能陪我对对剧本吗？我担心明天又过不去，挨吴导骂。”

于落话里暗示明显，没哪个演员会深夜独自一人来找人对戏的。

“不了。”江云间拒绝，“我马上要休息。如果需要，明天我们可以早一点儿去片场，我陪你对。”

程鹏把合作人送上飞机，稍稍松了一口气。

这桩生意前前后后磨了大半年，总算是拿下来了，还挺不容易，要不是想扩宽海外市场，他甚至都不想谈了。

回到车上，助理回头道：“现在送您回家吗？”

程鹏刚要应，手机突然响了一声，岳文文给他分享了一条微博。

内容倒没什么，就是两位人气演员几天前在深夜畅读“夜光”剧本，被媒体拍下了。因为是偷拍，照片像素低得惊人，要不是江云间五官优越，还真不好认出来。

没得到回复，助理再次出声：“程总？”

程鹏沉默片刻，放下手机，突然问：“江云间的片场，离这儿远不远？”

程鹏也说不上为什么要来这一趟，不是因为那个新闻，就纯粹想见江云间一面。至于见到了要说什么做什么，他暂时还没头绪。

他身为电影投资人之一，偶尔探个班也合情合理。到了片场，他把助理一个人留在车上，独自下了车。

导演助理认识他，见到他，忙拉开门把他请了进去。

程鹏刚进棚子，就见江云间穿着一身简单的红衣服，站在绿幕前，手握着一柄长剑，肆意张扬地看着面前的人。

程鹏没看过剧本，也不了解这是个什么电影。他只听江云间念了两句台词，就知道这人饰演的是个什么样的角色。

程鹏站在摄影机身后的人群里，江云间被灯光照得眼睛都疼，自然也看不见。这一镜结束，江云间便走到吴导面前，跟对方讨论起下一镜的改动。

吴导听完，诧异地笑了：“你是让我改剧本？”

江云间点头：“是的。”

吴导直白地说："这几年来，你是第一个敢开口让我改剧本的。"

"我只是觉得，这一场戏份有些多余，甚至累赘。"江云间并不畏惧，坚持道，"吴导，既然是我的角色，我当然希望能更好地呈现在大家面前。您不妨再看一看这两镜的交接，非常不自然，情节也略微尴尬。"

吴导皱着眉头，盯着剧本看了许久："你想怎么改？"

江云间道出自己的想法，字句间几乎把这一块的原剧情都改完了。

吴导表情越来越差，周边的工作人员也跟着紧张起来，江云间却好似没察觉，面色镇定地继续发表意见。

程鹏听完，不禁低头失笑。

这人到底有多少副面孔，怎么他回回见着的都不像一个人。这人在他面前乖成什么样了，到了片场，竟然都敢跟吴导叫板。

争执有了结果，江云间满意地点头，转身回后台。从头到尾，除了拍戏间的台词外，江云间没和身旁的主角多说一句话，也没多给一个眼神。

待人走后，程鹏上前跟吴导打了个招呼。

"你怎么过来了？"吴导招呼旁边的人，"去，拿一把椅子来。"

"不用。"程鹏笑，"拍得怎么样？我那小孩没给您添麻烦吧。"

"麻烦倒是有点，这孩子跟于落被拍了，这两天媒体又多了一半，烦死人。除了这个，其他倒还好。"吴导说完，不解地问，"你也没比江云间大多少吧，怎么叫人跟叫孩子似的。你们是亲戚？"

程鹏敷衍地应了两句，问到江云间所在的化妆间后便起身告别。

化妆间的门是开着的。江云间闭眼坐在椅子上，正趁着化妆的时间小憩。

化妆师帮江云间补好妆，转身要离开，跟程鹏撞了个正着。化妆师愣了愣："您是……"

程鹏道："嘘。"

博镇刚打了杯水回来，见到程鹏先是一愁，然后立刻反应过来——江云间刚跟于落传了绯闻，程鹏来十遍八遍都没关系。

于是他用气音跟程鹏打了个招呼后，就带着化妆师出去了。

程鹏把门反锁上，坐到江云间身边，饶有兴致地打量起眼前的人。

江云间睡相其实不好，头仰着，还微微张着嘴，看起来有些傻，让人有想捏这人脸的冲动。

程鹏正犹豫着要不要这么做，就见江云间脑袋渐渐往下垂，最后失去控制，猛地一落。

程鹏眼明手快，伸手扶住了对方的下巴。

江云间昨晚看剧本看到半夜，今天总忍不住犯困，感觉到下巴的温热，以为是化妆师："抱歉……"

迷糊中睁眼，看清面前的人后，江云间一愣。

半晌后，程鹏听见江云间问："……我还在做梦？"

程鹏挑眉："或许。"

江云间倏然清醒："您怎么在这儿？"说完话，江云间还抬手蹭了蹭自己嘴边。

程鹏看笑了，这人到底是有多累，前脚刚跟导演较完劲儿，回来就能睡得这么沉："路过，看看吴导，顺便看看你。"

江云间哪管什么顺不顺便的，程鹏特地来化妆间找自己——光这事儿就能让人窃喜好久。

江云间道："谢谢。"

程鹏失笑："在谢什么？"

"谢谢吴导，"江云间抿唇，"能让您来一趟。"

"……"程鹏不再跟江云间开玩笑，伸手按了按对方脑袋，揉了两下，"是来看你的，跟吴导没关系。"

江云间心脏跳得飞快，方才的疲惫一扫而空："……看我？"

"嗯。"程鹏问，"待得习不习惯？"

江云间不是第一次在影视城拍戏了，哪有什么习不习惯的："挺好的。您呢？您最近很忙？"

"已经忙过这一阵了。"

江云间点头："我还剩最后两场戏就拍完了，大约要一个小时……不然您先回去，我一会再去找您？"

程鹏笑着问："外面都是媒体，你还敢找我？"

"我翻窗出去，不会被发现的。"因为是干坏事，江云间声音都小了几分。

程鹏挑眉，慢慢开了口："上次来找我，也是翻窗出来的？"

江云间"嗯"了一声："窗户不高，挺好翻的。"

程鹏原本只是想来看江云间一眼，应付那个难缠的合作方已经够烦人，他没心思多想别的。

但一见到江云间这模样，各种各样的心思就都飞出来了。

半晌后，程鹏道："别来了。"

江云间一愣，有些急切："……为什么？您不方便？还是您要休息？那我明天再去也可以的。"

程鹏笑了一声，朝江云间摊开掌心："你酒店房卡给我。"

江云间愣着没动。

程鹏学着江云间的语气，问："怎么，不方便？"

江云间深吸一口气，慌忙从助理的包里翻出房卡，放到他手上："方便……特别方便。"

门被外面的人敲了两下，是工作人员来催江云间出去拍下一镜。

"行了，不打扰你工作。"程鹏起身。

"好。"江云间跟着他起身，"我拍完就赶回去，您等我。"

程鹏听了，轻轻笑了一声："别急，不会拿你房卡跑了的。好好拍。"

(7)

惦记着酒店里有人在等自己，江云间心里有些急，但越急就越容易出错，其中一个镜头折腾了三五遍都没过。

"你怎么了？"看出江云间情况不对，吴导纳闷，"让你休息一会儿，反而把状态弄丢了？"

“抱歉。”江云间道，“再来一次，这次可以了。”

其实江云间要小聪明了，为了让程鹏留下，原本需要一个多小时的拍摄，却对程鹏说的是一个小时。结果这么一磨蹭，生生拖到了两个小时。

化妆间里，江云间心急地说：“姐，能卸快一些吗？”

化妆师一愣，点头：“好，马上，只剩嘴巴了。”

“你急什么呢？”博镇莫名其妙道，“饿了？”

“不饿。”江云间想起什么，“博哥，你帮我拿两份盒饭来吧，我带回酒店吃。”

博镇还以为江云间良心发现，知道恢复身材了，赶紧拿了两份大盒饭来：“来来来，多吃点。我拿上我的，一会儿去你房间一块吃。”

江云间道：“不方便，哥。”

博镇皱眉：“什么不方便？”

化妆师离开后，江云间起身，火速套上外套：“我房间里有客人，今儿不能招待你了。”

“客人，什么客人……”博镇顿了一下，“等会儿？！哎，不是吧，难不成——”

“是那样。”江云间嘴角无法抑制地翘起，然后抱起那两份盒饭，在博镇发火前跑出化妆室，只留下一句，“博哥，今晚麻烦你赶一赶媒体，辛苦了，今年剩下的通告都给你多分一成。”

吴导路过时，刚好跟江云间撞了个正着，江云间仓促跟他道个歉，就小跑着走了。

进剧组这么久了，吴导还是第一次见江云间这副模样，回头诧异道：“怎么了这是？”

博镇面无表情，心如死灰：“中奖了，去兑彩票呢。”

他现在就只能庆幸江云间门口的摄像头被拆了，和祈祷那些专门拍明星八卦的狗仔不认识程鹏。

江云间是一路竞走加小跑回去的，到了房门口，才发现自己身上没有房卡。

按了两下门铃，无人应答。

江云间没再继续按，只好拿出手机，点开了与程鹏的对话框。

是睡着了？或者回去了？

约定时间都过了这么久，程鹏如果有事走了也不是不可能……发个消息试试吧。

谁知刚打出一个字，就听面前咔嗒一声，门突然开了，热气从里头钻出来。

“怎么不按了？”程鹏穿着白色浴袍问道。

江云间闻着自己的沐浴露味儿，脑子突然有些卡壳：“……我以为你走了。”

“说了等你，不会走。”程鹏敛眼，“房卡呢？”

“没了，一张给您了，一张……”江云间看了一眼房间内的墙上，“一直插着电。”

程鹏这才想起自己进来之后没用房卡插过电。

程鹏让身：“进来。”

影视城周围人少，酒店自然也不多，他们剧组订的是最好的一家，但环境仍旧比不上市里那些。

江云间正想着要不要让人来换一条床单，程鹏先开口问了：“手上拿的什么？”

“啊，盒饭。”江云间有些不好意思，“这家酒店的饭菜不好吃，附近的饭店很多都不太正规，剧组的盒饭反而干净一些。”江云间打开盒子，问，“这些菜您喜欢吗？不行的话，我让助理去隔壁镇买些来。”

“什么都吃，没那么娇气。”程鹏看了两眼饭盒，“连个袋子都没有，一路抱着过来的？”

担心博镇把自己拦下，江云间哪敢抽时间拿袋子：“嗯，可能有点凉了。”

“没事。”程鹏拿过其中一份盒饭，“坐着一块吃。”

江云间仍是站着，脱下了外套道：“您先吃，我先去洗个澡。”

“不急。”程鹏说。

程鹏抓住江云间的毛衣：“坐着。”

江云间垂眼，乖乖坐下了。

程鹏拆开筷子递了过去：“先吃些填肚子吧。”

“……行。”江云间往嘴里扒了一口饭。

这人真可爱。

饭后，江云间便朝浴室走去。

程鹏拽住江云间：“去哪儿？”

江云间说：“洗澡。”

“你洗上瘾了？”程鹏笑。

“……流汗了，身上有味道。”

程鹏闻言，凑过来嗅了嗅：“是有味。”

江云间下意识往外退。

“我的味儿。”程鹏从烟盒里拿出烟来，“很难闻吗？”

江云间连忙摇头：“不难闻。”

江云间按照他的意思，给他嘴边的烟点上火。

程鹏下颌骨线条很好看，张嘴吐烟雾时特别迷人，江云间抬头看了他好久都没能挪开目光。

程鹏会错意，余光扫了旁边的人一眼：“想抽？会抽吗？”

“会。”江云间诚实道。

程鹏笑了一声，手捏着烟，送到了江云间的嘴边。

江云间没告诉他，自己自从出道后就开始戒烟了，起初很难很难，好不容易才忍着两年多没碰烟，能戒掉就是天大的好事，平时就算是导演递来的烟，都不会碰。

床头手机响了声，江云间起初没动，是程鹏抬手捏了捏江云间头发：“有消息就看。”

江云间拿起手机点开消息。

于落：新闻的事情我很抱歉。

于落没解释，实际上也没什么好解释的。江云间不傻，当然知道对方来的目的就是为了被拍，但即使知道也没法把人怎么样，戏照样得拍，拍完了还要跟这人天南地北地去宣传，总不可能现在就把脸撕破了，以后见面难堪不说，被媒体看出来又要被写一笔。

江云间直接关了聊天框，没回，趁这会儿去把刚刚办事儿途中收到的消息也看了。

是另一个明星发来的，约江云间吃饭。程鹏认得这个名字，在综艺节目里听见过。

程鹏没吭声，静静看着江云间打开一条又一条消息，然后一一回绝掉，客气又疏离。

外面响起雷声，雨打在窗户上发出阵阵声响。江云间微微拧眉，朝窗外看了一眼。

程鹏问："不喜欢下雨？"

江云间收回目光："不喜欢。"

"那喜欢什么，下雪？"事后的这段时间惬意得很，话题也非常随意。

江云间摇头："也不喜欢。"

程鹏笑了笑，没再说。

江云间想起什么："但是我喜欢初雪。"

"初雪？"

"就是冬天的第一场雪。"

程鹏刚要继续问，床头的手机又响了。

他想问的话被打断，睨了江云间一眼，江云间对上他的目光，道："不看了，都不是什么重要的消息。"

"就是那个半夜找你讨论剧本的演员？"程鹏懒懒地问。

江云间一怔，立刻解释道："是找我讨论剧本……但我没有让对方进来，因为我们没有合作以外的关系。"江云间拿起手机，解锁，"不信您看聊天记录……”

“别紧张。”程鹏笑了，“我知道你们没关系。”

太久没有过这种关系了，程鹏都忘了要说明白。

话到嘴边，他却又有些不想说。他们只开了一盏床头灯，昏暗的环境下，江云间看他的眼神里都发着光。

江云间：“如果这种新闻让您感到不舒服，我很抱歉……以后都不会了。”

江云间的声音打断程鹏的思绪，他回神，低头一笑，然后道：“有些话是我忘了跟你说。”

江云间点头：“您说。”

“我们之间并不是强制性的关系。”程鹏把江云间头顶一根翘起来的头发按平，“如果哪天你有了喜欢的人……”

“不可能。”江云间打断他。

程鹏一怔，笑着说：“不可能？”

江云间知道自己刚刚那话后面要说什么，也顾不上会不会被发现了：“嗯，我不可能喜欢别人的。您不用跟我说这个。”

“太肯定了。”程鹏道，“你才多大，总能遇上……”

“不会的。”江云间沉默了一会儿，“不会再遇上了。”

不会再遇到这么喜欢的了。

江云间不知道，此时此刻，自己的那点心思早被自己摊开摆在程鹏眼前，一点儿不剩。

程鹏深深地看了江云间两眼，收回目光：“我也只是跟你招呼一声，做事不用太顾忌我……”

“我说了不会。”江云间难得顶了他的嘴，求饶似的，“……您就别说这个了，行吗？”

换作是以前，程鹏肯定是要跟人划清关系了，这种事，最忌讳谈感情。

但对着江云间，他现在一句狠话说不出来。

半晌后，程鹏叹了一口气，手搭到江云间头顶安抚道：“还有脾气了？

行，不说就不说吧。”

（8）

第二天，江云间是被闹钟吵醒的，自己听了两声才想起今天身边有人，赶紧起来把闹钟给关了。

转头一看，程鹏已经睁了眼，眼底带着困倦：“几点了？”

“……六点半。”江云间道，“抱歉，我忘了关闹钟了。”

“关闹钟你怎么起来？”程鹏扯扯唇，声音带着刚睡醒的沙哑，“这就要去片场了？”

江云间坐起身来：“对，您继续睡？”

程鹏说：“不睡了。现在回去，时间正好。”

江云间进浴室洗漱，正刷着牙，手机突然响了。

是博镇的电话。

江云间接起来，因为嘴里不方便，只发了个音节：“嗯？”

“程总还在不在你房间？”博镇开门见山地问，语气有点急。

江云间皱眉，漱了口：“在，怎么了？”

“出事儿了。”博镇焦急道，“我昨晚好不容易把跟拍你的那几个弄走了，今早不知道是得到了什么消息，又全回来了，还多了几家……”

江云间动作一顿：“那现在怎么办？”

博镇道：“主要不知道这里头有没有认得程总的，虽然看到了也不一定往你们那方面想，但为了以防万一，你先把人留着吧，等我把人赶走了再让他走。”

程鹏跟家里长辈约好了今天一块吃早餐，不好爽约。

“没事。”听完，程鹏系上领带，“有口罩吗？”

江云间点头：“有……但都是我戴过的。”

程鹏：“给我拿一个。”

好在是冬天，程鹏的西装外面还套了件外套，戴口罩也不会太突兀。

博镇火速赶来他们房间："程总，就委屈您扮作是助理了，应该认不出来的。"

程鹏笑了一声，问旁边的人："那我是不是还得给你提包？"

江云间一怔，摇头："不用，我平时都自己背着。"

两人一前一后出了酒店，肩并着肩，朝剧组走去。走出一段距离后，就看见程鹏助理停在路边的黑色轿车。

酒店离剧组不远，步行几分钟能到，江云间还是第一回坐车去。

这条路太短，短到自己还没来得及跟程鹏说两句，车子就停稳在影视城门口。

江云间打开背包，从里面拿了个塑料袋子出来，看不清里面装了什么。

"这个给您。"

程鹏接过："是什么？"

"早餐。"江云间有些不好意思，"这几天都是大早上的戏，没什么时间吃别的，就只有这个。"

程鹏打开一看，是几片吐司面包，包装袋外面还有一瓶酸奶。

见他不说话，江云间还以为他不爱吃："或者我下车给您买点？附近都是早餐店，粉、粥、蒸笼小吃都有的……从这回您家要开挺久的，先吃点垫垫肚子吧。"

"我吃了你的，你吃什么？"程鹏问。

江云间打开背包："我这儿还有。"

程鹏朝里看了一眼，里头放着许多散装小面包。

"好。"程鹏道，"去吧。"

江云间点头，偷偷多看了他几眼才道别："下次见。"

回去路上，程鹏打开白色塑料袋，咬了一口吐司，喝了一口酸奶。

他算是知道江云间为什么会瘦了。一大早吃这个，能胖才怪了。

"程总，这车我后天给您开去做一做保养吧。"驾驶座上的助理开口道，"马上下雪了，轮胎换一换会好些。"

程鹏看向窗外，今天天气阴沉沉的，眼见又要下雨：“要下雪了？”

助理点头：“这几天一直在降温，再过一两周就差不多了，今年冬天特别冷。”

冷吗？

他刚刚跟江云间走了一会儿，也没觉得有多冷。

突然有些怀念和江云间待在一起的时光了，程鹏收起思绪，没再继续往回想。

昨晚江云间还说了，喜欢入冬的第一场雪，看来再过不久就能看见了。

这次的媒体来得毫无预兆，博镇怀疑是有人要搞事，提心吊胆了几天。好在程鹏没再来过。

人虽然没来，但又给剧组投了笔钱，点名了是伙食费。

“我这一份盒饭，放在外面得卖三十八块！”助理捧着盒饭，嚷嚷道。

江云间笑了：“这么精确？”

“那必需的！云间，我跟你跑了这么多个剧组，这份盒饭是里头最好吃最丰盛的！”助理道。

吃完饭，助理去片场跑跑腿。化妆间门关上，只剩下江云间和博镇。

“行了，别看手机了，人程总没回你。”博镇道。

江云间收起手机：“你别偷看。”

“这还需要偷看？”博镇拿起旁边的化妆镜，举到江云间面前，“你看看自己这表情，看看，喜气洋洋的。”

江云间被他莫名其妙的成语逗笑了：“再过几个月就过年了，是该喜气点。”

“不然我趁这段时间给你接个偶像剧吧。”博镇建议道。

江云间颔首：“行。”

“行个屁，我开玩笑。”博镇“啧”了一声，江云间好不容易才转了戏路，就绝对不可能再回去走恋爱偶像剧的路。

一周后，是江云间入组后首次出现在公众视野下。

是一个颁奖礼，奖项分在了江云间上部剧的编剧和女配身上，江云间这次不过是去陪跑。

颁奖礼和公司有利益挂钩，江云间不得不去露个脸。

“你就当是拍戏累了出来活动活动吧。”博镇坐在江云间身边说。

江云间在车后座躺着，正在补眠，闻言低低地“嗯”了一声。

到了会场，江云间坐稳了让化妆师补妆，然后从包里拿出一块银表，扣在手上。

“等会儿，这个别戴了吧。”博镇阻止道，“你这表到底哪儿来的？”

他最近就发现了，江云间走哪儿包里都揣着这表，他查了下价格，才四万多，戴着去参加颁奖礼不是开玩笑吗？

“别人送的。”江云间扣好，“走吧，差不多到我走红毯了。”

博镇立刻明白过来，心下纳闷——不对啊，程总会送这么便宜的表？

他劝：“表跟这身服装也不搭啊，不然你回去再戴……”

“下车吧。”江云间起身。

江云间虽然是陪跑，但仍旧是媒体的关注焦点。一进场，各路媒体冲着江云间疯狂拍照，跟在江云间身后的明星反而没什么关注度。

主办方给江云间安排的位置不差，旁边是之前一块拍过杂志的新人。

“江云间，这次你是不是得拿奖了？”新人打趣道，“我看名单里，就贺晗能跟你打一打。”

江云间知道消息，获奖者不是自己，也不是贺晗，笑道：“谁知道呢。”

颁奖全程，江云间嘴角都保持着得体的微笑，镜头时不时扫过来，江云间也会给予反应，圆满待到了结束。

散场后，博镇找到江云间：“小间！快，走，吴导让我叫你过去，他带你去跟其他导演打打招呼！”

吴导是什么人，跟他打交道的导演，那可是金字塔顶尖上的人了。有吴导这么一引荐，那以后还怕没别的机会吗？

江云间刚要应声，手机突然响了一声。

自己几个小时前发出的消息终于有了回应。

程鹏：刚开完会，怎么了？

江云间：辛苦了。

一条语音发了过来，江云间刚点开就听见程鹏低沉地笑了一声：“不辛苦，找我有事？”

江云间点开说话键：“没什么事……您早点休息。”

到了导演堆儿那儿，江云间一一礼貌打了招呼，导演们也都知道江云间，言谈举止中都表现出自己的欣赏，加上吴导在旁边一阵夸，很快就有人提出让江云间参加他们今晚的饭局。

“地址我发你手机上，你有空就过来吧。”吴导留下这句话，那群人便各自上车走了，身后还跟着几个女演员。

博镇激动坏了：“刚刚吴导身边那个人你认识吧？台湾导演，手下全是一堆经典台言剧！我收回之前的话，如果是这个导演邀请你去拍偶像剧，那我们还是能考虑考虑的……”

江云间没仔细听，反而点开程鹏的语音。

男人的声音有些疲倦：“休息什么，还在公司，饭都还没吃。”

江云间：“还没忙完吗？”

程鹏：“没，项目出了点事，得再晚一点儿了。”

江云间：“辛苦了。”

程鹏笑：“是挺辛苦，你来给我放松放松？”

因为会议中说了太久，男人嗓音里带着些沙哑，听得江云间心脏怦怦乱跳。

很快，程鹏又是一条语音过来：“行了，不耽误你拍戏了。”

江云间：“不耽误！”

程鹏看到这两条消息，忍不住笑了，心里又软又痒的，最后还是没逗江云间，只说了一句：“赶紧拍完吧。”

江云间：“我能去找您吗？”

消息刚发出去十来秒，程鹏的电话就过来了。

“在哪儿？”程鹏直截了当地问。

江云间报了个建筑名：“今天来参加颁奖礼，刚结束。”

身边的博镇见江云间突然打起电话来，先是一怔，听了内容后又瞪大了眼。

程鹏问：“得奖了？”

江云间垂眼：“没得奖……抱歉。”

“这有什么抱歉的，”程鹏笑了，“什么时候回去？”

江云间：“明天中午才回。”

“那要不要过来？”

江云间一顿：“会打扰您工作吗？”

“不会。”

江云间沉默了。

程鹏这才发觉自己有些心急了，他笑了一声，不知道笑江云间还是笑自己：“如果不方便就算了。”

“我来。”江云间忙回答他，“……您等我，很快。”

“要去，可以。”待江云间挂了电话，博镇试图跟这棵摇钱树讲道理，“但是咱们先把这饭局应付完，行不行？”

江云间道：“他还没吃饭。”

博镇：“所以？”

“我给他送饭去，顺便跟他一块吃。”江云间抿唇，“饭局就不去了吧，我会跟吴导说的。”

博镇已经麻木了。

“小间，前途是你自己的，我说什么没用。”博镇揉揉太阳穴，“就一顿饭的时间。”

“博哥，你知道，我本身就不喜欢去这种饭局。”往往这些饭局，都会伴随着一种不良现象。

“一会儿就算有潜规则，那也不可能潜到你头上啊！”博镇直白道。

江云间说：“我明天会准时到剧组的。”

“……”博镇累了，他往后一靠，终于忍不住问，“我就不懂了，程鹏是救了你命还是拿钱砸你了，你就这么喜欢他？”

江云间笑了笑，什么也没说。

程鹏叮嘱秘书，一会儿要是有人来，直接放进办公室。

江云间来的时候，他刚翻开最后一份需要批阅的文件。

门打开，他随着声音抬头，见江云间穿着一身灰色礼服走进来，发型也刻意打理过，一眼望过去矜贵优雅，只是手里拎着两个不合装束的大塑料袋。

“对不起，我来晚了。”江云间走到他面前。

程鹏：“是什么？”

“晚饭。”江云间把袋子放到书桌空处，“您不是还没吃吗？”

程鹏失笑：“是不是太多了？”

“不知道您喜欢吃什么，就都买了点。”江云间有些不好意思，“我见外面还有员工在加班，不然我再订些餐来吧。”

今天项目出了重大纰漏，程鹏没裁人就是菩萨心肠了，那群员工自然得留下加班。

“已经让公司食堂加班送餐了。”程鹏说。

江云间拿出包装盒的动作一顿，有些尴尬：“……抱歉，我不知道。”

“没事，我就吃这些。”程鹏看到江云间手腕上的表，挑眉，“你刚刚说去参加颁奖典礼了？”

江云间点头：“原先不打算去的，是公司临时下来的通告，就没来得及告诉您。”

程鹏问：“去颁奖典礼，就戴这块表去？你造型师呢？”

江云间抿唇：“……很喜欢，就戴着了，博哥也没说什么。”

程鹏收回目光，颔首：“你先去坐着，等我看完最后这份文件，再一块吃？”

江云间没动：“……您不是说，让我给您放松放松吗？”

“我给您捏捏肩吧，我按摩很厉害的。”

程鹏笑了声：“……行，来吧。”

江云间边给他按肩，边在后面正大光明地看。

程鹏翻了页纸：“练过？”

“嗯，小时候给人洗头，有的时候会帮忙按一下。”江云间诚实道，“不过就干了两个月，只学会了点皮毛。”

程鹏笑了笑，他放下笔，握住江云间的指尖：“饿不饿？”

“还好，去会场之前吃过两块面包。”江云间应。

又是面包。

程鹏问：“不着急吃饭吧？”

江云间手腕贴在他脖间，感受着他说话时的震颤感：“不着急。”

半夜，江云间难得地醒了。

平时跟程鹏在一起，江云间都能一觉睡到天亮，今晚却醒得有些莫名其妙，但也没急着睡回去。黑暗中，江云间借着月光打量眼前睡着的人。

饶是自己在娱乐圈混了这么久，每每见到程鹏，还是觉得特别帅。不是五官上的帅，是他这个人，一个表情，一句话，都带着成熟男人所有的气质和温柔，虽年纪大于自己的，但半点不突兀。

江云间突然想起博镇今天的问话。

程鹏当然没有救过自己的命，也没用钱砸过。

其实“喜欢”这种情绪，真的很奇怪。在江云间母亲重病，急需大钱治疗的时候，是博镇帮了忙，四处帮自己联系工作才渡过了那个难关。所以江云间是感谢博镇的，以至于后来博镇手上缺人，江云间想也不想就跟他进了娱乐圈。博镇对江云间而言是哥哥，也是人生导师，除此之外没有过半点别的想法。

而自己和程鹏，在两段关系之前，仅仅只有两面之缘。

一次是在冬天的第一场雪里，江云间因为缴不出母亲的医药费，坐在医院门外的长椅上看报纸里的招聘信息，一个个电话打过去，对方听见自己年龄后都直截了当地拒绝了。

细雪打下来，浸湿了报纸，江云间用手指抹掉，继续埋头拨号。

又被一家公司拒绝，刚挂完电话，一道阴影猝不及防打在报纸上，江云间眼里的世界紧跟着暗了暗。

随着阴影抬头，是一个穿着西装、个子矮小的男人，手里撑着一把黑伞。

那人把伞递给江云间，江云间当时有些茫然，竟然顺手就接了，待人走了一长段路后才回过神来。

男人走向一辆黑色轿车，坐上了驾驶座。轿车开着窗，江云间见那人微微垂着头，对后座的男人说了几句话，表情恭敬。

后座的男人闻言，视线一转，跟长椅上的江云间对上了目光。

男人眼睛狭长，眉间温柔，淡笑着对江云间颔首算是打招呼。

江云间没给任何回应，因为此刻已经看呆了。

直到后座车窗缓缓关上，车子驶离医院，江云间才猛地站了起来。紧紧握着黑伞的伞柄，因为握得太用力，江云间甚至能感受到从自己掌心传来的心跳声。

喜欢是一件很奇妙的事。

不过是在下雪时给自己送了把伞。男人坐在黑车里，甚至只看了自己一眼。

简单又致命。

第二次，是在某次颁奖礼上，江云间拿了新人奖，下台时刚好看见程鹏正在和一个明星聊天。

说是聊天也不准确，那位明星流着眼泪，像是在挽留。

程鹏说了两句，语气是温柔的，说完却转身就离开了，出来时正好跟江云间撞上。

程鹏微笑道：“恭喜。”

江云间的心跳在那一刻差点就停了。

后来，这道声音就总出现在自己梦里，江云间在梦里挣扎，享受，感到快乐。

然后美梦成真了。

收起思绪，江云间小心地抬手，摸了摸程鹏的脸颊，然后轻轻凑上去，碰了一下他的嘴唇。

像是贪吃的小孩，在吃一颗来之不易的奶糖。

回到剧组没几天，程鹏的秘书又来了，这回一次送了三块表来。

“程总是送表上瘾了还是怎么的？”博镇拆开包装，问。

江云间摇头表示不知道，低头给程鹏发了条消息过去。

拆开后，博镇拿出手机一阵鼓捣，半晌后，他倒吸一口凉气：“我的天——”

江云间抬头：“怎么了？”

博镇没说话，把手机递了过来。

手机网页上显示的腕表跟江云间收到的是同一款，官方标价一百七十八万元。

这价格江云间当然也负担得起，但作为礼物，确实贵重了。

博镇咽咽口水：“我查查另外两款……”

“不用，”江云间把表放回盒子里，盖上，“要还的，不用查。”

博镇放下手机，盯着江云间看了许久：“不是，程总这……什么意思啊？上回可没这样吧？”

上次就完全按照规矩来，程鹏的秘书来跟他接洽，他挑了几个综艺，秘书就去办了，程鹏全程没掺和过任何一件事，同样，江云间也没在他这过问什么，导致博镇总觉得自己像是个没良心的压榨机。

再说，就算是程鹏心血来潮，直接送上百万的表……这也太奢侈了吧？

江云间抿唇，半晌后才应道：“不知道。”

手机振了一下，微信里有了回复。

江云间：程总，这些腕表是？

程鹏：喜不喜欢？

江云间：太贵了，我不能要。

程鹏：不是就喜欢戴我送的表吗？

小心思被揭穿，江云间耳朵都臊红了。

江云间：嗯，喜欢。

江云间：但是太贵了。

程鹏：你年薪多少，这些算贵？

江云间：作为礼物，很贵。

程鹏：拿着吧，有的是你报答的时候。

江云间：……

外面传来敲门声，工作人员催江云间拍戏。

程鹏听见了："你去忙吧，挂了。"

"等等。"江云间忙叫住他，"您下周六有空吗？"

程鹏看了眼日历："可能有个饭局。"

江云间犹豫了下："我能去找您吗？"

程鹏合上文件："是工作上的饭局。"

"不是，我意思是……我中午去找您。"江云间声音小了些，"我们可以待一个下午，晚上我就走。"

这么黏人？

程鹏听笑了，怕江云间又害臊，他忍住笑声："想来就来吧，我让人去接你。"

"不用，我自己去就好了。"江云间忙道，"那下周六见。"

接下来一段时间，剧组拍摄任务繁重，因为过几天马上下雪了，吴导想赶在下雪前把春夏的景拍完。

江云间上前，跟吴导商量事情。

"又要请假？"吴导语气如常，"你入组以来，都请了两三回了吧。小间，这可不行啊。"

"抱歉。"江云间并没退却，而是拿出拍摄行程表，"吴导，您看，这几场都是夜戏，我这几天加班拍，工作人员那边……我愿意给大家添加班费，您看可以吗？”

吴导转头看他：“有急事？”

“是有。”江云间斟酌着说，“挺重要的事。”

吴导收回方才的冷漠表情，笑了：“谈恋爱了？”

江云间犹如被踩到尾巴，张嘴半晌才应：“啊，不是……不是恋爱……”

“行了行了，我知道，都是过来人。”吴导拿着那张表，沉思片刻，“行吧，不过这是最后一次了，接下来拍摄很紧，不会再轻易给你批假了，你也得理解一下我。”

江云间感激道：“谢谢。”

几天后，博镇听到江云间的要求，下巴都要惊掉了：“什么玩意？你再说一遍，你要买哪款表？”

江云间没啰唆，直接把图片给他看。

“这表八百多万元！”博镇粗话都爆出来了，不是他大惊小怪，是这价格未免太离谱，“你买给谁？”

江云间也不瞒他：“过几天是他的生日。”

怪不得江云间每晚拍夜戏熬到两三点都非要请周六的假。

“你们是送表上瘾了？换点别的不行？”博镇道。

江云间有些不好意思：“我不知道还能送些什么。”

“领带、袖扣、腰带都行啊。”博镇立刻推荐，“我知道一家定制店，定制一枚袖扣只要十来万元，独一无二。”

江云间略一沉吟：“是不错。”

“对吧！我马上帮你联系！”

“嗯，表也帮我买了吧。”

“？”

“我两样都送。”江云间笑了，“谢谢，正担心一块表少了。”

博镇脱口：“算我求求你，你摆正自己的身份好不好，他才是你金主，不需要你给他送钱……”

话刚说出口，他就觉着不对了，赶紧打住。

江云间垂眼，笑容淡了一些。

博镇恨不得抽自己一巴掌，真是多嘴：“行吧……其实最近程鹏对你确实挺好的，你们在一块都快两个月了吧？”

“嗯。”江云间把手机还给他，“帮我订吧，哥，辛苦了。”

博镇：“……算了，我就当你上辈子欠他的，这辈子转世成人来还了。我帮你买，成了吧？”

“没什么欠不欠的，是我单方面的事儿。”江云间笑着说，“谢了，哥。”

周六这天，江云间一大早就约了造型师，造型师还挺惊奇的，毕竟仗着脸好，平时除了有活动外，江云间都不爱打扮。

“是去什么场合呢？”造型师问。

江云间顿了一下才说：“……很重要的私人场合。”

造型师点头：“明白。”

打扮好，江云间跟造型师道别，拎着刚订好的蛋糕和礼物出了门。

天气越来越冷，江云间打扮出众，戴个口罩墨镜更是引人注目，但江云间并不在意，径直上了等在门口的车。

助理回头道：“云间，这马上快下雪了吧，您穿这些不冷啊？”

江云间答非所问：“你说今天能下雪吗？”

助理一愣，看了眼油表附近的温度显示：“就今明两天吧？天气预报本来说昨天就该下雪了，结果一直没下。”

江云间道：“开车吧。”

江云间跟程鹏约定的是中午十二点，但自己出门早，到程鹏所在的住宅区时，才刚刚到十一点儿。

江云间让助理在便利店门前停了车。

“要不，我送您到门口吧，您这样太容易被认出来了。”助理打开车窗说。

“不用，周末这边没什么人，你回去吧。”江云间道，“辛苦了。”

程鹏家里还有许多存货，不需要进便利店，没让助理开去程鹏家，也是担心对方会发现什么。

还是谨慎点好。

江云间朝程鹏家走去，一路上都在想，自己擅自提前到了，会不会给他添麻烦？

走到拐角，犹豫了会儿，江云间还是决定先发条消息问一问。

江云间把蛋糕放在地上，拿出手机，嫌不方便干脆把手套也摘了，手掌暴露在空气中，刺骨地冷。

江云间刚翻出对话框，就听见面前传来一阵咳嗽声。

江云间下意识抬头，发现程鹏家门外站了一个人。

这人穿着单薄，身穿牛仔裤、球鞋，还背着一个双肩包，看起来年纪很轻。

江云间和这人曾经在两年前的农家乐有过一面之缘，当时这人就坐在程鹏身边，表情委屈，面容可怜。而程鹏也总是有意无意地看过去，就连掰手腕时，也似乎是透过自己，在看身后的人。

江云间动作一僵，下意识关上了手机，脑袋一下没能反应过来。

对方按了几下门铃，江云间的心跳随着按键声跳动，时快时慢。

咔嗒一声，门开了。

江云间狼狈地躲到墙后，慌乱地眨了几下眼，然后低头，快速把蛋糕盒子露出的部分拉了回来。

不知过了多久，江云间才小心翼翼地探出脑袋去看。

程鹏穿着灰色居家服，面色淡淡地看着眼前的人。

对方低着头，话似乎说得很艰难，还抬手抹了一下眼泪，最后，拿出了藏在背包里的小蛋糕。很小，分量比不上江云间的四分之一。

两人的对话江云间听不见。

江云间紧紧盯着程鹏，不敢眨眼。

只见程鹏沉默着，静静地听面前的人说完。许久，他叹了一口气，然后侧着身子，给面前的人让出一条路来。

对方连忙从那缝隙里钻了进去，进了房子。

大门关上，发出一阵轻响，把外面世界和里面的两人隔开。

江云间茫然地站在原地，一下子不知道自己接下来要做什么。

程鹏已经有蛋糕了，那自己还要进去吗？

江云间在冷风中站了一会儿，都没见人再出来。片刻，江云间才觉得手背被什么东西轻轻触碰，泛起一阵冰凉。

紧跟着，面前飘落几片白色。

下雪了。

江云间看了无数遍天气预告，期待了无数天的初雪，如约而至。

江云间低头，看着手背上的雪快速融化，凉意蔓延四肢，冻得自己五脏六腑都在疼。

博镇一整天都心神不宁的，给助理连着打了两个电话。今天有熟识的营销号给博镇发信息，说有人想找他合作，是关于江云间的料，具体内容不知。

江云间被黑的次数也不少了，博镇什么大风大浪没见过，以往他们行得端坐得正，也没在怕的。可这次情况特殊，博镇难免有些心虚。

外面下了场大雪，是今年冬天的第一场雪，下得博镇心烦，他终于忍不住拿出手机，准备给江云间打个电话。

电话还没打出去，门铃响了。

门外的人顶着一身雪站着，把博镇吓了一跳。

江云间显然精心打扮过，表情淡淡，手里拿着好几样东西。

“你……”他顾不上惊讶，赶紧伸手拍去了江云间头顶上的雪，“你怎么来了？”

江云间抬起手，把蛋糕递到他面前：“吃吗？”

博镇：“……”

博镇把江云间带进屋，又丢了一条毛巾过去：“先擦擦头发，省得着凉。”

江云间“嗯”了一声，在头上随便搓了几下。

博镇了解江云间，此时自家艺人的心情不太好。半晌后，他斟酌着问：

“结束了？”

这话问得没头没尾，但江云间一下就听明白了：“没有。”

“那你怎么……”博镇看了眼桌上，“蛋糕也没送，礼物也没给就回来了？”

江云间说：“他有别的蛋糕了。”

博镇还要说什么，一个打扮简洁的女人从楼上下来，嘴里还说着雪景的事儿，看到沙发上的人，她连忙打住：“小间？你怎么过来了？”

博镇说：“云间淋了雪，你去放点热水，好让云间先洗个澡。”

来人是博镇的老婆，她闻言点头：“行，我这就去，再给你拿点药吧，省得感冒了。”

“不用了嫂子。”江云间起身，拿起礼物盒，“我只是来送蛋糕的，太大了，丢掉浪费，您和哥喜欢就吃点，不喜欢就丢了。我还有事，就先走了。”

博镇拦了半天没拦下人。他老婆看着桌上的蛋糕，问：“这个怎么办？”

“吃吧，江云间都拿来了。”博镇拆开包装。

蛋糕是找私人小店做的，白色，有些简单的花纹点缀，上面立着一个穿灰色西装的小人，拄着一把黑伞，旁边摆着小小的巧克力牌子。

“祝您生日快乐。”

字迹潦草，一看就知写这话的人对这方面不太熟练。

博镇突然想起昨天江云间从凌晨四点拍到晚上八点，累得在车上都睡死了，却还非要去一趟蛋糕店。

“好可爱呀！”女人看了一眼蛋糕，又看了一眼博镇，眼里充满了羡慕。

博镇叹了一口气，把牌子摘掉，丢到垃圾桶里：“吃吧。”

在去博镇家的路上，江云间无数次想让司机掉头，每次刚说了句“师傅”就停了嘴，没法往下说。

最后就连司机都忍不住了：“乘客，有事你就说，是有东西落下了吗？”

一句话点醒江云间：“……没有，您开吧。”

本来就不是自己的，谈不上落下。

回到家，江云间把自己丢到了浴缸里，热水浸在身上，身子终于带了些温暖感。

其实江云间不是没有肖想过的。

在上一次关系结束后，自己曾经以合作的借口去过程鹏的公司，程鹏当时语气如常，说了声“抱歉”。

还有“再见”。

脑海里，江云间跟当年那个在后台对程鹏哭泣哀求的明星重叠在了一起。

自己不是特别的，江云间早就知道。

十二点，才从浴缸里出来，泡得手指尖都皱了。

手机响起时，江云间正准备睡觉。

“到哪儿了？”男人的声音一如往常。

江云间原以为自己已经自我开解得很好了。

听见程鹏声音的瞬间，江云间却立刻缴械投降，鼻子泛酸，眼泪都差点掉下来，沉默了好几秒。

程鹏顿了一下，他听了一会儿对方的呼吸声，问：“怎么不说话？”

江云间侧身躺着，看着窗外：“……对不起，刚刚信号不好。”

“嗯，你到哪儿了？”程鹏系上领带，“如果还没出门，就先别来了，我这儿临时有事。”

江云间咬了咬下唇：“还没出门。”

“那等我忙完了，再联系你。”程鹏说。

上次结束关系时，程鹏离开前的最后一句话也是这样的。

下次联系。

然后就再也没联系过自己。

江云间眼睛都憋红了：“……会联系吗？”

程鹏一怔，然后笑：“会。”

这人永远都这么温柔。

相遇时温柔，在一起时温柔，离别时同样温柔。

江云间听见自己应道："好。"

程鹏走到窗前，想起什么，笑着说："今天下雪了，你看见了吗？"

"看见了。"仿佛被戳到痛处，江云间不禁哽咽了一下，声音很小，听起来就跟咳嗽似的。过了好半天江云间才缓过来，挤出一句："祝您生日快乐。"

程鹏一怔，要不是陈安刚刚送了个蛋糕来，他都快把这事儿忘了："你怎么知道？你也是，初雪快乐。"

程鹏刚把陈安送走，就接到纪燃的电话，说是有急事，让他去一趟某家饭店。

他还以为纪燃一气之下把人饭店砸了，赶着就去了。

结果一进饭店，就被从天而降的红色横幅吓了一跳——

"祝程先生二十八岁生日快乐，愿您福如东海！寿比南山！"

程鹏："……"

岳文文跳出来："Surprise！"

程鹏眯起眼："这就是你们说的急事？"

"是岳文文逼我打的电话。"纪燃双手插兜走出来，给他递来一个礼物，"不然也骗不到你。"

"哎呀，人家这不是就想给你过个生日嘛！"岳文文把蛋糕推出来，"晚上我还在BOB订了位置，酒也买好了，刚好周末，三十而立，这可是大生日，我们好好给你过一回。"

"二十八。"程鹏更正岳文文。

"差不多差不多。"岳文文催他，"快坐下，我订了一桌的菜呢。"

前两年的生日，程鹏都在外地忙工作，这是他近几年来过的唯一一次生日了。

岳文文得意地说："我不说，你是不是都要忘了今天是自己生日了？"

"不是。"程鹏镇定道，"我刚刚才收到了蛋糕。"

岳文文："蛋糕？谁送的。"

"陈安。"

桌上安静了一瞬。

纪燃拧眉："怎么又是陈安？"

岳文文跷起二郎腿道："上次你还说不想听陈安的事儿，这会怎么又好上了？"

"没好上，别瞎说。"程鹏语气平淡，显然不想提，"只是来拿东西。"

"两年了，现在才来拿东西？"岳文文显然不信。

程鹏笑了笑。

他也不信，但他还是让陈安进来了。

有些事总是得说清楚的，他和陈安分手这么久，也没心平气和地谈过。是他之前对陈安太好，以至于给了对方太多错觉，以为所有的错误都可以得到谅解。

收回思绪，他道："晚上我就不去了，下午有个客户要谈。"

"别啊。"岳文文说，"你谈完了再来。"

程鹏笑了声："还有别的事。"

"还什么事？"

"我跟人约好了，今天要见面。"

岳文文说："你把他一块带来不就好了。"

程鹏摇头："不方便。"

"这有什么不方便……哦，江云间呀？"岳文文明白了，"放心，戴个口罩不会有事的，贺晗都来呢。就我们几个人在，没别人。"

程鹏想了想，拿出手机来，给江云间发了一条消息，问了一句晚上有没有空。

"如果人来了，你们别逗人家。"

程鹏没想到，这条消息直到他谈完客户，都没收到回复，打了两个电话过去，也都是关机。

这还是他第一次联系不上江云间，平时就算是在拍戏，对方都会在半个小时内回复他。

岳文文天生爱玩，一进酒吧就带着贺晗奔向了舞池。人走后，纪燃才淡声问："怎么回事儿啊？"

程鹏抬眼："什么？"

"你一晚上看八回手机了。"纪燃提醒他。

程鹏一怔，然后失笑，放下手机道："是吗？"

"公司的事？"纪燃问，"还是陈安？"

"都不是，别提陈安了，我们早翻篇了。"程鹏抿了一口酒。

没多久，岳文文心急火燎地过来："江云间还没来吧？"

程鹏放下酒杯："没，怎么？"

岳文文把手机递给程鹏："……我估计是来不了了。"

程鹏接过手机，上面是一条微博。

微博的第一句话便是"江云间与男助理共度初雪，送价值一千万名表"。

文章图文并茂，先是放上了江云间今早上助理车子的照片，和一张购买腕表的订单，还给江云间手上的大袋小袋打上特写。然后放出所谓的剧组爆料，说江云间化妆间的门经常反锁，最后甚至有和"男助理"并肩亲密走出酒店房门的照片。每张照片下都附上了拍摄日期。

文末还提了一嘴江云间在剧组耍大牌，天天请假，拖累拍摄进度，导演敢怒不敢言。

别人认不出来，纪燃和岳文文却一眼就明白。

照片上跟江云间从酒店房门走出来的哪是什么男助理，这身形，分明就是程鹏。

江云间睡醒了才知道自己上了热搜。

"你再不接电话，我现在都要杀去你家了！"博镇声音急躁，"现在怎么办？"

江云间看完这条曝光自己的微博，沉默了许久，才说："你看着办吧。只要不牵扯他，其他都行。"

"真没办法，你没发现那文章漏洞百出吗？助理进出艺人房间有什么好说的？那边早通过你中午在的方位查到程鹏身上了！还把程鹏跟那天从酒店出来的男人对上了……助理只是个幌子，现在在找我开价格呢！”博镇头疼道，“他们开的价格太离谱，公司不可能同意的……不然你问问程鹏？他应该会有处理办法。”

“……不行。”江云间想也不想就拒绝了。

“为什么啊，程总对你挺好的，而且这事本来就跟他有关，没道理不帮咱们……”

江云间说：“他不方便。”

博镇：“有什么不方便的？”

这要怎么说？

程鹏可能跟前任和好了，不方便因为这事出面了？

再说，是自己缠上程鹏的，又凭什么要求程鹏帮自己。

江云间这才发现，自己的喜欢是会给别人带来麻烦的。

“……总之不要麻烦他。他们开了多少钱？我来付。”江云间找回声音。

博镇一想到那串数字就头疼：“大几千万，你手头有多少？”

江云间工作了这么多年，自然也有点积蓄，但前段时间刚做了投资，又捐了不少出去，手头还真没多少现钱。

江云间算了一会儿：“……可能不够。你问问他们，赊账行吗？我可以写欠条。”

“你疯了？”博镇气到爆炸，“你写个欠条，就等于永远给人捏着个把柄，你知不知道？你这哪想的馊主意？！”

江云间很冷静：“我知道，哥。”

“但我必须得把他摘出来。”

“是我自己找的他，我得负责。”

门铃响了一声，江云间握着电话起身。

电话那头，博镇还在说：“你这人怎么这么死心眼……”

江云间透过猫眼看见外面的人，一下怔住了。

半晌后，江云间喃喃：“哥，我这儿有事，一会儿打给你。”

博镇一愣，然后道：“大半夜的，你还有什么事？还有什么事能比我说的事重要——”

江云间挂了电话，深吸了两口气，才打开门。

程鹏站在门外，撑着一把黑伞，静静地看着江云间。

今天发生了太多事，江云间脑子已经乱成了麻花：“……您怎么过来了？”

程鹏说：“我看到新闻了。”

江云间刹那间白了脸，只知道说：“对不起，真的对不起。”

看着江云间眼里的红，程鹏不自觉皱眉：“为什么不接我电话，出事为什么不联系我？”

“对不起。”江云间仿佛只会说这一句，“是我自己的责任，我这边会处理好的，不会牵扯到您，您放心——”

“你自己的责任？”程鹏仿佛听见什么笑话。

他收起伞，往前一步，靠近江云间：“你平时都跟谁共度良宵？”

“……您。”以为他误会了什么，江云间急切道，“只有您。”

“你也知道是我。”程鹏语气中难得带了些脾气，他咬牙问，“既然是我和你在一起，现在出了事，怎么就成你自己的责任了？”

见江云间脸色红了又白，程鹏才意识到自己语气重了。

他不禁在心里“啧”了一声。

因为家庭，程鹏自幼受到的压力就比常人要大，脾性也在许多事情中慢慢磨合出来， 懂事以来，他很少向谁发过脾气，他深知发脾气不能解决任何事情，而且他也没有心思去收拾争吵后的烂摊子，平时光那两个爱惹事儿的朋友都够他折腾了。

就连几年前进了局子，他都能笑笑两声，问做笔录的警察有没有吃晚饭。

到了江云间这儿，他反而失控了。

他不想这么对江云间说话的。

他叹了一口气：“我能进去吗？”

江云间回神，身子侧了侧，给他让出一条道来。

江云间的房子很干净，干净得过分——能看出主人常年不住在家里，甚至有几样家具都用防尘布遮着。

江云间走到窗前，把窗帘拉紧，完了还不放心地检查了几遍。

“我让人把记者赶走了。”程鹏道，“过来坐着。”

江云间抿唇，坐到他身侧的沙发上。

“程总，”江云间沉默许久，道，“您并不需要对我负责的。”

程鹏被江云间突然蹦出的词儿弄蒙了：“负责？”

“嗯。”江云间低着头，说得很艰难，“当初是我非要留下，我是成年人，一切都是我自己做的选择，起因在我，不需要您负责。”

刚刚在门外那番话，江云间听懂了，程鹏是觉得这件事也有他参与的份，所以他也想负起责任。

也是，这么温柔的人，会为他着想也很正常。

平时听点荤话都能脸红的人，能说出这段话实属不易。

程鹏最后那点脾气算是完全没了。

他当时在酒店房间看到江云间，起初确实是没那心思的，但江云间抬头看他的那一瞬间，他就被吸引了。

他太喜欢那个眼神，勇敢又胆怯，害羞却热情。

程鹏看着他：“那你说说，你打算怎么处理？”

江云间说：“我其实还挺红的，我有钱，能把消息买下来。”

程鹏心里笑了一声，可真有出息。

“你觉得我人怎么样？”他突然问。

江云间一愣：“您人很好。”

程鹏丢掉好人卡：“我人不好。”

“这件事换作是别人，我别说负责。”程鹏一顿，“最开始，我都不会让对方碰到我。”

江云间怔怔地看着他。

“你是成年人，我也是。当初让你留下，不是因为我人好，是我……”

是什么呢？答案在嘴边呼之欲出，程鹏觉得这词说出来太草率，但他看见江云间发傻的表情，实在忍不住，笑着说完：“是我喜欢你。”

江云间觉得自己快喘不上气了。

喜欢？

喜欢？

程鹏说喜欢自己。

“所以这件事让我来处理。不是要对你负责，我没那么老好人，我只是想护着你，你明不明白？”见江云间沉默，程鹏干脆说完。

江云间甚至怀疑自己还在做梦。

“……您护着我？”江云间喃喃重复。

程鹏笑了声：“嗯，让不让护着？”

“让。”一股劲儿憋上胸口，江云间忍了回去，“……让的，我想您护着。”

江云间今天一天都过得浑浑噩噩的，又睡了一整个下午，现在才终于清醒过来了。

江云间站起身：“我去给您倒一杯热牛奶。”

家里是开放式厨房，江云间刚找出杯子，就听见身后的人问：“你今天找过我了。”

是肯定句。

江云间一直逃避的话题被搬上台面，下意识动作一顿：“……是去过。”

程鹏脱下外套，丢到一旁沙发上，跟江云间的外套叠在一起："既然来了，怎么不进去？”

江云间说：“看到您有客人，怕不方便。”

能听出江云间在努力克制，但声音怎么听怎么不自在。

程鹏今天只招待了一位客人。

“你认识？”他问。

江云间诚实道：“两年前在农家乐见过。”

程鹏点头，他都忘了这事。

江云间安静地热着牛奶，心里乱糟糟的。这话题一提起，自己心里就注定不能平静。

这是个好时机，江云间该问的。

问他和陈安现在的关系，如果和好了，那自己和程鹏自然就不能再继续下去了。

牛奶从杯子里溢出来，洒在手上，江云间猛地回神，狼狈地用毛巾擦干。

“我和陈安分很久了。”片刻，江云间听见程鹏说。

“这次是来拿东西的，顺便把之前的事说清楚。陈安说完就走了，没和好。这下能好好热牛奶了？”

江云间：“……我在好好热。”

江云间把牛奶端过去，因为手抖，牛奶都在颤。

程鹏看着桌上那几个礼物盒：“是要送给我的？”

江云间点头。

程鹏看了一眼表：“过十二点了，是不是就不算数了？”

“不是。”江云间说，“本来就是给您买的。我自己想送，生日只是个借口。”

程鹏笑了声，把那两个盒子拿到面前：“那我拆了。”

他捏着其中一块：“这就是传说中价值千万的表？”

江云间：“没有千万，媒体夸大了。”

“不是夸大，他们是数学好，懂得四舍五入。”程鹏解开手腕上的表，戴上新表道，“那我收了，谢谢。”

“不客气。”虽然过了时间，江云间还是说，“祝您生日快乐。”

程鹏问：“蛋糕呢？”

江云间愣愣：“您怎么知道？”

“照片上，拍到蛋糕盒子了。”程鹏扫了一眼，“冰箱？”

江云间瞬间红了脸，羞愧道：“对不起，我把蛋糕……送人了。”

程鹏：“……”

“我补给您好不好？”江云间低头，“我明天再去买一份。”

“明天不拍戏？”程鹏说，“不怕被人说要大牌，不敬业了？”

江云间忙说：“蛋糕是找私人作坊订的，我只需要写几个字，不耽误时间的。”

程鹏挑眉，好奇地问：“昨天的蛋糕写什么了？”

“没写什么，就是……祝您生日快乐。”

“没别的了？”程鹏表情不大信。

“就这个，您不信，我给您看照片。”

程鹏拿着江云间的手机，看到蛋糕上歪歪扭扭的字，和旁边的小人，心底还真有些难受了。

谁这么没眼力见，明知是送别人的生日蛋糕，还能毫无心理压力地吃了。

“下次。”程鹏说。

江云间眨眼：“什么？”

“下次补给我。”程鹏抬头看他，“要一模一样的……字可以换成别的。”

江云间：“好，您想要我写什么？”

程鹏笑了：“哪有这样的？这要你自己想。”

江云间认真想了一会儿，心里有了几个选项：“我知道了。”

程鹏刚把热牛奶喝完，桌上的手机便响了。

是操碎了心的老父亲博镇。

“小间，你开视频看看我吧。”博镇说。

江云间一愣，赶紧把手机拿远，走到窗前才说：“怎么了哥？”

“你开视频看看，看看我是怎么为了你一夜白了头的。”博镇疲惫道，“程总助理给我打电话了，终于给我打电话了，我还以为我今晚要折腾到天亮……”

换作是别的绯闻被爆出来，博镇都不会这么紧张。

但这事性质不同，有一个不妥，那就是被封杀的下场，他是真的怕了。

“小间，你看看我，”博镇第三次请求，“然后大发慈悲，别搞我了行吗——至少今年之内，你让我再活一年，行不行？这事我都不敢告诉公司，就怕公司为了自保，把你丢出去完事儿……”

江云间刚酝酿好愧疚的情绪，就听见身后传来一阵动静。

江云间回头，就对上了程鹏的视线。

“忙着谈客户，晚上还去见了朋友，没来得及洗澡。浴室能不能用？”

别说是江云间，就连手机那头都噤了声。

半晌后，博镇嚷：“江云间？你要我死？”

待人进了浴室，江云间才回到之前的频道：“哥，你会长命百岁的。”

博镇有气无力：“……可我觉得我现在就快死了。”

江云间说：“你别担心，没事。我明天跟你细说，先挂了。”

博镇：“……你等会儿。”

江云间：“晚安。”

博镇：“……”

江云间趴在床上，眼睛一眨不眨地看着程鹏。

程鹏转头看江云间：“看过瘾了？”

“没有。”江云间闷声说。

程鹏打开电视，刚好是气象台，女主播说着今年第一场雪来势汹汹，预计要下到明天晚上。

他突然想起什么，拿起桌上的遥控器，把窗帘开了。

江云间看到了外面的世界，白雪皑皑，银装素裹，美得移不开眼。

“这雪一直没停过，是不是也算初雪了？”程鹏抬手，揉捏着江云间的头发。

江云间一窒：“……算。”

“那就当是一块过了。”程鹏低头亲江云间，“初雪快乐。”

程鹏不知道这一刻对江云间意味着什么。

江云间回应得很热烈，这种吻已经跳出了欲望的范畴，比热恋中的恋人还要亲密。

程鹏任对方磨蹭着，偶尔伸手揉揉江云间的脑袋，算是鼓励。

其实他前段时间曾经认真考虑过，要怎么面对江云间这份感情。

以往对待情人，他一向泾渭分明，绝对不做越线的事。一旦感觉到对方对自己的念头变质，他就会迅速抽身，结束关系，甚至不给对方表达心意的机会，临了分手费给足，做一个最体贴的金主。

毕竟摆脱一个人太麻烦。

他没撒谎，也没谦虚，他确实不是好人。

但此时此刻，他不光不想推开江云间，甚至觉得表达不够，他还想听江云间说出来。

于是他捻着江云间的耳朵，直白地问："你喜不喜欢我？"

江云间那点可怜的睡意瞬间消失，直勾勾地看他，半天没说话。

程鹏看对方都快忘了呼吸了，笑着说："没什么……我就是提醒下你。"

"如果喜欢一个人，要告诉他——我喜欢你。"

"明不明白？"

江云间怎么会不明白？

江云间动了动嘴，声音却发不出来。

程鹏等了一会儿，没等到想听的，也不觉得尴尬。

因为这人脸上写得清清楚楚，他不是瞎子，他会看，他能感受得到。

"行了，我随口一说。"程鹏揉揉江云间的脑袋，"睡觉。"

"……喜欢您。"

江云间的声音很小，语气却特别坚定。

江云间跟程鹏对视，眼底有害怕，有紧张，还有藏不住的情意。

眼前的人和身后的雪重叠在一块，看得江云间眼底发热。

"我喜欢您。"

天气预报说得很准，雪下了整整两天才停，由于环境恶劣，剧组只能先把室内的戏往前挪。

拍完一场对手戏，江云间回到化妆室，接过博镇递来的热水袋："谢谢。"

"今年怎么回事啊？这也太冷了吧。"博镇赶紧把门关上，不让冷气泄进来，"我都要长冻疮了。"

助理点头应和："我今天穿了六件。"

博镇正说着，转头看见江云间手里正捏着手机，在看微博。

博镇不没收江云间的账号，就是知道江云间不爱看这些，更不会乱发东西。见状，他赶紧问："小间，干吗呢？"

江云间抬头："看微博。"

博镇探头看去，果然是在清理私信里那些黑粉言论。

"你别管这些了，会有人帮你删掉。"博镇说，"小号密码忘了？我再给你创一个。"

"没忘，我只是想上来看看。"江云间知道他在担心什么，"放心哥，我没放在心上。"

这也是博镇佩服江云间的一点儿。江云间的心理素质是他带过的艺人里最好的，懂得自我排解，也能消化，他认识其他几个像江云间这样快速火起来的明星，都是心理医生那的常驻顾客了。

"你一会儿还要拍戏呢，看这些不好。"

助理想想就觉得好笑："云间，这媒体连我跟您都造谣得出来，是有多缺料啊？"

博镇连连摆手："就是的……小晨，这有点水果，你拿去给吴导。"

助理拿着水果就出去了，临走还帮他们关上了门。

博镇立刻挪动椅子上前，小声问："你昨天和程总到底怎么了？我也不是想问你的隐私，但你得明白告诉我，你们到底还好没好着？我好看着办事。"

博镇不是傻子，昨晚一看江云间的表情就知道两人出了问题，本来以为掰了，没想到电话里又听见了程鹏的声音，倒让他有些摸不准了。

江云间沉默了一会儿，才说："应该……还好着吧？"

博镇："应该是什么意思？！"

江云间抿唇，不是自己不想说，而是心里真的没底。

昨晚江云间头脑一热就告了白，程鹏听完笑了声，应了声："知道了。"

"知道了"，这算答应还是拒绝？江云间没敢问，也没敢多想。那两句告白说出去之后，脑袋直接一片空白，紧张得双手发麻，还带了些后悔，生怕好不容易还原的关系因为这两句话再次破裂。

但在那个气氛下，江云间怎么可能忍得住。

而对博镇来说，只要不是明确地说他俩掰了，那就都不算掰。他点头："……知道了，没事，这次事过去了。不知道那边用了什么手段，那媒体连账号都注销了，四百多万粉丝的号呢，说没就没。"

博镇一直觉得在这个网络发达的年代，媒体的嘴是很难控制的，但事实证明，不论是什么时候，钱永远是爸爸。

见江云间确实没被评论影响，博镇道："既然你都上微博了，就顺便去转发吴导的微博感谢一下吧。"

吴导今早发了一条微博，为江云间澄清了"剧组耍大牌"的事。

"闲人吴：我导戏几十年了，头一回有人说明星在我剧组里耍大牌，还挺新鲜的。在这说一声，要真遇到不敬业的演员，我头一个踢出剧组，不劳烦媒体朋友为我担心。谁过日子没点要紧事了？得互相体谅。请假是有，都连本带利补回来了，以后@江云间可能得被我压榨得更惨，作为粉丝的你们别心疼就行。好了，大家散了吧。"

江云间点了个转发："谢谢吴导，您随便压榨我，没关系。"

另一件事虽然没正面澄清，但网友们一见媒体号炸号和吴导的声明，心里就已经给这件事贴上造谣的标签了。

"这事算是平了一半，剩下的我再来处理，你不用担心，好好拍戏就行。"博镇说。

"我没担心，哥。"江云间真诚道，"谢谢你。"

"……干吗呢？我们都认识多少年了你跟我说这个。"博镇"啧"了一声，

“要真觉得我给你擦屁股不容易，就给我多赚点钱。”

知道他是在缓和气氛，江云间笑了，认真应道：“好。”

江云间关掉微博，打开微信看了一眼。

程鹏早上六点就出了门，说是家里临时出了急事，需要飞一趟外地，连家都没来得及回，助理带着行李就来江云间家接人了。

江云间两小时前发的那句“您没事吧”到现在还没收到回复，正要把手机交给博镇看管，微信就弹出消息来。

程鹏：有事。

程鹏：在干什么？能不能接电话？

江云间走到阳台，立刻给对方打了个电话。

只是几个小时不见，程鹏的声音显然疲惫了许多：“到片场了没？”

“到了。”江云间火急火燎地说，“您怎么了？有我能帮上忙的吗？”

“恐怕帮不上。”程鹏说，“家里亲戚过世了。”

江云间噤声，半晌后才说：“……您节哀。”

“也到年纪了，只是临到头，总会有些舍不得。”程鹏穿着一身黑西装，站在门外，长长舒了口气。

去世的是他叔公，小时候天天带他去放风筝的长辈。

江云间心沉了沉，那句“我能去陪您吗”到了嘴边，怎么也说不出来。

剧组的进度没办法再拖了，而且……程鹏可能也并不需要自己。

“早上本来想把你一块带走。”程鹏开口，打断江云间的思绪，“怕耽误你拍戏，还是算了。”

江云间一怔，张着嘴，不知道能说什么。

那头传来呼喊声，程鹏低低应了一句，然后道：“行了，你去忙吧，我得进去看看。”

江云间脱口道：“等等。”

程鹏停了停：“嗯？”

“我手机二十四小时都开着的。”江云间说，“……您如果觉得寂寞或是难过，随时都可以找我。”

这话一出，江云间自己都脸红了。明明只是想跟程鹏打个电话。

“好。”程鹏扯扯嘴角，紧绷的心情终于舒缓了些，“想你了，我就打给你。”

程鹏忙了一天，终于把今天的客人招待完了。

他们这有规矩，家里老人离世后，要摆七天的宴席，因为是地方习俗，他也不好开口让家里人改掉，就随着他们去了。

回到许久未住过的老宅子，他抬手松了松领带，刚回房间，手机就响了。

是岳文文打来的：“鹏鹏，你还好吧？”

“没事。”程鹏问，“怎么了？”

“我在看机票呢。”岳文文说，“我和小燃燃商量了一下，不然我们俩过去陪你几天。”

“不用，又不是小孩子。你们来了，我还得照顾你们。”程鹏拒绝。

来回拉扯了一会儿，岳文文道：“真不用啊？”

“不用，我过几天就回去了。”

“……那行吧。”岳文文关掉购票软件，“那我还有件事要跟你说。”

“什么事。”

岳文文：“也不是什么重要的事，是有人让我帮着带句话。就那个诽谤江云间的微博号，后面的团队跟我认识，也不熟，给我消息轰炸了一晚上，说是希望你能手下留情，他们愿意赔偿，还说以后自愿当江云间的免费水军……你可能不知道，他们那团队其实蛮成熟的，如果真愿意给江云间办事，我寻思也不错，才答应帮忙传这个话。”

程鹏听完，眉头反而皱得更紧：“你回复他们，江云间不接受和解。”

岳文文一愣，随即笑了一声，意味深长地问：“是江云间不接受和解，还是你不接受和解啊？我看江云间脾气似乎挺好的，应该不介意大事化小。”

“都一样。”程鹏直截了当道。

和解？要不是他现在无暇分身，他会让那家媒体连求助的机会都没有。

昨晚，他在去江云间家的途中抽空看了一眼爆料微博下面的评论，都是些不堪入目的言论。

他心疼了一路，敲开门，江云间张口就是道歉，更让他火上浇油。

这火没法撒在江云间身上，那他只能朝别人下手。

岳文文笑了："明白。鹏鹏，你这怎么了？第九十九个心动对象？"

程鹏也笑，没有回答。

待挂了电话，他才轻声说了一句："第一个。"

心动是很模糊的一个概念，他很难说清，但能让他这么牵挂、心疼、惦记着的人，江云间是第一个。

博镇能明显感觉到，江云间最近在数着指头过日子。

他用脚都猜得出来，这位祖宗在倒计时什么日子："别看日历了，程鹏就算回来，你也没假期去找他。"

剧本临时拿回去返工，前面许多场戏都要重新拍，时间紧凑，所以吴导暂时把每周一天的假也给取消了。

江云间却不在意："我知道。"

江云间确实是在等程鹏回来。不一定要见面，彼此在同一座城市里，就已经很开心了。

有的时候江云间觉得暗恋一个人其实也挺好的，并且享受着喜怒哀乐被程鹏牵着的感觉，很奇妙，令人眩晕。

直到这天，江云间在拍戏途中收到了消息，获得了年花奖最佳主角提名。

年花奖是国内最具权威的电视剧颁奖礼，没有之一，不说获奖，能被提名就是肯定。

于是在今晚提前完成拍摄任务后，吴导大手一挥，说要庆祝一下。

工作人员们累了这么久，听见可以去玩，各个都挺高兴的，江云间也不好驳了大家的兴致，便让博镇在 KTV 开了个豪华包厢，把人都请去了。

"能喝酒吗？"吴导问。

江云间双手举杯，跟他碰了碰。

吴导之前发那条微博，也不是完全就为了帮江云间找场子，他是确实觉得江云间这个人不错，天赋高，也肯努力，虽然前段时间请假次数频繁了一点儿，但进度完全没落下，平时还愿意为了配合他的导演风格去一遍遍地试戏。

总的来说，他是非常满意江云间的，所以在喝酒时，也忍不住多“照顾”了对方一些。

“吴导，不能喝了吧，明天还要拍戏呢。”副导演看不下去，赶紧上来拦住了。

“哦，是。怪我，聊忘了。”吴导一拍脑袋，看向江云间，“醉了？”

“没。”江云间笑道，“等拍完了，我随时陪您喝。”

江云间跟助理打了一声招呼，便出来吹风醒酒。

包厢里烟味、香水味混在一块，实在难受。江云间拿出手机，正打算给程鹏发消息。

“小江。”熟悉的声音响起。

转头见是于落，江云间颔首，不露痕迹地往后靠了靠：“有事吗？”

“里面太闷，我出来透透风。”于落拿出烟盒，给自己点上一根，然后问，“你抽吗？”

江云间摇头：“不，谢谢。”

空气虽好，但身边多了个于落，就不怎么自在了。江云间说：“你慢慢抽，我先进去了。”

于落眼明手快，抓住江云间的外套衣摆：“你等一下”

江云间反应却比于落还快，立刻抽身，和眼前的人保持着一定的距离，皱着眉说：“如果有什么话要说，就留到明天拍摄时再聊吧。”

回包厢的路上，江云间正想着找个借口提前走人，手机突然嗡嗡响起。

江云间看了一眼来电显示，身子立刻转了个方向，接起电话便道：“晚上好。”

那头安静了一会儿。

江云间叫了一声：“程总？”

“在做什么？”程鹏的声音有些倦。

“在 KTV，跟剧组的工作人员。”江云间如实道。

程鹏“嗯”了声：“还有呢？”

江云间没明白：“什么？”

“阳台的风凉不凉快？”程鹏笑了一声，“我才走了几天，就有新欢了？”

江云间捏着手机，傻了一会儿。

江云间消化掉其中的消息，立刻道：“没有……等等，您在哪儿？”

“楼下。”程鹏说，“下来。”

江云间是跑着下去的。

到程鹏面前时，江云间还在轻轻喘着气。

程鹏站在黑车前，见到江云间后失笑：“跑两步就喘，体质会不会太差了？”

“怕您等久了。”江云间吸了吸鼻子，“您不是明天才回来吗？”

程鹏闻言，脸上那点笑容收了个干净。

他抬手，食指钩着一个蛋糕盒子：“特地提前回来，想恭喜我对象获得提名……结果发现当事人却跟别人打得正火热。”

江云间以为自己幻听了，直接愣在原地，已经顾不上解释：“对……对象？我跟您？我……啊？”

见江云间一脸惊讶，程鹏挑眉：“怎么，想赖账？”

“不想赖，不会赖账。”江云间傻了，半晌后，喃喃地问，“但是……是什么时候的账啊？”

程鹏：“什么意思？”

江云间茫然：“您不是还没答应我吗？”

“我？”程鹏听笑了，“是我先跟你告的白，要答应，也该是你答应我。”

江云间彻彻底底呆住了。

见江云间傻着，程鹏问：“你忘了？”

江云间当然没忘，程鹏是说过喜欢自己。

“抱歉，我不知道，我以为您当时是在……”江云间哑然。

程鹏皱眉：“是在什么？”

江云间：“……在安慰我。”

“……我是疯了，才用那两个字安慰你。”程鹏听明白了，敢情他们这段时间，压根就不在一个频道上？他觉得好笑，“所以你觉得我这几天每晚跟你聊视频，是为了什么？也是为了安慰你？”

江云间有些听不清楚了，只觉得自己脑子里住了两只蜜蜂，嗡嗡地响。

见江云间沉默，程鹏轻轻叹了一口气，把蛋糕放到车顶上：“算了，你……”

“别！”江云间慌了，抬手握住他，“您别算了。”

“我不是那个意思。”程鹏笑了声，“我是说，之前就算了。”

“我现在再跟你说一遍……我喜欢你。”程鹏放轻语调，“你考虑考虑我，嗯？”

江云间觉得自己有点醉了。

但就算是在梦里，也是要用尽力气去回应的。

“不考虑。”江云间哽着声音，“不需要考虑。”

程鹏满意了：“那我们的关系变一变？”

江云间不断点头。

程鹏又问：“你想我们是什么关系？”

江云间往前走了一步。

“恋爱。”江云间用尽全身力气抱住程鹏，脸颊往他脖颈凑去，“我想跟您谈恋爱。”

月光下，KTV 右侧的小巷口，黑色轿车前，两人紧紧贴着。

“行。”程鹏笑容藏不住，他揉着江云间的头发，“以前谈过没？”

江云间心脏怦怦乱跳：“没有。”

“其实跟我们以前的关系一样，唯一的区别就是，我拥有的权利，同样在你手上。”程鹏压低声音，一字一句向江云间解释，“我会向你索取我想要的，你也可以，任何东西都可以——比如现在，你想要什么？”

“我想要……”江云间声音轻轻的，羞耻又诚实，“我想要您吻我。”

……

黑色轿车停稳在路边，司机站在车旁，双手交握放在身前，承受着冷风的侵袭。

黑色轿车内，混着一些刚刚萌芽的、热恋的芬芳。

电影的拍摄足足持续了三个月，算是在预期拍摄时间内完成。

杀青当天，江云间发了一条微博，放了所有工作人员的大合照，又自掏腰包让人送了不少日料到片场，才收拾东西离开。

“辛苦了。”博镇也松了一口气，拍摄过程中剧本返厂了好几回，他险些以为要耽误江云间接下来的行程了，“明天休息一天，后天要去趟巴黎，还有几个杂志要拍……对了，马上过年了，年初七前都没给你安排工作，你好好休息。”

“谢谢哥。”江云间躺在椅子上，闭着眼，“我还不回去，先去你家。”

这话一出，博镇就知道江云间今晚要去找程鹏。虽然程鹏跟媒体打过招呼，但以防万一，江云间还是习惯从他家出发。

“不然我送你过去。”回到家，博镇找出车钥匙来，“路上出了什么事也好应付。”

“没事。”江云间戴上口罩，整张脸都被遮得严严实实的，“冬天，没人会怀疑的，您放心。”

“我这反正也没什么事……”

“不用了哥，我顺路要去买点东西，不方便。”江云间说。

博镇瞬间想歪了，要换以前，他肯定是得说两句的，但自从知道这两人开始恋爱关系后，他反倒就没什么好说的了。

江云间哪儿都好，就是有点死心眼，自他们认识以来，江云间就只认那一个人，谈就谈着吧，能天长地久最好，就算不能，至少也不会留太多遗憾。

江云间开车去了一趟花店。

花店只有一个店员在，见江云间进来，忙迎上来问需要什么花。

江云间哪懂，反问道："送给男朋友，什么花比较好？"

店员立刻明白过来，点头："恋人的话，当然还是玫瑰最好，香槟玫瑰和粉玫瑰都很合适。不过，送关系亲密的恋人白玫瑰可能更适合一些。"

江云间看向那些花簇，一眼看到香槟玫瑰旁边挂着的小牌子，上面写着花语。

只一眼，江云间就下了决定："香槟玫瑰，麻烦帮我包装，谢谢。"

程鹏看到江云间捧着一束玫瑰走进来，话都还没来得及说，嘴角就先扬起来了。

"今天是什么纪念日？"程鹏坐在办公椅上，等江云间靠近。

"不是什么纪念日。"江云间在书桌前停下，摘下口罩，"……就是想送您。"

程鹏椅子往后挪了挪，伸出手："过来。"

玫瑰的花香很淡，花朵奶油色，高贵优雅。程鹏接过嗅了嗅，然后道："谢谢。"

江云间红着耳朵摇头，其实自己昨晚犹豫了很久，这年代，就连男生都很少给女生送花了，更不用说自己了。

这是江云间耳濡目染学来的，父亲没去世之前，也经常给母亲送花。有买的，自己种的，甚至还有路边的野花。平时都只有一两朵，逢年过节数量会多点，花不贵，时间长了也称不上什么惊喜了，但母亲每每看到，都笑得比花儿好看。

所以江云间也想给程鹏送花，哪怕只有一次。

"我很喜欢。"程鹏把花立在一旁，去牵江云间的手。然后他拉开抽屉，从里面拿出一个小盒子来，里面放着自己精心挑选的礼物，跟江云间上次定制的是同一家，礼物精致小巧，花纹独特。

"杀青礼物。"

江云间看着那盒子，突然笑了声。

程鹏挑眉："笑什么？"

“我们好像都不大擅长送礼物。”江云间笑着说。

程鹏也笑了。他哪儿是不会送礼物，只是以往送礼物时都比较随意，没现在这么多顾虑。他担心江云间不需要，更担心自己心上人不喜欢。

等程鹏处理完公事，两人去吃了饭，然后一起回家。

后面的拍摄期间，吴导不放人，江云间也不敢请假了，都是程鹏来片场探班。仔细算算，江云间已经快两个月没来程鹏这儿了。

所以当江云间看到客厅电视里的缓存视频全是自己拍摄的电视剧后，还是有些惊讶的。

江云间一窒：“您怎么……”

程鹏点了播放键：“嗯？”

“没什么好看的。”江云间自己都不常看这些，更别说跟着程鹏一块看，尤其电视里现在播的还是一部偶像剧，更是羞耻得不行，“我们看别的吧。”

“就看这个。”程鹏转过头，见对方表情僵硬，不禁发笑，“害羞？”

江云间乖乖点头：“……嗯。”

程鹏：“害羞怎么还亲得这么有滋有味儿的。”

江云间拍摄这部剧的时候，国内电视审核还没这么严苛，男女主吻戏不少，还回回是特写。江云间忙解释：“只是拍戏需要，您介意吗？”

程鹏看着江云间：“我如果说介意呢？你就不拍了？”

拒绝吻戏是非常不敬业的表现，而江云间不是那种性子，以前甚至为了一部戏暴瘦二十斤，整个人跟排骨似的，花了好几个月才休养回来。

江云间张嘴，讷讷：“我……”

“行了，逗你呢。”程鹏曲起手臂，把人搂过来，“你以前拍吻戏都怎么亲的？”

他低头，吻住江云间的嘴唇，趁对方还傻着时便加深了这个吻：“这样？”

江云间被亲得一怔一怔的，等被松开了才说：“没有，没这么夸张……”

吻戏是江云间的短板，而且演不好，最多也就是侧一侧头。

程鹏笑了，又亲了上来，这回直接撑开了对方的嘴，几分钟后，他又问：

“那这样？”

“没有。”江云间脸蛋酡红。

“乖。”程鹏垂眼看着江云间，“拍吻戏可以，这是你的工作，我不反对。但是别亲狠了，不然我看着吃味。”

“好，我以后可能不怎么接偶像剧了，公司想给我转型。”江云间想了想，补充道。

“我们八天没见面了，就……每晚都想您。”

很久之前，程鹏就计划过让江云间改口。

都是恋人了，还整天您您您的，算什么事。

但每次话到嘴边，就被他收回去了。他觉得自己可能有些变态，他喜欢听江云间叫他“您”。

江云间刚要说什么，地上突然传来一道清脆的铃声。

程鹏捡起手机，看刚收到的消息。

“这个春节，我能去拜年吗？就当是朋友关系也好，拜托了。”

江云间不小心看见了，身子一僵。

虽然没有备注，但江云间心里也能猜到是谁。

那种背脊发麻的感觉又来了，江云间稍稍往旁边退了退，不想让自己的情绪影响到程鹏。

谁知自己还没来得及挪远，就被一只大手捞了回来。

“跑什么？”程鹏把手机丢到一边。

江云间问：“您不回复吗？”

“没什么好回的。”程鹏挑眉，“我在你这儿就这么渣？”

“不是……”

是江云间自己没有信心。

江云间不知道程鹏喜欢前任哪一点儿，也不知道时至今日，是不是依然喜欢。

程鹏猜得到对方在想什么，实际上这个问题，岳文文也问过他。

他当时回想了一下，自己最初看上的，应该是陈安的单纯，在众人堆中尤其突兀，况且陈安当时手上还拎着一个背包，里头放着自己刚换下来的校服。

程鹏生活的圈子有些复杂，能遇到个简单的人不容易，他把陈安从那领走后，对方还磕磕巴巴地问他，能不能等自己写完作业再做别的。

新奇感，夹杂着一些喜欢，他便把人留在了身边。

事实证明，他看走了眼，也为此付出了代价。

“我确实对陈安认真过。”程鹏收回思绪，开口道。

江云间表情一滞，挤出声音：“……我知道。”

程鹏接着说：“但那是过去，两年前就结束了，以后也不会再开始，没有牵挂，也没有旧情。在你跟我分手之前，我不会多看一眼别人。”

“我不跟您提分手。”江云间急道，“永远都不会。”

程鹏失笑，曲起指头轻刮江云间的脸：“别这么肯定，万一你遇到更喜欢的呢？”

“不会遇到更喜欢的了。”江云间笃定道。

程鹏看了对方良久。

曾经有人问过他，为什么能这么绝情，之前开玩笑说要带去领证的人，说分就分了，连句道别都没留。

他现在似乎有些明白了。

是喜欢还不够。

他试想了一下，如果哪天，江云间也背叛了他。

他的眼神阴暗了一瞬，很快消失。

他低头，打趣着问：“会不会觉得自己亏了？”

江云间愣了愣：“什么亏了？”

“只跟我一个人谈过恋爱，亏不亏？”

“怎么会。”江云间喟叹，“跟您……是我中彩票了。”

程鹏隐隐能感觉到，江云间对他有执念。

这份感情不知道从何时起，又从何处来，他沉浸其中，无比享受，甚至想给对方无数倍的回馈。

午夜，江云间突然惊醒。

江云间做了个噩梦，梦见自己被程鹏赶出了酒店房间，他们的关系没有再次开始，自己最终也没有和程鹏在一起。

这梦太吓人，一时间没法再睡下去。江云间转身看了枕边人良久，然后轻轻从床上起来。

今天送来的玫瑰被立在客厅茶几上，他们忙着接触，没人有时间管这束花。

江云间从橱柜里找出一个空着的花瓶，洗净之后，把香槟玫瑰一枝枝放进去。

江云间没养过花，插花什么的更不会，只是玫瑰颜值高，即使随便放一放都特别好看。

今天去的那家花店布置得非常精致，就连写花语的小卡片上，都印着相应的花朵图案。

香槟玫瑰的花语卡上写着——

“爱上你是我最大的幸福，想念你是我最甜蜜的痛苦。”

博镇曾经劝过江云间很多次，说得最频繁的就是那句“不值得”。

江云间却不觉得。

就算程鹏没有看向自己，他们最后没走到一起，但一路回顾过来，江云间仍觉得这份感情是甜的。